華志文化

華志文化

鍾博士講解

弟子規

鍾茂森教授簡介

　　鍾茂森教授，1973年出生於中國廣州。1995年畢業於中國廣州中山大學，獲經濟學學士學位；1997年獲美國路易士安娜州理工大學工商管理碩士學位；1999年獲該校金融博士學位。先後在美國德州大學及肯薩斯州州立大學任教四年；2003年移居澳洲，在澳洲著名的昆士蘭大學商學院任教四年，擔任副教授、博士生導師，並獲得該校終身聘用。昆士蘭大學原定於2007年提拔他為教授，而且多家大學曾高薪聘請他擔任首席教授，但是，他淡泊名利，立志走上聖賢教學之路，所以均婉言謝絕。

　　鍾茂森教授曾在世界知名的金融經濟學刊物上發表了20多篇論文，在國際學術會議，包括美國金融年會（AFA），金融管理年會（FMA）上發表了40次論文演講；2004年按學術領域發表核心期刊論文數目被評為澳洲、紐西蘭地區所有高等院校金融研究領域中高產學者第四名，成為學術界的年輕新秀；多次獲世界金融學術會議最佳論文獎，和昆士蘭大學優秀科研獎，兩次承擔澳洲科研委員會（ARC）國家專案的研究工作。現兼任中國廣州中山大學客座教授，安徽大學客座教授，臺灣成功大學客座教授，美國加州州立大學研究員。

　　鍾茂森教授跟隨推行中華傳統聖賢教育的高僧淨空老法師學習多年，擔任老法師在國際和平與教育活動中的英語翻譯和助理。曾應邀多次參加聯合國教科文組織在澳大利亞阿德萊德、布裡斯班、法國巴黎，印尼等地的關於教育與和平的國際會議，介紹和推動中華傳統聖賢教育，並在世界各地演講《明道德知榮辱》、《幸福成功的根基》、《青年應有的美德》、《和諧之道

以孝貫通》、《百善孝為先》、《因果輪迴的科學證明》、《為什麼要學習因果教育》、《母慈子孝——三十年家庭教育心得報告》等近百場,推動傳統文化道德教育,受到熱烈歡迎,有的演講聽眾人數高達三四千人。曾應邀參加中國2006年首屆世界佛教論壇,2007年國際道德經論壇和國際儒聯會議,並在會議上演講。

鍾茂森教授十多年來一直致力於學習和實踐中華傳統儒釋道的聖賢教育。有感於當今世界亟需傳統聖賢教育,以淨化人心、和諧世界,決定捨棄金融學術領域的成就和追求,毅然辭去昆士蘭大學終身教授工作,從2007年起,全身心跟隨淨空老法師學習聖賢教育,每天在老法師會下學《華嚴經》,同時在攝影棚內講解儒、釋、道三家的經典《弟子規》、《太上感應篇》、《十善業道經》、《了凡四訓》、《俞淨意公遇灶神記》、《地藏菩薩本願經》及其綸貫、《中峰三時繫念全集》、《文昌帝君陰騭文》研習報告、《佛說阿彌陀經》、《佛法修學綱領——三十七道品》研習報告、《朱子治家格言》、《孝經》研習報告、《大學》研習報告、《論語》研習報告、《一函遍覆——印光大師開示》、《勸發菩提心文》、《華嚴科學宇宙觀淺探》等等,透過澳洲淨宗學院的遠端教學網路向全世界播放。老法師對他的習講,冠以的總標題是「純淨純善和諧世界」系列講座。鍾茂森教授現任澳大利亞淨宗學院副院長和香港佛陀教育協會董事。

序 言

　　《弟子規》是中華傳統文化一個家庭教育的課本。它是以聖賢之道,來指導我們的生活。目的是為了讓我們人人透過學習聖賢的教誨,落實聖賢的教誨,獲得幸福成功的人生,乃至於成聖成賢。我們知道,一個人的幸福成功,都要以道德品行作為根基,而道德品行最好的教材就是《弟子規》。

　　許多人認為《弟子規》是小孩子學的,大人就不用學習了。實際上這是一種錯誤的觀念,「弟子規」三個字「規」是規矩,「弟子」是什麼意思?是學生的意思。誰的學生?聖人的學生。

　　《弟子規》是根據孔老夫子《論語·學而篇》第六條「子曰:弟子入則孝,出則弟,謹而信,泛愛眾,而親仁,行有餘力,則以學文」這句話,作為整篇的綱目來進行開解的。《弟子規》是孔老夫子要求他的學生們必須做到的。孔老夫子的學生顏回、子貢、子路、冉求都不是小孩子,他們都是成年人,都是大賢大德之人,都是力行《弟子規》的典範。我們想要做聖賢人的好弟子,就必須要在生活規範方面去紮根,而《弟子規》就是紮根的教育,是讓我們能夠得到幸福、成功的人生,成聖成賢的根基。因此男女老少,各行各業都要學習,也都應該落實到生活中去。

　　孔老夫子說他是述而不作,所敘述的都是古聖先賢之道,是轉述前賢的教誨。

　　首先要明瞭為什麼孩子要學《弟子規》。《易經》上說:「蒙以養正聖功也。」「蒙」是童蒙。童蒙養正,在孩子幼年的時候培養他的正知正見,奠定德

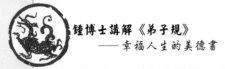

行的根基,這種教育是聖人的功業。

因為國家的未來就掌握在孩子的手裡。如果一個孩子沒有德行,縱然他有科學知識,將來必定會形成讓社會混亂的一種力量。而且他越有科學知識,但是沒有品行就越危險。社會上流傳著這樣一句話:「有才無德是毒品」,我們要培養的是有德、有才的好孩子。現在的社會普遍都強調功利、強調競爭,都以「利」作為行為的準則。如果這個事情有「利」,大家就趨之若鶩去做了。如果沒「利」可圖,大家就都不願意做。久而久之在「利」面前,人們就會忘記了道義。

記得小的時候,因為很愛郵票,所以也很喜歡集郵,鄰居家的小孩也有這個愛好,我們兩個就成了朋友。結果當我看到鄰居家小孩的郵票都很珍貴,也很漂亮時,心裡就起了貪念,想方設法要把對方的郵票騙到手。我的年齡比鄰居的孩子大一些,也有一點口才,所以鄰居家的小孩很聽我的話。於是我就拿著自己那些普通的郵票,跟鄰居家的小孩說多麼多麼的珍貴,說他的郵票其實並不珍貴、很普通,如果願意我們可以交換。結果就這樣把鄰居家孩子的郵票,都騙到我的集郵本上了,把我的普通郵票都換給了他。

大概過了一兩個星期,鄰居家孩子的父母就找到我們家來了。可能是鄰居家的小孩把郵票冊給他父母看了,父母看到之後大吃一驚,為什麼珍貴的郵票都不見了,換成了普通郵票。一問之下,就把我這個騙局給問穿了,然後找到我的父母。我記得當時我的母親看到我這樣的一種行徑,心裡面非常沉重,她二話不說就把我騙來的所有郵票都還給了鄰居,而且那些普通郵票也都不要了。當鄰居父母走了以後,母親就用一種很平淡,但是又很嚴厲的口吻對我說:「茂森,如果你要再發生這樣的情形,我就要把你的這些郵票都燒掉了。因為我不想讓你為了郵票,而道德品質墮落。」《弟子規》講「德有傷,貽親羞」,雖然母親只是講了簡簡單單一兩句話,可是自己就覺得非常的羞愧。

我還算是有一個優點,聽父母的話,「父母教,須敬聽,父母責,須順承」。於是就向父母保證,今後再也不會發生這樣的情況,一定要做一個正直的人。這是我在小學時候發生的情況,自從那次父母給我教訓以後,我再也不

敢用這種欺騙的行為，來滿足自己的欲望。

　　父母有這樣的教育意識，就可以幫助孩子保持在正道中。如果我的父母，在這種情況下縱容、包庇我的話，今天我就不能坐在這裡跟大家談《弟子規》了，那可能是一個道德墮落的人了。這種情況都是在孩子萌發出微小、不正念頭的時候，就應該幫助孩子杜絕掉的。如果縱容、包庇，不能正確地引導孩子，將來可能會釀成人生的悲劇。因為在孩子心目中只有利、沒有義，這是很危險的事情。

　　曾經有一則新聞報導，一個十三、四歲的孩子，為了獲得一個手機，竟然把他的父母親都給毒死。為什麼要毒死父母？因為家裡窮，沒有錢買手機，如果毒死父母，就會有一筆人壽保險金，他想用人壽保險金去買手機。這令人髮指而又真實的案子，追究根源，都在於從小失掉了倫理道德的教育。一個家庭沒有教育，家庭會墮落；一個社會如果沒有倫理道德教育，這個社會必定會混亂。

　　我們希望社會和諧、世界和諧，用什麼方法能夠達到？用我們傳統的倫理道德教育，便是最好的方法。和諧社會、和諧世界，根源在於人心，人心都能夠向善，都能夠遵循倫理道德，這個社會，這個世界不就是太平盛世了嗎？

　　中國古代的經典《禮記‧學記》篇講：「建國君民，教學為先。」教育對我國的國民重要，對世界人民也同樣重要。特別是在利與義面前，一定要懂得分辨清楚，如果腳跟稍微不穩，就容易墮落。

　　美國摩根斯坦利是一家著名的投資銀行。它的一位華裔女副總裁，被發現暗用公司的內幕消息，與她的丈夫、家人一起聯手進行內幕交易。這是一種嚴重的違法行為。而這個女副總裁不僅是高級知識份子，她的年薪也是相當豐厚的，應該沒有理由做出這種違法的事情。

　　法庭對她判處了十八個月的監禁，對她的罰款也非常重，公司也把她開除了。一夜之間她就身敗名裂、傾家蕩產。歸根究底就是沒有倫理道德根基。這是古人講的沒有讀聖賢書之過，在利益和道義之間，她不能夠站穩腳跟，為了貪取一時的財利，丟棄了做人應有的品德，其結果便是身敗名裂。

一個行為正直的有德君子，是絕對不會用貪取的手法來賺取錢財的。

《大學》上講：「德者本也，財者末也。」財富就像一棵樹的枝條、花葉，看起來是很不錯、很美，但是它的根是要在土地裡。根紮得深，這棵樹的枝條、花葉才能得以長久。根是什麼？是德！德是根本。有德的人，自然就有財。無德的人，貪不義之財反而很快就會家破人亡，傾家蕩產。因此，孩子從小就要給他培植道德理念。而道德的根本，是孝道！

《孝經》上講：「夫孝，德之本也，教之所由生也。」孝順父母是一切道德的根本。一切的聖賢教育，都從孝開始教起。而《弟子規》從頭到尾，就是教一個孝字。孝是根基，一個人懂得了孝，他的德就展開了，他的人生態度就能得到提升了，幸福也就隨之而來。

中國安徽省廬江縣湯池鎮的中華文化教育中心，用《弟子規》來教化湯池鎮的4.8萬居民，收到了非常好的效果。民風大大地得到改善，人們相互之間有禮了，孩子懂得孝順父母，夫婦也和順了，不但犯罪率大大減少，就連離婚率也大大減少了。僅僅兩年，我們就看到《弟子規》教學所產生的效果。

他們講《弟子規》，最重要的是從孝道下手。在湯池鎮第二中學有一位國一女學生，這位同學她的性格很內向、很孤僻，脾氣也不是很好，跟她的母親常常吵架，跟同學也不能和睦相處。現在這樣的孩子真不少。這個女同學常常找她母親的毛病，每次跟她的母親吵架之後，心裡又很痛苦，自己會暗地裡哭。一個人心裡如果沒有道德理念，她自己苦，家人苦，周圍的人都跟著苦。

後來有一天，這位女學生聽說教育中心在講《弟子規》的課，她就來到了中心。這堂課正好是講「孝」道。一堂課聽下來之後她明白了，認識到自己的錯誤。知道媽媽原來是愛她的，她對媽媽這種無理的態度是不對的。自己為什麼會這麼苦惱呢？因為沒做到《弟子規》所說的，所以自己會這麼苦惱。《弟子規》上講：「父母呼，應勿緩，父母命，行勿懶，父母教，須敬聽，父母責，須順承。」自己沒做到，反而埋怨父母，這是自己不對。哪怕是父母真正有過失，《弟子規》上教「親有過，諫使更，怡吾色，柔吾聲」。父母有過失，犯了錯誤，我們勸諫父母的態度，都要「怡吾色，柔吾聲」。用溫和的臉色，用柔軟的聲音

來勸導。父母有過都要這樣，何況是父母平時沒過，我自己耍小脾氣、大哭大鬧，這是無理取鬧。這個女同學認識到自己的錯誤，要懺悔！怎麼懺悔？「過能改，歸於無」。她首先想到要回家為她父母做一餐飯。平時都是母親做飯，自己都沒有看到母親的辛勞。這天她下了決心，要用實際行動來向父母懺悔。

當天她買了一些青菜，回到家裡做好了飯，等她的父母下班回來。她估計母親快回來了，這個女孩就在門口等候。母親剛進到房間，她就在門口向母親深深鞠了一個九十度的躬，然後對母親說：「媽媽，您辛苦了。」這位媽媽聽到自己的女兒說這麼一句話，又向她深深鞠了一個躬，心裡有點七上八下的，心裡就想：女兒今天是怎麼回事？因為她從來沒有看到過女兒這樣。然後這個女兒拉著她媽媽的手，對媽媽說：「媽媽，請你閉上眼睛，我拉著你走，我讓你看一樣東西。」這位母親臉上露出了一絲微笑，心想女兒要跟我玩什麼遊戲，就很欣慰地閉上了眼睛。女兒拉著她媽媽走進了飯廳，然後請母親睜開眼睛。母親一睜開眼睛，看到滿桌子的飯菜已經準備好了，淚水快要掉下來了。

吃飯的時候，這個女同學很習慣地先拿起筷子夾菜，剛準備吃的時候，突然想到昨天聽《弟子規》上講，「長者先，幼者後」，馬上把夾起的菜，放到了媽媽的碗裡，讓媽媽先吃。這一頓飯，母親是含著欣慰的淚吃的。吃完飯，這個女同學把碗筷都收拾乾淨。然後，又端來溫泉水，為她母親洗腳。因為湯池有溫泉，當地的居民常常打溫泉水來泡腳。這個期間這位女同學的母親，一直不斷地流眼淚，非常地感動。而這位女同學，心裡也非常感動。她抱著母親痛哭起來，她向媽媽懺悔說：「媽媽呀，我是一個壞孩子，我不明白怎樣來愛你。以前我都是太任性，以後我再也不會讓你生氣了。」

這些事情，都是這位同學寫給教育中心老師們的一封感謝函裡面講到的。從那以後，這位同學真的懂得孝順父母了，她也發現原來媽媽真的太愛她了。而她進入學校裡，對同學們也都謙恭有禮，主動向同學們打招呼了。同學們都發現，這個同學變了，變得這麼彬彬有禮，變得這麼謙順了。於是同學們也開始跟她友好，改變了以前緊張的關係。

後來，這位同學在寫給中心的老師們的信中，用一句真情的話說：「《弟

子規》，我愛你。」她真正發現，《弟子規》原來可以幫助她得到人生的幸福、快樂。而人生的幸福快樂與否，總在我們一念的迷惑或者覺悟之間。當我們迷惑的時候，就會看到別人都是錯的，就自己一個是對的，樣樣都要挑別人的毛病，自己的父母都變成對立不能交流的人了，由於有這些隔閡，代溝也就隨之產生。而當我們一念覺悟的時候，用聖賢的教誨改變自己的心態，看到別人其實都是好人，原來是自己有毛病，錯的是自己。反求諸己以後，以懺悔的心原諒、寬恕別人，對他人的愛心也就隨之生起來了。這個時候才發現，媽媽是愛我的，爸爸是愛我的，所有的人也都是好人。其實，媽媽還是原來的媽媽，同學還是原來的同學，是自己的觀念一改，一念之間就從苦惱的世界，進入到幸福快樂的世界裡了。這就是教育的功能。

　　試想想，這個女孩子，如果她沒有接受《弟子規》教育，任由著自己的習氣、任性來成長，長大以後，習氣已經變得根深蒂固了，當她走入社會中，在公司裡跟主管、跟同事的關係，一定不可能處得好。以後結婚了，跟先生結合在一起，又怎麼可能有幸福快樂？常常都是看別人毛病，自己任性。以後如果結婚生了孩子，這個孩子能教得好嗎？要知道一個孩子的成長，如果沒有良善的教育，吃虧的絕對不只是這個孩子，他會影響身邊很多的人，影響到孩子的下一代，所以孩子要學《弟子規》。

　　為什麼大人也要學《弟子規》？很多人認為，未成年人是我們國家的下一代，必須要接受道德教育。現在成年了，還需要接受《弟子規》教育嗎？更要接受。

　　因為，當我們有優良品德的時候，自然就能夠召感幸福的人生、成功的事業，能夠在社會上立於不敗之地，無論走到哪裡都能受人尊敬。這不是很幸福的一件事情嗎？所以，無論您現在做什麼行業，都要學習《弟子規》。

　　孔子教學，四門教育，第一是德行，第二是言語，第三是政事，第四是文學。四門教育首重德行教育，而《弟子規》正是最好的德行教育。無論從事什麼行業，行業就是第三條政事，第二條言語是教我們如何說話，如何與人交往。雖然行行出狀元，但只有在德行和言語成就了以後，我們所從事的政事，

才能夠真正成功。因為事業有根，將來才能夠發達。文學是講文藝、精神生活方面的情趣、愛好。同樣因為有了德行，在情趣愛好方面，精神境界才能高尚。

在北京，有位擁有一百多員工的企業老闆，他推行了《弟子規》教育，結果發現，過去非常難管的企業，現在好管了。員工們都用《弟子規》來指導自己的言行，做老闆的不用去細緻地管理員工了，因為員工按照《弟子規》形成了自我約束的體制。

我有幸看到這個企業一些員工學習《弟子規》寫下的心得。其中有一位年輕的女士，她在分享學習體會中說到，她沒有學習《弟子規》以前，很喜歡下了班就去KTV歌廳裡面唱歌，一唱就到很晚。父母很擔心女兒，這個女兒不但沒有體會父母的關懷，反而賭氣說不要你管。這是在沒有學《弟子規》之前的狀況。

後來，在公司裡學《弟子規》，結果發現原來《弟子規》所講的很多條自己都犯了。經過反省、檢點，她決心改正過失，自此以後她戒了去KTV歌廳的壞習慣。

透過學習，她發現其實在KTV場所裡面喝酒、唱歌、發洩，只是痛苦暫時的結束，就像人吸毒一樣暫時麻醉了自己，清醒以後煩惱會更多。她反省說，有一天從KTV歌廳回到家已近午夜了，由於睡得很晚，第二天起來也晚了，一看錶快要到上班的時間了，就趕緊沖出門外。可是車到半路，突然想起自己忘記帶考勤卡了，上班沒有考勤卡，就等於曠工。沒辦法只好又返回家裡去取考勤卡。等再從家裡出來上車的時候，遇到路上堵車。時間越拖越晚，結果上班遲到了，整個上午她的心情都很不好。就為了晚上的狂歡，暫時地去麻醉自己，結果第二天反而心情更不好。她領悟到這點，以後又學習了《弟子規》，知道「鬥鬧場，絕勿進」，而這些場所不會給人帶來真正的快樂。

她明白了，要孝順父母，決定回家給父母做一頓飯。以前都是母親佔據著廚房，自己平時很少做飯，所以做起菜來並不是很熟練。母親在旁邊很關懷地看著她，想要幫助她做些事情。看到母親這個樣子，她就對媽媽說：「媽媽，

今天從頭到尾都讓我來,你這個地盤今天讓給我」。

這時看到媽媽微笑的神情,女兒的心裡也覺得很踏實、很欣慰。好不容易把三菜一湯端到了飯桌上,父母跟她一起來享用,當父親夾了第一口菜送到嘴裡以後,女兒就問父親說:「爸爸,今天我做的飯菜做得怎麼樣?」父親已經樂得合不攏嘴了,連連說:「好吃好吃,女兒做的菜,比你媽做得還好吃。」這個女兒後來反省說:「其實我做的飯菜,哪比得上我媽媽做的,但這卻是自己用孝心做的飯菜,所以父母覺得是最好吃的。」媽媽在旁邊也笑著說:「這回女兒來了,我就該換人做了。」此時這個女兒真切體會到親情的溫暖。突然之間,她覺得原來真正的快樂,不是從KTV歌廳那裡能得到的。孝順的溫情,真正讓我們得到幸福快樂。她在寫給公司總裁的信中講道:「其實孝順並不難,幸福也並不遙遠。」她特別表露出,自己對公司總裁讓大家學習《弟子規》的那份感恩之情,那真正是由心而發的,讓我們看了都很感動。

一個公司能夠用《弟子規》來教導自己的員工,讓員工在這個公司裡面,也得到親情的溫暖。這位總裁看了員工分享的心得報告後,還常常批些字。比如說,當看到剛才講的這位員工的分享以後這個老總批道:「恭喜你感受到孝親的幸福,找到依從經典教誨,就會得到真正快樂的正道。這是你善於力行結出的甘美果實。堅持走下去,我們不再過僅僅是痛苦暫時停止的迷茫日子,我們要過明明白白,從快樂到快樂的日子。」

想想看,當這個員工接到總裁的這一段批語,心裡是什麼感受。一個公司的領導者、一個國家的領導者,不僅是做領導者,他實際身兼三重角色,所謂「作之君、作之親、作之師」。「君」就是老闆,是要管理、帶領員工。還要作之親,「作之親」,就是做員工的父母,以父母之心對待員工,讓員工得到家人一般的溫暖。還要「作之師」,對員工來說,領導者也是老師,要以身作則,為自己的員工做出好樣子,用正理、正道來教導員工。這樣員工對於老闆的感恩之情,自然能夠表露在他的工作裡面。員工懂得了為人之道,能不為自己的公司認真工作嗎?以前天天監督員工,看有沒有缺勤,有沒有為謀私利來騙取公司的錢財,有沒有用公款請客吃飯回來報銷,現在這些操心的事情幾乎沒有了,老闆

帶領員工們一起學習《弟子規》，這個公司成了一個和諧的團體。「家和萬事興」，他們的業績也越來越發達。

　　現在很多企業的老闆，都意識到學習《弟子規》的重要性，他們在報紙上登廣告招募員工的時候，都附加一個條件，必須要會背《弟子規》，懂得《弟子規》道理的員工我們才要。這些老闆都很聰明，他懂得選拔員工第一要看他的人品，然後再看他的能力。對於一個將要踏入社會找工作的年輕人來說，第一要重視品德的培養。先要有良好的品德，再加上有一門技術、一種能力，無論到哪一個工作單位都是受人歡迎的。

　　《弟子規》運用到企業管理，企業一定會興旺發達。用到家庭裡面，也一定會讓家庭和睦。我在廬江中華文化教育中心，曾經學習過一個多月。在這一個多月裡有很多感人的見聞。其中湯池鎮有一位姚女士。這位姚女士脾氣很大，常常跟她的先生、婆婆吵架，總是一點小事就會引起爭執。她們家是小吵天天有，大吵三六九。有一次姚女士到了中心去聽《弟子規》課。當她聽到五倫關係，講到夫婦這一倫，老師們教夫婦之間，要懂得遵守一個原則，必定能夠夫婦和睦。什麼原則？就是「各相責，天翻地覆；各自責，天清地寧」。如果夫婦之間互相責備，一點小事互不讓步，整個家裡就會搞得天翻地覆。當夫婦之間懂得自責，比如說丈夫走路的時候，不小心把一個茶杯給碰翻了，這個先生馬上向太太道歉：「對不起，對不起，我剛才太魯莽了，把這杯茶給碰翻了。」然後立即就拿抹布，把地上的茶水都擦乾淨。太太在旁邊看了，她一定會說：「沒關係，沒關係，不就是一杯茶。」這樣互相就會原諒，天清地寧。假如丈夫碰倒了茶，不但不承認錯誤，反而說：「你怎麼偏偏把這杯茶端到這兒，讓我碰倒灑了一地。」你想太太聽到這句話，她心裡什麼感受，兩個人可能就對吵起來。

　　古聖先賢教誨我們，如何真正做到和諧？反求諸己，錯誤都是我的。哪怕是對方有錯，還是要把這個錯誤歸到自己身上。過要歸於己，功要推給人。這樣就能夠把一切的矛盾、對立、衝突化解了。不能化解對立、不能化解衝突，都是因為自己心中有強烈的「我」的概念。心中念念有個「我」，就會導致家庭不

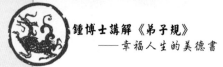

和,乃至於團體不和、社會不和、國與國不和。

所以「各相責,天翻地覆;各自責,天清地寧」,這是處理好人與人之間關係、族群團體之間關係,乃至國家與國家之間關係的一條真理。

當這位姚女士明白了這個道理以後,回到家裡她決心改變自己的心態,學著處處寬恕自己的先生,寬恕自己的婆婆,只看他們的優點。結果發現,其實自己的先生也有很多優點,婆婆也很可愛。夫妻之間懂得感恩,家庭很快恢復了和諧的局面。

這位姚女士在分享的時候說:「我今年四十歲,我有信心活到八十歲。以前做得不對,現在學了《弟子規》要重新做人。」她已經體會到人生的幸福、快樂不在外。當我們改變心態,以謙虛、恭敬、感恩的態度,對待我們身邊所有的人,原來自己就已經得到幸福了。這就是《弟子規》教育的作用。

《弟子規》不僅對一般人有這樣良好的教育效果,而且對很多在監獄裡面服刑的人員,都有良好的教育效果。在用《弟子規》教化服刑人員的工作上,海南省走在了前頭。

海南省監獄的長官,他們做了實驗,不再用以往簡單機械的說教形式,而是以傳統文化《弟子規》來教育服刑人員。結果發現用傳統教育改造服刑人員,效果非常好。許多以前脾氣暴躁、性格很壞的服刑人員,現在都變得非常的恭順有禮,而訣竅就是用孝道來教育。

例如有一位服刑人員,學了《弟子規》以後痛哭流涕,反省自己是一個大不孝的人,父母辛辛苦苦養大了自己,沒想到由於自己的犯罪,讓年邁的父母這樣憂心。他認識到自己的過錯以後,就不再要求父母給他送錢了。每次打電話的時候都會安慰父母,問父母身體怎麼樣了。父母給他錢,他都說不要給我,我夠用了,你們自己留著用。以往監獄裡的刑警與服刑人員的關係都很緊張,當刑警和服刑人員同時學習了《弟子規》後,刑警主動對服刑人員尊重、禮貌。每次跟服刑人員談話的時候,都很有禮貌地請服刑人員進來。先請坐,再請喝茶。服刑人員剛開始聽到刑警口口聲聲說「請」字的時候,心裡覺得還有點害怕,不知道今天會發生什麼事情。後來才慢慢地理解了,這是刑警學習

《弟子規》以後的轉變，這讓服刑人員很感動。

　　例如有一個獄警給服刑人員開會的時候，第一句話就說：「過去我做了很多對不起你們的事情，今天要向你們道歉。學習了《弟子規》，以後我一定會對你們尊重和愛護，要像父母對你們一樣。」話一說完，台下很多服刑人員抱頭大哭起來。從這以後監獄裡學習《弟子規》蔚然成風。《人民日報》對監獄用《弟子規》改造服刑人員的工作也做了報導。一開始，服刑人員和獄警，都是看廬江中華文化教育中心老師們講課的光碟，後來中心也派老師到監獄裡，來指導服刑人員。《人民日報》還特別談到，海南監獄將會陸續派兩百多位素質比較好的獄警，到廬江學習，要把這種教學的模式、方法帶回海南監獄。

　　《三字經》開篇就講道：「人之初，性本善；性相近，習相遠；苟不教，性乃遷。」我們相信古聖先賢的話，人的本性都是一樣良善的，稱之為本善。而習性，人與人之間就不一樣了。因為受的教育不同，受的薰染不同，所產生的結果就不同。如果受社會不良風氣的薰染多，他就變壞了。如果是受到良好的教育，他就變成好人了。服刑人員是大家都認為最難教的人，他們都能教得好，還有什麼人不能教好？因此我們堅信，人是可以教得好的，用什麼教最好？用《弟子規》教是最好的。

　　教《弟子規》，首先是在家庭裡，父母要承擔起最重要的角色；其次是學校的老師、社會、媒體、公司、部門的領導者，都應該有這種共同學習和推動《弟子規》教學的意識。

　　為什麼父母在家庭裡教孩子學《弟子規》，首先自己要學？很多父母都抱怨現在的孩子真是太難教了，總是不聽話。試問一下，監獄裡的服刑人員，不就更難教了？為什麼服刑人員都能教得好，你的孩子卻教不好，原因在哪裡？細細去看看這些抱怨的父母，就會發現，原來父母很愛看電視，一看電視就看到很晚，早上又很晚起床，平時也有很多不好的習慣。可能對自己的父母、對老人也並不是很孝敬，對孩子只知道溺愛。像這樣的父母，能把自己的孩子教得好嗎？他雖然也教孩子讀《弟子規》，也讀傳統文化，但是孩子越讀越不孝順，也是早上不起床，晚上也愛看電視。這些問題都是出在父母自身，父母自

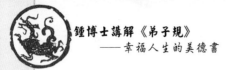
已沒做到,怎麼可能讓孩子們去做到。

孔子在《論語》裡面說:「其身正,不令而行,其身不正,雖令不從。」父母教《弟子規》,如何教?自己要做得正,要把《弟子規》當作一個劇本,一條條演給孩子看。例如,「父母呼,應勿緩,父母命,行勿懶」。我演給孩子看,我對我的父母就是這樣孝順,孩子在旁邊看到了,不用跟他解釋,他就明白什麼是「父母呼,應勿緩」,什麼是「父母命,行勿懶」。如果自己沒做到,拿著《弟子規》讓孩子去背,自己又不學,這是「雖令不從」。任你發號施令又管什麼用,徒然增加了跟孩子的對立而已。孩子心裡想,你自己都沒做到,還管我,反而激發了孩子叛逆的心理。

所以,父母自己要立志,為兒女做好樣子,為社會、為世界,培養出一個人才,培養出一個聖賢。有這種心願的父母,稱得上是功德無量,因為將來他的兒女可以幫助社會構建和諧。

宋朝宰相范仲淹,是一個非常有德行的人,也是一個非常合格的父親。范仲淹兩歲的時候,就失去了父親。他的母親改嫁到一個朱姓人家。當范仲淹長到二十多歲的時候,朱家的這些族人排擠他,就把他的身世給抖出來了,范仲淹才知道原來自己是范家的。於是他就到范家去尋根,認祖歸宗。但是范家人一開始就是不允許他進來,經過范仲淹苦苦哀求之後,范家才勉強答應范仲淹改了朱姓,重新姓范。

他發誓要重振范家,於是就拜別了自己的母親,他對母親講,我現在要去讀書,將來考功名,可以為天下百姓做一些事情。母親你等我十年,十年以後來接你。於是就佩著古劍,帶著古琴、書籍離開了朱家,到了一個書院裡面苦讀。因為范仲淹心裡有很高的志向,所以他讀書非常地用功,每天都是「三更燈火五更雞」。五年之內都是晚上睡覺不脫衣服,聞雞起舞。吃飯更是非常簡單,煲一鍋粥,冬天冷,就把它冷凍起來,然後切成一塊塊的,一餐吃一塊配一點鹹菜末。鹹菜稱齏,這就是著名的「斷齏畫粥」。後來也是形容讀書人勤苦的一個成語。

有一位同學,看到范仲淹生活如此艱苦,生了同情心,送了一些美食給

他。過了好多天，這位同學又來看范仲淹，看到那些美食還原封不動地放在那裡，碰都沒有碰。范仲淹每天還是吃稀粥鹹菜。同學就問他了：「為什麼我送給你的美食你不肯吃？」范仲淹說：「今日吃了你的美食，他日就吃不下『齏粥』了。」范仲淹就用這種清苦的生活，來砥礪自己的心志。

　　有一次，他跟同學們去外面玩的時候，遇到一位算命先生。大家都請先生算命。范仲淹就請教這位相士說：「您看我將來能不能成為一個良相？」他想要當宰相。算命先生看著他沉默了一下，笑著說：「你這個孩子口氣也太大了，怎麼想做宰相？」聽算命先生說話的意思，好像當宰相沒有指望，於是范仲淹就改口說，既然我將來做不到良相，那您看我能不能當個良醫呢？又要當醫生。這個相士就覺得很奇怪，因為古時候醫生跟老師的行業，都是很清苦的，收入也很微薄。老師教學生不會開口要學費，學生根據自己的家境，願意給多少就給多少。醫生也是如此，給人看病是應該的，救死扶傷是醫生的天職，絕對不會開口向患者要錢。

　　我認識一位長者，他告訴我，他的祖上就是開醫館的。自己的爺爺開醫館從來不開口要錢，只是在門外放一個小箱子，看了病之後，病人覺得病看得還不錯，就把錢投到箱子裡。他想投多少就投多少，醫生絕對不開口要。以前的醫生和老師，雖然生活都很清貧，但是受到全社會人的敬仰，因為他們有德。

　　這個相士覺得很奇怪，為什麼他剛開口想當「一人之下，萬人之上」的宰相，現在從榮華富貴，一下掉到了當醫生這麼清貧的一個行業。范仲淹就告訴他說：「良相可以救人，良醫也可以救人，如果我當不了良相，是沒有當宰相的命，就不能幫助天下百姓，那也要做一個醫生，為世人救死扶傷。」這位相士聽到范仲淹的這番話非常地感動、敬佩，就說了一句：「您是真宰相之心也。」你雖然現在不是宰相，你的心已經是宰相了。

　　後來，范仲淹苦讀八年之後考中了進士，當了官，後來真的做到宰相。他做了官以後，馬上信守諾言把他的母親接來奉養，原來他對母親說等他十年，現在八年就成就了。要知道這種成就，這是他的孝心所召感，是他為天下人服

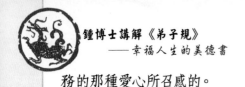

務的那種愛心所召感的。

《弟子規》講:「凡是人,皆須愛,天同覆,地同載。」這種愛心根源還是在於他的孝心。將對父母的愛,擴展到對天下人就是大愛。范仲淹一生做官,建功立業,走到哪裡都受到百姓的歡迎、愛戴。雖然他一生四上四下,但是絕對不會因為自己暫時的不得志而憂慮,他的千古名篇《岳陽樓記》,「不以物喜,不以己悲」,「先天下之憂而憂,後天下之樂而樂」,這樣盪氣迴腸的名句,正是他老人家胸懷廣博大愛的真實寫照。一生為官,范仲淹把自己的俸祿都用來周濟貧寒的人。范家族人一開始都不肯認范仲淹,後來范仲淹做官了,有俸祿了,卻從不記前怨,以德報怨,給自己的家人、族人很多的奉養。甚至在家鄉買了一千畝義田,給族人來耕種,讓他們得以維持生活。

家鄉有一個寺院,過去范仲淹曾經在這個寺院裡讀過書。有一天,他在一棵樹下看到一個洞,一挖竟然挖出了一壇白花花的銀子。雖然當時范仲淹生活非常清苦,但是看到這一罈白銀,他的心絲毫不為所動,立即把這壇銀子又原封不動地埋回了原處。

這件事情過了很久之後,范仲淹已經做了大官。有一天,寺院裡來人找范仲淹,因為寺院要修復,需要些銀兩,所以來求他幫忙。范仲淹批了一個文,讓這個人帶回去,告訴他:「就在你的寺院裡,一棵大樹底下你們會挖出一壇白銀,那些銀子足夠你們用了。」結果這個人回到寺院裡去挖,果然挖出一壇白銀。

范仲淹先生年輕的時候如此清苦,但是看到一壇銀子卻絲毫沒有動心,這樣的定力正是《弟子規》上所講「凡取與,貴分曉」,「借人物,須明求;倘不問,即為偷」。也正因為范仲淹先生絕對不因利養而動心的這種德行,才能使他有這樣成功的人生。而成功以後,仍然保留這個志向,一生都過著清寒的生活。他一輩子不吃肉,自己的妻子、兒女甚至沒有見過玉器是什麼樣子,兒女出門都沒有一件很得體的服裝。范仲淹沒有將家產傳給兒女,而是把家產全部佈施給貧寒的人。他在自己的家鄉蘇州西元辦義學,匡扶儒家傳統文化教育。當時有風水家說:「你的家鄉西元是一塊風水寶地,將來會代代都有人做

官。」范仲淹聽到這樣的話說:「既然是塊風水寶地,怎麼可以只為我一家獨佔呢?應該把它捐出來為國家培養人才,讓整個國家得益。」所以就捐出來興辦儒家教育的義學,為當時宋朝儒家文化的振興做出了很大的貢獻。范仲淹以孝、悌傳家,他是積德給子孫。

司馬光講:積財給子孫,子孫未必能守;積書給子孫,子孫未必能讀;不如積德給子孫,用陰德來庇蔭子孫。惟此才真正是替子孫著想。

當時范仲淹的厚德,讓范家所有的族人都非常的敬仰,每當族人有爭執的時候,調解人就會提起:「你們怎麼還會為這點財利爭執,沒有想到當年范公是怎麼對人的嗎?」一談到范公,大家就面帶愧色。范仲淹的兒子范純仁、范純佑都是大孝子。特別是范純仁,范仲淹晚年得病,范純仁為了照顧自己的父親,兩次拒絕朝廷的邀請,不肯出來做官,一直伺候老父。父親走後他的兄長范純佑也身染疾病,范純仁又伺候自己的兄長,也跟伺候父親一樣,兩次拒絕朝廷的邀請。他說:「豈可重祿食而輕父母。」就是說要把孝順放在第一位,把事業放在第二位。孝順父母並沒有阻礙他的事業,范純仁最後還是官至宰相,也是一位賢臣。古人講:「忠臣出於孝子之門」。范仲淹以孝、悌傳家,把聖賢的風範演示給自己的孩子看,孩子自自然然就成為一個有德的君子了。

回想我自己小的時候,母親也是很重視對我的德行教育。在我上大學的時候父母離異了,我父親另外組織了家庭,從此我就跟母親兩個人相依為命。古人云:「讀書志在聖賢」,母親從小就啟發我樹立人生遠大的志向。我上了大學以後,母親就鼓勵我將來要真正為社會做貢獻,要有能力,所以鼓勵我出國留學。在母親的鼓勵下,我大學畢業以後,考取了美國的路易斯安那理工大學,攻讀工商管理碩士。在出國之前,我也拜別母親,我對母親說:「媽媽你在家裡等我,等我七年。」因為我母親對我說,「希望做一個博士媽媽,做一個教授的母親」。這是母親對我的期望,於是我就請母親等我七年。因為在美國讀碩士,一般要兩年到三年,讀一個博士是四年到五年,因此大概需要七年時間。

到美國留學以後,想著要趕緊去完成學業,所以加緊用功,努力修學。因

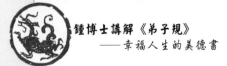
為成績優秀，學校給了我獎學金，還減免了學費。因為當時家裡生活並不富裕，父母給我帶到美國的資金也是很少。因為父母這一生也沒有什麼積蓄。所以在美國留學期間我都是省吃儉用。

記得我出去的時候是1995年，那年我22歲。到國外後我跟中國留學生一起合租最便宜的房子。那裡冬天很寒冷，可是我們為了節約，就連下雪天都不肯開暖氣。實在冷得厲害，我先把棉被蓋上去，把穿的衣物也蓋上，還冷的話，就把書本也都壓上來。有一個同學畢業找到了工作，就把從中國帶去的一個用了很多年的高壓鍋扔了，我又把它撿回來。但是這個高壓鍋的高壓閥不見了，只能當普通鍋用。我就用它來煮飯、煮菜、煮湯，這一用就是四年，直到我博士畢業。那時每個禮拜都搭同學的便車去買菜，因為我們住的地方跟商店離得很遠，一定要開車去才行。開車去買菜也都是挑最便宜的菜。在美國最便宜的菜是包心菜，還有胡蘿蔔。每次都是一大袋一大袋的買。因此每餐煮的不是包心菜煮胡蘿蔔，就是胡蘿蔔煮包心菜。吃了多年以後發現，原來這兩樣東西是最健康的。

這樣省吃儉用，每個月都能節省下300美元，給我的母親寄200美元，相當於當時中國1600元人民幣。給我父親寄100美元，相當於800多塊錢。這在當時對他們的生活，也是一個很不錯的補貼了。

我還記得每週都跟母親通電話，給父母寫信。在這裡我想跟大家分享一下我去美國之後不久，是1996年1月7號我寫給母親一封信中的一個片段。我在信中是這樣說的：

「冬天的路易斯安那州挺冷，我們這兒晚上一般都在零度以下。有一天早上起床，竟發現天上飄落許多雪花。目前是最冷的時候，我可以挺過來並可省些錢，無需買棉被了。儘管冷，我仍然每週保持一兩次的冷水浴。我目前的學習生活都較單調，每日穿同樣的衣服，吃同樣的菜飯，走同樣的路，讀同樣的書，我盡量讓自己在單調中求單調，使浮躁的心熄滅。我每日早晚警示自己安住單調的生活，直至獲得博士學位為止。因為我深深懂得，我來美國不是享受的，而是在欠著父母的恩德，花著父母的血汗錢，若不努力讀書，天理難容。

所以我突然很喜歡寒冷的冬夜，因為在冬夜裡，我才真正體會到『頭懸樑，錐刺骨』的精神。才能享受范仲淹『斷齏畫粥』的清淨。這個星期五晚上下了一場凍雨，格外的冷。然而我的進取心，卻比任何時候都強了。我要以優秀的成績供養父母，媽媽請您放心，您的兒子向您保證，向您發誓，我一定會孝順您，把孝順放在第一位，把事業放在第二位。」

因為心中有一個目標，要趕緊完成學業來報答父母，所以自己給自己規定一個戒律，我把它叫作「七不」。第一不看電影，第二不逛商場，第三不留長頭髮，第四不穿奇裝異服，第五不亂花錢，第六不亂交朋友玩樂，第七不談戀愛。因為當時的心安住在專心清淨的學習生活裡面，學習成績自然就優秀。本該七年的學習生涯，我在短短的四年裡就完成了碩士和博士兩個學位的修學。

1999年博士畢業，當時我26歲。我的導師是美國在經濟金融學術領域一位較有名氣的教授。他在給我工作的推薦函裡面這樣寫道：「鍾茂森，是我25年學術生涯裡面遇到的最優秀的學生。」因為有他這樣得力的推薦，加上他的名氣，所以找工作就不是難事，很快的，美國德州大學一個分校就給我一個招聘函，請我去做助理教授。我在26歲的時候，就走上了美國大學的講壇。我畢業之前將母親接到了美國，請她參加我的博士畢業典禮，然後又跟我一起去到德州大學分校上任。對我取得的這一切成績母親也很欣慰，因為我四年前拜別母親的時候，說讓母親等我七年，沒想到四年就把媽媽接來了。工作以後我自覺地負擔起母親以及父親一家還有爺爺、奶奶的生活。

工作之餘，我常常跟母親到郊外去散步，領略美國野外的風光。在家裡常常跟隨著一位德高望重的長者釋淨空老教授學習傳統文化，聽他講演的光碟。這位長者今年81歲，他把一生都奉獻給傳統文化道德教育的事業，他是我們母子最敬仰的一位長者。後來這位長者勸導我們離開美國到澳洲，我們母子也就欣然前往，來親近他老人家。

到了澳洲以後，澳洲一所很著名的學校——昆士蘭大學，請我去教工商管理碩士MBA。來到大學以後，大學長官看到我每年都在國際上獲得論文獎，在德州大學教學期間也獲得優秀獎，而且連續兩次我都接受澳洲政府的邀請，

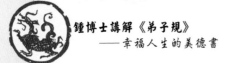

承擔政府資助的澳洲研究委員會的研究項目。這些成績,讓大學長官也非常的滿意,在短短兩年之內就破格提升我做副教授,而且是終身制。《弟子規》「入則孝」裡「父母呼,應勿緩」,這也是要有很多的努力,才能達得到的。呼是什麼?父母的要求,父母的希望,我們要盡心盡力地、儘快地去達到。

當時我在澳洲工作學習都得心應手,母親當然也很高興,因為她原來的心願是希望成為博士的媽媽,成為教授的母親,這些都已經實現了。今年學校本來要提升我做正教授,34歲的年齡,應該是學校最年輕的終身教授。正在這個時候,事情有了新的進展,中國廈門大學成立了一個財經研究所,以一年八十萬的年薪,再加上很可觀的研究經費,以及配一套房子,請我去做主席教授。待遇都很好。

能回國做首席教授當然好,我母親也有意葉落歸根,也想回國居住。於是我母親就在思考,我以後在澳洲工作好,還是在中國工作好?帶著這個問題,有一天去請教我們的老師——釋淨空老教授。我母親跟在老教授後面散步,然後就請教老教授說:「茂森將來在澳洲好,還是回中國好?」沒想到老教授沉默了一會兒說:「要做聖賢。」此話一出讓我母親一愣,因為這似乎是答非所問,明明是問去哪兒好,為什麼說要做聖賢呢?這也是老師教學的善巧。一句話,把你的妄想、你的疑情給打斷。

我媽媽回來之後跟我一商量就明白了,學習聖賢教育,讀書志在聖賢。我們既然學習聖教,既然仰慕、讚歎孔子、孟子、范仲淹,難道我們只停留在仰慕和讚嘆而已嗎?為什麼不行動起來?難道我們這一生滿足於做一個商學院的正教授而已嗎?當時母親突然也就明白了,我也明白了。母親在給我一個生日卡的時候她這樣寫道,她說:「茂森兒,做母親的希望你更上一層樓,希望兒子作君子,作聖賢,你能滿我的願嗎?」

《孝經》上說:「立身行道,揚名於後世,以顯父母,孝之終也。」孝到了終極是什麼?要立身行道,使父母成為聖賢人的父母,這是大孝。大孝的人要以身濟世,救濟這個世間。古人講:「為天地立心,為生民立命,為往聖繼絕學,為萬世開太平。」

　　現在我們看到這個世間天災人禍很頻繁，很不和諧。根本原因在哪裡？就在於缺乏了倫理道德的聖賢教育。所以，人們只懂得唯利是圖，見利忘義。而聖賢的教育，中華傳統文化已經是到了岌岌可危的地步。人能弘道，非道弘人，要使教育能夠復興，使中華傳統文化復興，需要有一批聖賢的老師，有聖賢之德的人出來。而在這芸芸眾生裡面有君子之風，有聖賢之德的人鳳毛麟角。這個世間，並不缺乏金融教授，所缺乏的是德才兼備的聖賢教育的師資。

　　我們母子思前想後，決定重新選擇人生。還是在母親的支持下，我辭掉了澳洲昆士蘭大學終身教授的工作，回到了中國，正式向釋淨空老教授拜師學道，重新來做一名學生，立志將中華傳統道德教育復興起來。復興，從我做起。

　　母親看到我走上這條道路，也很欣慰。她自己說，能孝敬自己的父母，那是小孝。能孝敬天下的父母，能夠全心全意為人民服務，這才是大孝、至孝。她希望我去學做聖賢，做一個至孝的兒子。

　　我為母親的這種高尚的德行而感動。母親就我一個兒子，多年來與我相依為命，好不容易把我培養成一位教授了，現在卻毅然支持我捨棄一切享受，去做從事挽救中華倫理道德教育、挽救世道人心的工作。希望兒女去做聖賢的這個父母，本身已經向聖賢邁進了。

　　因此，拜師以後，在母親的生日之際，我在給她的生日賀卡裡面寫了一首詩，獻給我的母親，為她老人家祝壽。這首詩是這樣寫的：「育苗辛苦半生忙，樹高方可與人涼，不願兒為名利漢，便如孟母史留香。」大意是，母親培養兒女不容易，半生的辛苦才把一個小苗養成一棵大樹，這棵樹剛剛可以給眾人蔭涼，服務人民。當母親的卻不願意兒子成為一個追逐名利的俗人，毅然決然地支持孩子走上傳統文化的教育之道，向聖賢人看齊。我覺得應該要如母親的願，效法聖賢，效法孔子、孟子，讓我母親將來也能夠青史留香。這是一個做兒女應該盡到的孝心。

　　「勿自暴，勿自棄；聖與賢，可馴致。」《弟子規》，不僅是教導我們如何獲得成功的事業、幸福的人生，更重要的是教我們如何成就聖賢，如孟子所云

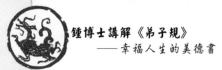
「人皆可以為堯舜」。

《弟子規》這本書的原作者，是清朝康熙年間一位秀才李毓秀，李先生根據《論語》的教導，編纂了一本《訓蒙文》，來訓導兒童。後來經清朝的賈存仁先生再度改編，更名為《弟子規》。

《弟子規》是根據《論語·學而第六》，「子曰，弟子入則孝，出則悌，謹而信，泛愛眾，而親仁，行有餘力，則以學文」這句話，作為總綱編訂的。《弟子規》前面一小段是「總敘」，下面分別是以「孝、弟、謹、信、愛眾、親仁、學文」7個段落來標示的。7個段落共講了113樁事情。文章末尾以「勿自暴，勿自棄；聖與賢，可馴致」這句作為結論和勸勉。因此整篇文章，為9個段落，總敘加結勸，中間7個段落。

《弟子規》全文不長，總共360句，每1句3個字，共1080個字，念起來琅琅上口，很容易背誦。我們熟讀背誦以後，關鍵要在生活當中，時時提得起來，要落實到我們自己的生活行為當中，這才能夠有受用。

目 錄

弟子規　聖人訓　首孝弟　次謹信
泛愛眾　而親仁　有餘力　則學文

　　總敘就是全篇的總綱領，將整篇文章的宗旨為我們和盤托出。

　　「弟子規，聖人訓」，開宗明義就為我們講得很清楚。《弟子規》到底是什麼文章？它是聖人的訓導。哪一位聖人的訓導？孔老夫子的訓導。「孝弟，謹信，愛眾，親仁，學文」就源自《論語》，而《論語》是孔老夫子的言行記錄，記載著這位元至聖先師每天的生活行持。因此《弟子規》不是一篇普通的文章，它是聖賢的教誨，是聖人的訓導。它基本的原理原則，就是《三字經》開篇的八句話：「人之初，性本善。性相近，習相遠。苟不教，性乃遷。教之道，貴以專。」這八句話，概括了中國傳統教育的哲學理念。

　　首先，我們必須要承認「人之初，性本善」。這個本善是我們本有的，是我們人的本來面目。本善具體地說，就是道德。《禮記·中庸》裡面有一句話：「天命之謂性，率性之謂道。」天命講的就是自然而然的，自然而有的意思，不是人為創造的。所以這個性就是本性，動念、造作如果能夠合乎本性，就稱之為率性。

　　因此，率性就是循著本性而起心動念、言語造作，這樣就稱之為「道」。道，用現代話來講，就是自然法則，這個自然法則是本來就有的，不是人為去創造的。老子說這個道是宇宙本體，他在《清靜經》裡說：「大道無名，

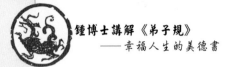

生養萬物。吾不知其名，強名曰道。」老子認識到，宇宙有個本體，這個本體就是道。其實，道也不是它本來的名稱，大道無名，沒有名字。它是宇宙的本體，生養著宇宙萬物。宇宙從哪裡來的？從這個道來的。道沒有形象，也沒有名號，老子說，我不知道它叫什麼名字，就勉強地給它起個名字叫作「道」。因此「道德」兩個字含義很深。「道」就是宇宙本體，就是儒家講的天命，就是性，本性。聖人覺悟了，我們說他證道了。證道以後是什麼樣子？他的身心與道「合而為一」了，也就是與宇宙萬物「合而為一」了。沒有你我的分別了，我就是宇宙，宇宙就是我，一切眾生、一切人，就是一個我。這種境界是聖人的境界，而且每一個人也都能達到這種境界，因為「人之初，性本善」。每個人都有這個本性，每個人都能與道「合而為一」，只是我們還沒見「道」。

我們如何去見道？見道，確實不容易。不要說「見道」，就是體會一下也不容易。為什麼？因為道是無形無相的，說不出是個什麼樣子，它是寂然不動的。我們的身體器官，沒有辦法去接觸到，眼睛看不到，鼻子聞不到，耳朵聽不到，舌頭嘗不到，身體也不能夠接觸到，甚至我們的意識思維都沒辦法想像得到，更說不出來。所以老子說：「道可道，非常道；名可名，非常名。」道，宇宙本體寂然不動。一動，就有了形相，這個形相就是「德」。

道德兩個字，道是本體，德是現象，它有形相出來了。心不動的時候就與道「合而為一」；心才動，一個念頭才起來，有了形相，就有德了。而這個德與道相應、相合。我們無法見道，但是我們能夠見德。何謂德？常講「孝悌忠信禮義廉恥」為八德。這八德我們能見得到。孝養父母什麼樣？我們能夠知道，能夠體會得到。忠於國家、熱愛人民什麼樣？我們也能體會得到。所以，我們一般人雖不能夠見道，但是可以從德上去體會。只要循著「孝悌忠信禮義廉恥」這八德來生活，做一個有德的人，我們必然有機會見道。

然而，為什麼我們沒有辦法按照德去生活？這是因為我們有習氣，放逸慣了，從小又沒有接受到良好的教育，造成現在一切起心動念、言語造做與道德相違背，因此不能見道。要見道，關鍵是要接受聖賢的教育。《中庸》

講：「修道之謂教。」「教」就是幫助我們從不良的習性，回歸到道德上來。《三字經》講「性相近」，本性是相同的，但是「習相遠」。有的人成為聖人，有的人是凡人；有的人幸福快樂，成聖成賢，有的人煩惱重重，最後落得個身敗名裂，這些都是沒有接受教育的結果。而教育的目標，就是讓我們回歸到道德上來，回歸到本性上來，把我們本性中的本善顯發出來。

　　《論語》講「志於道，據於德，依於仁，游於藝」，這是儒家教育思想的一個概括。「志於道」，意思是立志要在道上。這個道是什麼？就是天命，就是本性，就是宇宙的本體。我們立志要見道、要證道，要回歸本性本善，要跟宇宙萬物合而為一，這就是聖人。如何去做？要「據於德」，要依靠道德，這個德就是德行教育。《弟子規》就是德行教育非常重要的基礎教材。它的目標是幫助我們證道、見道，最終成為與天地萬物合而為一的聖人。所以，**《弟子規》，可不能小看它，它小到能幫助你得到幸福的人生、成功的事業，大到能幫助你成為聖賢。**

　　道和德，道是體，本體；現的相，是德；展現的相，是德相。這是從內在來講，表現外在就是「依於仁，游於藝」。仁的根本還是道德，仁是什麼？愛人，對人有一顆真誠的愛心。仁和藝，都是道德的作用，所以君子要行仁，要學藝。為什麼？因為行仁學藝，就是回歸道德，就是恢復我們的本性本善。如何行仁？孔老夫子講：「力行近乎仁。」我們努力地去修學，按照聖賢教誨去做，這是力行。力行，就與仁相近。對《弟子規》我們每一句都要進行反省，認真地落實到自己的生活中，每一句都要做到，不可以馬虎，這就是行仁。行仁當中，就在逐漸恢復道德，恢復本性了。「藝」是指藝術，泛指才能、技藝。古人講六藝，所謂「禮樂射禦書數」六藝。現在我們說百工技能，無論從事什麼行業，什麼事業，一切的行業都是一門藝。工作當中，把我們的仁愛之心展現出來，把我們的道德表現出來，這就是「志於道，據於德，依於仁，游於藝」。

　　在我們的人類社會中，每一個人都不可能獨立存在，都是要在人群當中生活，所以處理好人際關係就特別重要。這種關係也是道德的展現，這個

關係包括父子、兄弟、夫婦、君臣、朋友，這是我們講的五倫。每個人一出生，自然而然就要面對這五種人倫關係，這不是人為創造的，是自然而然存在的。一個人呱呱墜地，他必定有父母，所以父子關係產生，父母家族裡面也會有同輩的兄弟姐妹產生，將來長大了有夫婦的關係、有朋友的關係，踏入社會工作必定有君臣關係、領導與被領導的關係、上下級的關係，這些關係都要處理好。

如何處理好呢？就是要在這五倫關係當中，履行我們應盡的義務，五倫十義。也就是在五種人倫關係裡面，我們要履行十種義務。哪十種？所謂父慈子孝、君仁臣忠、夫義婦聽、長惠幼順、朋友有信這五倫關係之中的十義。在這個關係當中，我們自然就要承擔起應盡的十種義務。如果不承擔義務，關係必定弄不好。身為父親、母親必須要仁慈，父母對兒女的愛心，是天然之理，父母能夠以愛心對待自己的子女，這就是德；兒女對父母要孝順這也是德。父母與子女的關係是道，隨順這個關係就叫德。君臣，上級對下級要有仁恕之心，要關懷他、照顧他，他犯了錯誤也要用一種寬恕的心對待，幫助他改過，這是領導者應盡的義務；下級對領導者，也要有一種忠誠之心，不能有欺騙的行為，這是下級應盡的義務。夫婦之間要有道義、恩義、情義，要互相體貼，互相照顧。兄弟之間要做到兄友弟恭，兄長對弟弟要友愛，弟弟對兄長要恭敬。朋友之間互相要講信義，這些都是符合道德的。古人把道德歸納為八種，稱「八德」，即「孝悌忠信禮義廉恥」，這是一種說法；另外一種「八德」的說法是「忠孝仁愛信義和平」。兩種說法彙集在一起，去掉相同的字，就是「孝悌忠信禮義廉恥仁愛和平」十二個條目，這都是我們應該具有的德行、人品。而這也都是《弟子規》具體教導的內容。

《弟子規》雖然是孔老夫子提出的提綱條目，但是孔老夫子一生「述而不作」，他只是轉述古聖先賢堯舜禹湯、文武周公的教誨。孔老夫子對於古聖先賢所說的教誨完全認同，他證道了，孔老夫子，七十歲的時候可以「從心所欲，不逾矩」，矩就是規矩。人的本性本善，古聖先賢將它彰顯出來了。我們凡人的本善被習性蒙蔽了。我們如果能夠聽從聖人的教誨，按照《弟

子規》上所說的教誨去力行，逐漸把我們不良的習性洗刷掉，讓我們的本性本善彰顯出來，不知不覺也就成為一個聖人了。

　　當我們成為聖人以後，再看《弟子規》就是我們平時生活的寫照，是我們本性自然的流露。我們沒有回歸到本性的時候，我們要勉強去做，就是要力行。等到回歸本性，本善自然流露，不用刻意自自然然就與《弟子規》完全相合。本有的本性，可以恢復；本有的本善，可以彰顯出來。不良的習性，例如不孝、不義、不忠、不悌的習性，本來是沒有的，當然可以把它去除掉。因此整個聖賢教育的過程，就是讓我們回歸本來面目的過程。當我們恢復本來面目，本性中的本善就像泉水一樣汨汨的向外流淌，無量無邊的舉止動念，無非是善，是說不盡的善。

　　「首孝悌，次謹信」。「首」是首要，首先要做到的就是孝悌。在孝悌裡，孝是根、是體，而悌是孝的作用。孝，是一種觀念。古代我們老祖宗發明的漢字真的很有智慧，是世界上任何一個國家都無法相比的。它是一個智慧的符號，是一個會意字，上面是老字頭，下面是子字底，代表老一代和子一代合而為一，這是孝。因此，孝就是老一代和子一代是一體的，這種觀念就叫孝道。現在人總是說子女與父母之間，兩代人有代溝。有代溝老一代和子一代就分開了，分開以後，就是不孝，孝裡面沒有代溝。

　　我大學畢業以後，去美國留學，在美國雖然學習很忙碌，但是必定堅持每個星期給我母親打一次長途電話；每兩個星期給我父母寫一封長信，彙報自己在美國的學習生活。因為我是父母的獨生子，隻身在外，遠渡重洋留學，父母一定會掛念。所以以父母之心為自己的心，想到父母會憂慮，那就要多和父母溝通，讓父母放心。四年留學生活，我父親和母親把我寫的每一封信都積累了起來，現在有時候回頭看一看，自己都很感動。每年我必定回國探親，自己平時省吃儉用，壓縮各方面的花費，把錢積下來，一方面給父母每個月寄三百美金，另一方面積累下來買機票回國，還有給父母打電話。當時打電話費用還挺高的，不像現在話費降下來了。而且每次打電話，總是忘記時間，一講起來都有一個多小時。很多同學都跟我開玩笑說：「看你平時花費不

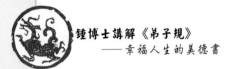

多,打電話卻從不省錢,每年回家探親,往返機票費加上買這麼多禮品,這錢要是積累下來,你都可以買一部小汽車了。」四年裡,每天上學即使是冒著風雨,我也都是騎車上學。很多留學生,到那裡沒多久,家裡也有錢,就買了汽車。雖然我沒有買汽車,但是,把這個錢用在跟父母溝通交流、讓父母安心上面,我覺得心裡很踏實。我跟父母從來就沒有代溝。而且,我跟我母親不僅像母子,真的像知心朋友,無話不說。

孝,要有一體的觀念,把這個一體的觀念落實在生活、言行中就是孝道。這個一體是什麼?宇宙就是一體的,我們把這個一體,從對自己的父母開始表現出來。對待父母能夠盡自己的愛心,然後把對父母的孝心展開,對老師、對兄弟姐妹,所有的親人也是這樣一體的愛心。到了學校裡對同學,到了工作單位對上司、對同事,到社會裡面對社會大眾,不管走到哪裡,都用這一體的愛心對待一切的人。宇宙萬物與我一體,愛別人就是愛自己。這種觀念稱之為孝。

在時間上過去、現在、未來還是一體。孝字,老字頭,老一代上面還有老一代,父母上面又有父母、祖宗,一直追溯到遠古無盡的過去。子一代下面又有子一代,兒孫下面又有兒孫,一直綿延到無盡的未來。無盡的過去和無盡的未來,無始無終都是一體,這稱為大孝、至孝。

聖人就是把這種大孝、至孝證得了,表現出來了,因此他不僅愛現前的大眾,還愛未來的大眾。他的起心動念都會照顧到未來,他不會因為自己眼前的享受,把子孫未來的資源糟蹋了。當前很多企業,為了眼前暫時經濟的騰飛發展,造成嚴重的環境污染,大自然的資源被破壞了。誰來承受這些苦果?我們的兒孫,我們的後代。這樣做就是對後代不負責任,沒有愛心,就不是孝。

講到一體的觀念,是很深廣的。整個聖賢的學問用一個孝字就可以概括了。聖人千經萬論,都離不開這個孝字,因為孝字就是仁愛。如果真正懂得孝的道理,修身、齊家、治國、平天下都不是難事了。現在講和諧社會、和諧世界,治國平天下,只要以孝來治理天下,來對待世界各國,和諧社會、和

諧世界並不難實現。

　　其實這個問題的討論，早在2500年前，孔老夫子跟他的學生們就曾經展開過。有一天，孔老夫子與弟子們一起談話，孔老夫子就主動發問：「先王有至德要道，以順天下，民用和睦，上下無怨，汝知之乎？」孔老夫子是講，堯舜禹湯文王武王這些古聖先王，他們有一種至高無上的德行，這是極為重要的道理，可以和諧社會、和諧世界。「以順天下」，讓天下人都和順。「民用和睦」，讓百姓都和睦，上下級之間、政府和大眾之間沒有怨恨。這不就是和諧社會嗎？「汝知之乎」，你知道嗎？孔老夫子有一個學生叫曾參，他是個大孝子，恰好在老師旁邊奉侍。他聽到老師提出這樣一個重要的問題，立即就恭恭敬敬地起來向老師請問，他先向老師作禮，然後再請教說：「曾參很不聰敏，哪裡能夠知道先王的至德要道呢？請老師為我們詳細地說明。」曾參如此的恭敬，如此的謙卑，老師看到這樣的好學生心裡必定歡喜。曾子是孔老夫子的一個傳人，他的德行第一，成就很高。為什麼曾參能夠有這樣的德行學問？因為他本身是個大孝子。他對自己的母親盡心盡力地侍奉，並將這種孝心帶到了老師身邊，自然對老師也是恭恭敬敬。因此孝與敬是一體的。首孝悌，「悌」就是恭敬。

　　老師見到這樣恭敬好學的學生，必定是很歡喜地把自己畢生的學問都和盤托出。所以孔老夫子馬上就說：「夫孝，德之本也，教之所由生也。」孔老夫子回答：「孝道，是德的根本，它是一切聖賢教育的源泉。」教育從哪裡教起？從教孝開始教起；「教之所由生也」，教育是從這裡產生的。從這句話我們就瞭解了，孔老夫子教人必定先教孝道。孔老夫子在《孝經》裡說：「人之行，莫大於孝。」不論做什麼行業，上至國家領導人、政府官員、公務員，下至士農工商，乃至無業、退休的老百姓，最可貴的德行就是孝。又說天子之孝：「愛敬盡於事親，而德教加於百姓。」這是講天子國家領導人要以身作則，把對父母的孝道做出來，然後將這種孝心擴展到全天下，以孝道之德來教化百姓。因此，孝可以說是中華文化的根。

　　胡錦濤先生在中共十七大會議中的報告裡說：「中華文化是中華民族

生生不息，團結奮進的不竭動力。」說得太好了！中華文化的根是什麼？是孝！因為有孝的根，中華文化才能源遠流長，中華民族才能屹立不搖。為什麼世界幾大文明古國都衰敗了，就只有中華文明可以歷久彌新而生生不息呢？主要的原因，是中華民族注重孝道。古聖先王、聖賢都有一體的觀念，都教導百姓孝道。主席之言，有振興國家的意識，用什麼方法？用孝的教育最好。

現在科技發達，國家用媒體來教導大眾，效果會非常顯著。我們很高興地看到，中央電視臺連續播出關於孝的電視連續劇《溫暖》、《家事如天》等等。這些都是教導人倫道德，提倡孝道。《溫暖》這個電視劇，是根據一個真實的故事改編而成的。所用的題材是在2005年初，評出的「感動中國十大人物」之一的大孝子的真實事蹟。

這位孝子是廣州市的一名律師。他的母親患了尿毒症，只有換腎，才能讓他母親活下來。當時家裡幾個兒女，都爭著要為母親獻腎。這位孝子是大兒子，38歲，所以他說了算，他決定自己把腎捐出來，還不讓他的母親知道。因為母親非常愛兒女，如果知道兒女為自己捐腎，寧願跳樓也不肯接受。所以田世國與醫院的醫生商量好，告訴他母親，這個腎不是自己家的，是買來的。在手術的時候，醫生先把他的一個腎切下來，然後立即移植到隔壁手術臺他母親的身上，手術很成功，母子都痊癒了。最令人感動的是，當母親和兒子同時出院時，母親還不知道，自己身上新的腎來自於她的兒子。感動中國評選委員會是這樣評價這位孝子的：「捐腎救母，這是大親、大情、大義」，真是「慈母身上腎，孝子一片心」。這位孝子對記者說：「我並不覺得我做了什麼驚天動地的事情，我覺得這是應該做的。母親生我們、養我們付出了多少辛勞，我獻一個腎又算什麼呢？」

《孝經》講：「教民親愛，莫善於孝。」這樣的一個孝子，感動了全中國。為此中央電視臺特別拍攝了這部《溫暖》電視連續劇，以他的行為作為題材，用孝道教化全中國的老百姓。真正要想和諧社會，利用媒體播放好的電視、電影，包括感動中國「十大孝子」的評選活動等等，都是構建和諧社會最

有效的方法。

　　孝是一切道德的根本，而「悌」是孝的起用。我們跟所有人是一體的，對待別人必須要用恭敬心，對待自己必須要謙卑，這是德。因此「悌」也是孝，它是把孝的這種心，表現出來而已。而恭敬也要從對父母開始，然後擴展到對一切長輩，對老師，對年長、德高、聲望高的人，凡是比我們有長處的人，都要恭敬。這種恭敬也是自然而然的流露，並不是刻意的，如果刻意那就不能稱之為「悌」了。《孝經》講：「不愛其親而愛他人者，謂之悖德，不敬其親而敬他人者，謂之悖禮。」愛人、敬人要先從父母親開始，這叫作由近而遠，這是仁愛的落實，不能倒過來。如果一個人，他對上級很恭敬，但是在家裡不恭敬父母，他沒有「悌」，他恭敬上級可能是別有用心，因為上級管著他的職位、工資、獎金。如果為了這些才恭敬上級，他想的都是自己的利益，而不是真有恭敬心。這種人，上級在位一天，他恭敬上級，上級不在位了，他可能就變樣了，因為心裡完全只有功利，而沒有道義。這種人能夠重用嗎？如果真給他職位，到高位上去了，他能夠為百姓去謀幸福嗎？當百姓的利益跟自己的利益相衝突的時候，他必定是把自己的利益放在百姓利益之上。所以選擇官員，首先要看他有沒有孝。孝敬父母，他才可能愛敬別人。愛父母，他才會愛百姓。懂得這個道理，才理解何以古代委任官員有兩個標準：一個是孝，一個是廉，稱之為「舉孝廉」。因為能夠孝順父母，就能夠忠於國家，就能熱愛人民。我們國家提出的「八榮八恥」頭兩條就是孝心的表現。

　　「謹信」，「孝悌」德行建立了，要在「謹信」上面去落實。所謂「謹」是對生活的態度，恭謹，稱為謹慎。做人要謹慎，小心，才不至於犯錯誤，凡是犯錯誤都是不謹慎。對待自己多年養成的毛病習氣，也要懂得常常觀照、留意才能夠真正改正過來，這就是「謹」。比如愛發脾氣，要真正改掉這個毛病，就要在「謹」字上下功夫。**當遇到不順心的時候，火要上漲了，馬上能夠提起一個念頭：「我不可以發脾氣。」發脾氣是傷人又害己，還於事無補，可能對於事情本身，會造成更大的麻煩。」**提起正念，平時就要在「謹」字上用功。常常都能關注自己的念頭，不妄失正念，這就做到了「謹」。當真正把「謹」

做好了,一步一步就是向聖賢邁進了。古人講:「克念作聖」,當我們起了念頭,覺察到這個念頭不對,馬上把它克服,這就是用「謹」的工夫,久而久之就能成就聖賢的品格。

「信」,是講做人要誠信,要講信用。如果不講信用,人人都會懷疑你,因為你沒有信用。所以,說話行動都要以誠信為原則。真正把誠信做到了,大家都會信任你,自己也生活在快樂之中,你的事業必定成功。因為真正有信用的人,大家會很歡喜與你合作,很願意幫你。特別是在生意場上,做生意最關鍵是信用。你到銀行借貸,也要考察一下你的信用如何。誠信的人,可以在社會上立於不敗之地。人如此,國家亦如此。

有一天,孔老夫子跟他的弟子子貢討論。子貢問孔老夫子說:「一個國家需要具備什麼樣的條件,才能夠立足?」孔老夫子說了三個條件,這三個條件具足了,可以立於不敗之地。子貢請問孔老夫子「是哪三個條件」?孔老夫子說:「曰兵,曰食,曰信。」第一要有兵,兵是講國家機器,軍隊、員警是兵,是統治的工具;第二是食,糧食,百姓要吃糧食,生活要滿足;第三是信,國家要有信用。子貢很會問,好學之人懂得抓住機遇提問題。子貢再問夫子說:「如果這三者必須要去掉其中之一,先去哪一件?」孔老夫子說:「去兵。」先要把國家機器去掉,剩下糧食和信。因為一個國家百姓要生存,國家更要取信於民。哪怕是沒有軍隊,沒有國家機器了,這個國家還能夠生存。子貢繼續問說:「如果剩下這兩件,還必須要去掉一件,去掉哪個?」孔老夫子說:「去食。」聖人的觀念是人民可以沒有飯吃,但是百姓對國家的信任不能沒有。國家可以是一個貧窮的國家,但是它對於百姓一定要有信用。因此孔老夫子說:「民無信不立。」如果百姓對國家政府失去了信心,這個國家也就立不起來了。可見信是多麼的重要。

信,引申來講,還包括信念的意思。一個人、一個團體、一個國家都要有信念,也就是志向。如果人沒有了信念,沒有了志向,他的人生就沒有了方向,沒有了目標,哪怕他吃得飽,穿得暖,而「飽食終日,無所用心」,人生也不會感到幸福,也不容易得到成功,更不要說成聖成賢了。所以,人要立什麼

志？立志做聖賢。聖賢人的生活一定幸福，聖賢人的事業一定成功。

　　「泛愛眾，而親仁」。「泛」，是廣泛的意思；「愛」，是仁愛；「眾」是社會大眾。以廣泛的愛心，對待社會大眾，稱之為博愛。這個愛心從哪裡來的？這個愛心就是孝心。孝是一體的觀念，跟父母一體，才能對父母盡孝。跟社會大眾一體，才能對社會大眾博愛。所以，愛心就是來自於跟社會大眾一體的觀念。而一體的觀念是宇宙的真相，宇宙本來是一體，就是我們前面講的「道」、「本性」，這是生養萬物的本體。為什麼對待大眾會有無條件的愛心，因為就是對待自己，沒有什麼條件可言，都是一體的。如同自己左手癢了、痛了，右手趕快去幫忙，難道右手跟左手還講條件、談價格嗎？你給我多少錢我才幫你，沒這種事，一體的，這種愛是無條件的愛。

　　要養成一體的愛心，也有一個次第。從何處做起？從「愛親」做起。孟夫子講「親親而仁民」。首先對父母親盡孝道，愛父母，再擴展到愛別人，愛別人是「仁」。對待比自己年長的如同對待自己父母一樣；對待比自己年幼的如同對待自己的弟弟妹妹，甚至是兒女一樣。正如孟夫子所說「老吾老以及人之老，幼吾幼以及人之幼。」

　　「親仁」，是親近有仁德的人。講親近君子，親近聖賢，這種親近就是向他們學習，因為與有仁德的人在一起，我們的德行、學問才能夠得到提升。「仁」不僅是有仁德的人，還包括古聖先賢留下來的中華傳統文化經典。這些傳統文化的典籍，都是仁德的聖賢之人智慧的結晶。在現今這個社會上，如果找不到真正有仁德的人，可以在古聖先賢的經典裡面找，學習傳統文化就是「親仁」。「孝、弟、謹、信、愛眾、親仁」，這六條是講我們修學力行的部分。

　　「有餘力，則學文」。在落實前面六條的前提上，有了力行的功夫，就應該學文。《論語》中講：「行有餘力，則以學文」，我們在力行的基礎上，有能力了一定要學文，因為學習古聖先賢的教誨，會幫助我們提升。如果我們不學習，憑著自己的想法去做，往往可能有偏差。因為自己的思想難保沒有錯誤，因此學文與力行同等重要。這裡講力行和學文，不是說先力行再學文，

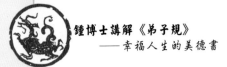

而是邊力行邊學文，學文幫助我們力行，力行幫助我們學文。因為真正把古聖先賢的教誨做到了，體悟也就更深了。這種體悟，幫助我們更加提升對於聖賢教誨的領會。

從總敘，我們可以歸納《弟子規》的一個宗旨，這個宗旨就是八個字「進德學文，知行合一」。「孝、悌、謹、信、愛眾、親仁」六個部分，都是幫助我們增進德行的，這是進德，是力行的部分。後面「行有餘力，則以學文」，學文是幫助我們知，知行要合一，解行要並重。

學文，也不是亂學。《三字經》第七、八句講「教之道，貴以專」，這是我們學習的方法。教也是學，教學的方法是什麼？貴以專，專就是不雜。學要一門深入，長時熏修。《弟子規》講：「此未終，彼勿起。」我們同時學很多東西，腦子會學亂，那樣，學文不能幫力行。學，要把心定在一門上。比如學儒家，先學《弟子規》。《弟子規》沒學好，沒做到，不能換科目。一定要把《弟子規》做到，才換第二個科目，這是專。《弟子規》做到了，再學《論語》。

《論語》是孔老夫子的言行，要學得跟孔老夫子一模一樣，那樣《論語》才學得徹底。沒有學得像孔老夫子一樣，就不改變科目。一遍一遍地學，學了之後跟人家講，邊學邊講，教學相長，這樣學就快了。這是「進德學文，知行合一」。宗旨和目標有因果的關係。宗旨是因，目標是果。**我們這樣去學、去做，最後結果：一、你可以得到幸福的人生；二、你可以得到成功的事業；最後你可以成就聖賢之道。**這三個層次不同，當然，我們目標要定得高，既然要學，就學做聖賢。聖賢都達到了，幸福人生，成功事業，自然而然就能得到。

《弟子規》，入手處最方便，所以最容易學。因為教導的方法，都是日常生活中的小事，從小事當中悟聖賢之道。在生活的平凡小事當中，把自己的不良習氣磨掉、改掉，漸漸讓自己的本性、本善彰顯出來，學著成就聖賢。**所以聖賢的克己功夫，在哪裡學？就在我們的日用平常中去檢點、去反省、去改過、去練習。**

孔老夫子講：「能近取譬，可謂仁之方也。」這句話是說，要學習仁的方

法，在哪裡呢？要懂得從最切近的事情裡面學習。也就是在日用平常當中，每一小事裡看我們會不會用心，若會用心，聖賢之道並不遙遠。不會用心，哪怕是把《四庫全書》都讀通、背熟了，還不是聖賢。充其量可以稱為一個儒學家，儒學很有造詣，可以寫論文發表，但是仁德、本性本善沒有顯發出來。那不是孔老夫子所希望我們做的。

　　如果我們能夠落實《弟子規》，哪怕是沒有讀過四書五經，沒有讀過《四庫全書》，儒家的經典一本沒讀過，唯讀過《弟子規》，只要我們百分之百做到，照樣成就仁德、成就聖賢。我們把自私自利的存心真的改過來了，不再用不善的習氣毛病，來對待周遭的人、事物，而是完全遵從《弟子規》所講的聖賢之道，那樣我們也能成就聖賢。

　　孔老夫子云：「仁遠乎哉？我欲仁，斯仁至矣。」孔老夫子說，「仁」很遙遠嗎？「我欲仁，斯仁至矣」。我真想去行「仁」，於是「仁」就到來了。我們力行《弟子規》，這就是「行仁」，不知不覺就能成為一個仁德的人。

　　學習的目的是成就我們的仁德，成就聖賢。不在乎我們懂得四書五經多少，不在乎背得多少。背不背不是關鍵問題，關鍵在我們做到多少。做到了「斯仁至矣」；沒做到，「仁」還是很遙遠。

　　學習程度不同，孔老夫子在《論語》中將這個程度分為三個等級，「生而知之者，上也；學而知之者，次也；困而知之者，又其次也。困而不學，民斯下矣」。上根之人，他的智慧程度很高，是「生而知之」，一生下來他就很仁厚，很有孝心，很有愛心，這種人是上等學子。

　　其實人本來都是良善的，「人之初，性本善」，為什麼有程度高低不同？都是因為後天的教育問題。《三字經》講：「苟不教，性乃遷」。如果不教他，他就可能從上等人變成中等人，或者中等人變成下等人，甚至下等都達不到，這個人沒救了。這都是因為他後天所受到的薰習。如果他薰習的是善的，那麼他是上等人。如果他薰習的不善，那麼他就變成下等人。

　　生而知之的人，也是教出來的。從何時開始教？母親懷孕的時候就要去教，這是胎教。孔老夫子最仰慕的文王、武王、周公，都是這裡講的生而知之

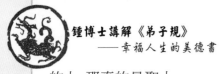

的人,那真的是聖人。

　　文王的祖母太姜,所生王季。王季娶的太太是太妊,所生之子為文王。文王娶的太太,名太姒,所生十子,次子武王、四子周公。

　　文王的母親太妊懷孕的時候,一言一行,都非常謹慎小心。因為太妊知道,自己肚子裡的孩子有知覺,假如自己行為造作不善,必定影響胎兒,對他是個污染。所以言語造作甚至是起心動念都非常謹慎,不允許有一點不善。懷孕期間她做到「目不視惡色,耳不聽淫聲,口不出傲言」。凡是不善的不看、不聽、不說、不做,就是為了讓腹中的胎兒,在母體裡接觸到的就都是良善的教育。因此古人講:「有胎教致使文王有聖德」。文王的聖德如何來的?他的母親教出來的。太姜、太妊、太姒,這三太都是非常賢德的女子,所以教養出了聖人。周朝開國這三位女子為周朝八百年的基業,奠定了深厚的根基,周朝之所以成為中國歷史上最長久的朝代,要感謝這三位聖女。

　　現在人稱呼妻子為太太,這個稱呼就是出自於周朝的三太。因此,太太是一個非常尊貴的稱呼。稱呼妻子做太太就是希望你這位妻子,將來能養育出文武周公這樣的聖人,為我們的國家、為我們的世界培養聖德之人。

　　太太在家裡培養兒女,是聖賢人的事業,「蒙以養正聖功也」,所以太太的使命比先生更重要。很多人說中國重男輕女,好像男子的地位高,女子的地位低,那是一種錯誤的觀念。在中國重視的是傳宗接代,而女子的德行,對女子培養後代的使命有著重要的影響。古德曾說,「治國平天下之權,女人家操得一大半」。怎麼可以說先生地位比太太高,應該反過來說太太地位比先生高才有道理,因為她使命重大,從懷孕就開始了培養兒女。

　　當時我母親也是很重視胎教。我出生在1973年,正是「文化大革命」期間,當時沒有傳統文化的書籍,只有《毛澤東選集》。我的父親在蘭州,我母親在廣州,相隔很遠,我媽媽跟我的姥姥一起住,生活很清淨。我的姥姥是一個非常賢慧的家庭婦女,一生沒有發過脾氣,對自己的先生、對自己的兒女都非常地關愛,性格非常好,稱得上是「溫良恭儉讓」,有很厚的傳統美德。因此我母親跟我姥姥生活在一起,一方面耳聞目染感受溫良恭儉讓的德

風，一方面也在姥姥身邊盡孝。而這種潛移默化正是對我良好的胎教，所以我從小到大，我母親說我都很聽話、很孝順，很少跟父母有頂嘴的時候，違逆父母的事情沒有做過，這應該就是胎教奠定的基礎。

上根的人是生而知之，學而知之就次一等了。談到「學而知之」，教育就很重要，尤其小孩子從小就要接受聖賢的教育，落實德行的根基。因為長大了以後再教就比較難了，正如《顏氏家訓》所說：「教婦初來，教兒嬰孩。」

教育從哪裡開始？從嬰孩開始教。媳婦剛過門就開始教家規，教婦初來比較容易，時間久了，她受的污染多了，就很難教了。

難教的人是誰呢？「困而知之」。這是講我們現在人，大部分人小時候都沒學過中華傳統文化。自「五四」打倒「孔教」以來，傳統文化受到了新文化運動猛烈的衝擊；而「文化大革命」中的「破四舊」更是把傳統文化徹底廢棄了。沒有學習過傳統文化的人，就是受困了。其結果是導致我們這一生的行為、觀念產生了很多偏差，常常生活在煩惱痛苦當中。現在有機會學習《弟子規》，接觸到傳統聖賢文化，我們要盡心竭力，亡羊補牢。

雖然我們程度低，但是沒有關係，只要努力還能補救。如何努力？《中庸》講：「人一能之，己百之；人十能之，己千之。果能此道矣，雖愚必明。雖柔必強」。人家看一遍就能看懂了，我就看十遍；人家讀十遍，我就讀一千遍。這樣發奮圖強，即使是根性愚鈍、程度低，也能趕上來。《中庸》講「君子之道，辟如行遠必自邇，辟如登高必自卑」。學習聖賢之道，要循序漸進。走遠路，必要從腳下開始邁步；登高也要從低處開始，一步一步地登。只要不灰心，奮勇向前，聖賢學問我們一樣可以成就，本性本善也必定可以恢復。

第一篇 入則孝

　　「入則孝」是《弟子規》正文部分的第一篇。其中包括二十四件事情，篇名「入則孝」，顧名思義就是在家裡要懂得孝敬父母。為什麼要教孝？因為孝是道德的根本，也是聖人教化大眾的根本。

　　聖人明瞭宇宙萬物與我是一體。我與一切人、事、物，都是不可分割的生命共同體。這種一體的觀念，稱之為孝道。而「孝」這個字就代表一體。從時間上說，近的，講父母跟兒女是一體；展開，講過去遙遠的祖宗跟未來無盡的綿延下去的子孫，也是一體。從空間上說，整個宇宙十方都是一體。真正證入了這種一體的境界，徹底認同了一體，這個人就稱為聖人。因此，學習聖賢之道，從哪裡入手？從學孝開始。

　　本篇篇題「入則孝」的「入」可以解釋為入手處。聖賢之道從哪裡入手？從孝道入手。孔老夫子在《孝經》裡說，「夫孝，德之本也，教之所由生也」。教德、學聖賢之道，要從孝道入手，培養我們一體的愛心。有人說是愛人如己，這個觀念，已經隔了一層，因為還有個他，還有個自己。真正入了一體的境界，哪裡有他？哪裡有自己？心量能達到涵蓋宇宙萬物的人，就是聖人。

　　曾子在《孝經》裡向夫子提問說：「敢問聖人之德，無以加於孝乎？」他問，聖人之德，有沒有比孝更高的德？孔子說：「夫聖人之德，又何以加於孝乎？」孔子說，還有什麼比孝更高的德行，能稱為聖人之德？

　　聖人提倡以孝治理天下。以孝治天下，必定能得到和諧社會，和諧世界。孔子在《孝經》裡面講聖治，他說「聖人之教，不肅而成，其政不嚴而治，

其所因者本也」。聖人用什麼方法來治理天下？《禮記·學記》上講「建國君民，教學為先」，用教育。教育、教學又以什麼為先？以教孝道為先。因為孝是人的根本，用根本來治理天下，自然得到政通人和、國泰民安。這就是「不肅而成」，不必用嚴肅的法律去治理，自自然然就能夠達到和諧社會。從聖人的教導我們可以明瞭「法治」不如「禮治」。如果能用禮治，用教育的手段，讓大家都能夠孝敬父母，自然能夠民風和睦。因此孔老夫子說，這就是古聖先王治理天下的至德要道。

　　「入則孝」，所談的內容都是生活小事，真正會學的人，都是從小事、小道理裡面去體會聖賢人的存心，去體悟治國平天下的至德要道。本篇所講二十四件事情，也是舉一個大概，每一條裡面涵蓋的意思都無限的深廣。

父母呼　應勿緩

　　這句話字面上的解釋是，父母叫我們，我們要馬上答應，不能遲緩。這是要求小孩從小就要學對父母恭敬。如果父母叫我們，我們拖拖拉拉、遲遲疑疑，表現出來的那個樣子就是傲慢，恭敬心就沒有了。因此，孝第一要培養的是敬，「孝敬」，孝字後面還有一個敬字，沒有敬，就沒有孝。

　　有一次子游請教老師（孔老夫子）孝道，如果對父母能夠用物質去供養，給父母很豐厚的生活的補助，這算不算是盡孝？孔子否認，這不算是孝。孔子說，「至於犬馬皆能有養」。是說你養狗、養馬也是養，如果是那樣的話，養狗、養馬跟養父母有什麼區別呢？夫子說，「不敬，何以別乎」？孔子說，如果對父母沒有恭敬心，那麼你養父母，不就等於養一個寵物？有什麼區別？那怎麼能叫盡孝？因此，孝必定要跟恭敬心連在一起。而真能夠有這種恭敬父母的存心，這個人就有福了。他在家裡已經養成習慣了，對父母溫和柔順的態度，恭敬的存心，踏入社會，他這種氣質一定會引起很多人對他的重視。上司一定喜歡這種人。這種恭敬的存心，就是他幸福成功的源泉。

　　「父母呼」，這個「呼」字，如果是父母開口叫了，我們當然要「應勿

緩」。父母沒有叫呢？我們也要去體會，父母有沒有什麼需要。父母有時候不一定是口上在呼叫我們，口上呼叫已經是萬不得已了，我們要懂得聽到父母的心聲、父母的需要，不待他開口，我們就要應勿緩，這才是真正孝道。

孔老夫子的學生曾子，就是個大孝子。「父母呼，應勿緩」，他做得很圓滿。有一天他上山砍柴，母親一個人在家，結果一個朋友來找曾子，曾子母親就慌了神，不知道怎樣招待這個朋友。想到曾子上山砍柴，不知道什麼時候回來，怎麼樣才能把曾子喚回來呢？那個時候也沒有手機。老人突然心生妙計，用牙齒把自己的手指咬了一口，流出了血。十指連心啊！母親一咬破手指，曾子在山裡面已經感覺到心痛。曾子念念都是想著父母，所以母親的心一痛，他在山裡面就有感應，不知道家裡發生了什麼事，於是趕緊跑回家。回到家裡一看，原來是有朋友來訪。母親就告訴他說：「因為朋友來了，我想趕緊把你喚回來，又不知道怎麼喚你，就只好咬自己的手指，讓你能夠感應。」純孝之心，可以有超越時空的感應。

《孝經》說，「孝悌之至，通於神明，光於四海」。孝悌存心到了極處，可以與天地萬物一切生靈感通。稱之為「通於神明」。為什麼四海能感通？因為是一體的。只是我們太麻木了。何以會麻木？因為我們自己的心裡存著欲望，妄念把本有的感通的功能障蔽住了，遮罩起來了，所以不能體會到父母的呼聲，不能感知父母的需要了。

一個公司部門裡，有一位年輕女子，休息日都和朋友到KTV去唱歌。一唱唱到很晚，然後又去酒吧喝酒，玩夠了回家的時候，已經是夜靜更深。在回家的路上，才看到手機上面顯示有很多個未接電話，都是父母打來的。回到家裡看到父母依然在等待她，而且等得面色憔悴。

為什麼曾子可以感受到母親的呼喚，而我們有手機，父母的呼叫都沒能聽到？表面看是被KTV的大喇叭音響覆蓋住了。其實是物欲把自己的心給覆蓋了，所以不能感知到父母焦急的呼聲。父母的呼叫哪裡是喇叭音響的聲音可以覆蓋住的？

《大學》上講「格物致知」。真正盡孝，平時要懂得在「格物致知」上面

下手。格物就是革除我們的物欲，才能夠得到真知、真智慧。如果不格物，沒有辦法致知。因為智慧都被物欲給蒙蔽了，真正把物欲放下了，我們的心地就清明、透徹了，這樣才能與天地萬物有感應。這時父母有絲毫細微的起心動念，我們也能感知。這是一個純孝之人才能做得到的。所以我們學習，要先從「父母呼，應勿緩」開始，慢慢提升自己的境界。真正做到「父母呼，應勿緩」的人，已經是積德、積福了。如果父母呼不肯應，按照自己的想法一意孤行，往往會出亂子。

有一個青年男子，讀到「父母呼，應勿緩」這一句，心裡面非常感慨。他想起自己少年時代遇到的一件事情，讓他刻骨銘心。上國中的時候，他住在父親公司的宿舍裡，常常跟院子裡的同學們一起玩。有一天，幾個男同學邀他一起去給一個女同學過生日，開生日Party。就在他正要出門的時候，接到了媽媽打來的電話，告訴他「今天澡堂開放了，你跟我一起去澡堂洗個澡」。這個孩子當時很是猶豫，是聽媽媽的話，還是跟自己的同學一起去玩？這個人算是有孝的根基的，他想到媽媽從小到大，為自己日夜操勞很不容易，媽媽叫了，就應該聽媽媽的話，所以毅然拒絕了同學們的邀請沒去玩，跟著媽媽去洗澡了。

這件事看起來好像很平常，當他第二天上學以後才知道，原來昨天晚上那幾個同學一起喝酒作樂到很晚，幾個男生都喝醉了酒，竟然性侵了作為壽星的那個女生，當場被員警抓住，幾個男生都被送進了少年管教所。

幾年後，這個聽媽媽話的孩子，考上了公立中學，後來又考上了公立大學，畢業以後，到了一個很好的公司工作。有時他工作之餘回到家裡，偶爾也會遇到那些兒時的玩伴，當年曾經住過少年管教所的人。看見這些從管教所出來的人，雖然年紀已經不小了，十幾年過去，也沒有振作起來，有的人蹲在大院裡下下棋，有的人做一點小經營混日子。他們看到這位事業有成的人回來，也都顯得很不好意思，躲躲閃閃的，或者是跟他苦笑一下，也沒什麼話好講。

面對兩條截然不同的路，要抉擇的時候，也就是這個孩子一念之間的

事。他一念生起感恩父母的心，做到「父母呼，應勿緩」，因此就走上了正路，沒有隨波逐流而墮落。假如那時候「父母呼，應勿緩」他沒做到，跟這些同學們去玩，很可能也會喝醉酒，也難免會做出傷天害理的事情來。因此，回想起過去，這個年輕人非常感激自己的母親。或許他的母親至今都不知道有這麼一回事，但是他真正明瞭，聽父母的話多麼重要。

我們回想一下從小到大，父母在無意之間，救過我們多少回。所以父母的恩德，真的是恩重如山，我們要報答父母的恩德，要常常體會這句「父母呼，應勿緩」。很多年輕人長大了，也有很好的事業了，但是對父母的呼聲卻是充耳不聞，對父母的需要，更是麻木，不能感知了。

有一年的母親節，《廣州日報》採訪了不少的父母和兒女，而且特別採訪了幾位母親。記者首先問這些兒女，母親節到了，你們都談一談，你們要怎麼樣盡孝。結果不少兒女們都說，我要賺大錢、買洋房、買汽車供養我母親。他們認為這樣是盡孝。又問一下這些母親，你希望你的兒女為你做些什麼？結果這些母親，沒有說要兒女給她買洋房、買汽車，很多父母都說：「我只希望兒女不要太忙了，這個週末能夠陪我吃一頓飯。」父母對我們這樣的一個小小的希望，我們能不能夠體會得到，我們能不能夠「應勿緩」？我們常常將一個「忙」字作為藉口。這個週末太忙了，公司還有事情，或者是說上司請吃飯。反正種種的理由就把父母給搪塞過去，總是心裡沒有把父母放在首位。把他的公司，把賺錢，把討好上司放在首位。所以，別看這是生活的小事，這小事當中能夠看到，我們有沒有真實的孝心。如果忙於名聞利養的追逐，心就會越來越麻木不仁了。忙到最後，人生的方向都盲目了，到最後心裡只剩一片茫然。那麼忙到底，人生的意義又何在呢？所以父母的呼聲，我們不可以忽略。

當然父母要培養孩子孝心，也要懂得用正確的方法。也許不少人經常會看到這樣的一幕情景：

一個年輕的母親，帶著一個三四歲的小孩正在地上玩，母親想要拉小孩回家，但是這個小孩在地上耍賴、打滾，就是不肯跟他母親回去。儘管這

位母親叫了好幾聲，這個孩子都不理會母親。於是這位母親就從口袋裡掏出一顆糖果，然後胸有成竹地走到孩子跟前，對著孩子把糖果晃了一下，就這麼一晃，孩子眼睛就盯在糖果上面，然後母親拿著糖果，在他眼前慢慢地拉了起來，就看著小孩一下子身體就直立起來了。我們看到這幕情景，就會聯想到馬戲團訓練動物，就是這個樣子。結果當這個孩子站起來的時候，這位年輕的母親就問他，你想不想吃糖果？那個小孩二話不說就要用手去抓。結果母親早有預防把手立即收回來，你想吃就得跟我回家。於是這個孩子就服服帖帖，跟著他媽媽回家去了。

這樣的一幕場景，大概很多人在大街小巷都看到過。現如今很多年輕的父母，都是用這種方法管教孩子。我們試問一下，這樣的方法管孩子對不對？想一想，糖果可以讓孩子服服帖帖跟著回家，而母親多少次的呼叫聲，孩子居然充耳不聞。在這個小孩的心目中，糖果比他母親更重要。這麼小，父母就已經給孩子心田裡種下了這種功利的種子，他可以為了功利而不要道義。這個孩子長大以後，可能他為了要一個手機，而千般地來打擾他的父母，隨著他的欲望的增長、年齡的增長，已經不只是要糖果了，他要的是手機。再長大一些，手機不能滿足他的要求了，可能父母要去買一台手提電腦，才能夠滿足他的欲望。上了大學，可能父母要給他買一輛小汽車才行。隨著年齡越來越大，他的欲望也就無止境地在擴張。最後當父母已經沒有能力滿足自己兒女欲望的時候，兒女會怎麼做？多少的父母年老的時候，被兒女遺棄街頭。還有些兒女，為了爭奪財產而謀害父母，釀成了種種的人間悲劇。

這都是從小教育理念的錯誤。父母在孩子幼年的時候，教的不是「父母呼，應勿緩」，教的是「糖果呼，應勿緩」，「手機呼，應勿緩」，「電腦呼，應勿緩」，說到底就是「物欲呼，應勿緩」。孩子長大後，他所應的也不是父母的需要，而是自己的物欲。長此以往，社會怎麼能不亂？所以，挽救世道人心的道德教育已經到了緊要的關頭。

父母呼，這已經不僅僅是我們自己的父母，還應該包括社會中每一個

家庭的父母，他們的呼聲我們有沒有聽到？他們的呼聲是什麼呢？呼喚兒女們回頭，孝順父母。面對社會大眾那種急切的盼望，希望倫理道德教育的恢復，我們年輕人也要「應勿緩」。首先我們自己要去依教奉行，然後再將它廣泛地宣揚，介紹給社會大眾。

我在去年底，辭掉了昆士蘭大學終身教授的工作，重新來到我的老師淨空老教授身邊，做一名學生，繼續學習傳統文化。學習的同時也來講習，把優秀的教育介紹給大眾，「建國君民，教學為先」，和諧社會也是教學為先。

「父母」引申出來不僅是指自己的父母，包括我們的老師、長輩，也包括我們的上司，他們的呼聲我們同樣也要「應勿緩」。

哪一個父母，不是望子成龍，望女成鳳，都希望我們做一個有德有才、有一番事業的人。真正的好老師也是這樣，希望我們做一個有道德、有學問的人。我們的國家、人民，對我們也是這樣的期許。

對於父母、老師、長輩、國家和人民對我們的希求，對我們的盼望，我們要去實現，要去真正落實。做一個有德有才的賢德君子，報效國家，報效人民，這才是真正做到了「父母呼，應勿緩」。再進而把心量擴大，涵蓋宇宙萬物，這才是孝。

《弟子規》在這裡展現出一個最高的哲學精神，就是「一即一切，一切即一」。「一」就是任何一條，《弟子規》所講的任何一條，都涵蓋著一切的意思。僅「父母呼，應勿緩」這一條，就涵蓋著聖賢圓滿的修學，因為當我們不能夠事親，不能夠忠於國家，服務人民，貢獻社會，不能夠成聖成賢，孝道就不圓滿。父母、老師對我們的呼聲、盼望，我們就沒有圓滿應到。而聖人所做的也就是這「父母呼，應勿緩」而已。

《孝經》中將孝分為三個層次，「夫孝，始於事親，中於事君，終於立身」。第一個層次，孝始於事親。孝養自己的父母，這是事親的階段。第二個層次，中於事君。從侍奉雙親到侍奉君國，君就是國家領導人，他代表國家，用現在的話來講就是忠於國家，服務人民，為社會做出貢獻。第三個層次，

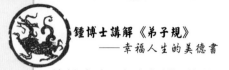
終於立身。立身行道,修養聖賢的品格,將孝做圓滿。

我們的老師淨空老教授講,《弟子規》列印出來僅一頁紙,天平上面左邊放一本《弟子規》,右邊放《四庫全書》,甚至將儒家所有的典籍都放在右邊,天平上它們的重量平等。老教授用這個比喻來說明《弟子規》的分量,它的重要性絕對不亞於儒家一切典籍。《弟子規》是根,根涵蓋著樹木花果。這一句「父母呼,應勿緩」,也涵蓋了所有儒家的典籍。

儒家典籍是教你成就聖賢,成就聖賢就是父母呼喚,你「應勿緩」。從這裡就能夠體會到,《弟子規》不是簡單的一本給童蒙養正的小教材,它是一本幫助我們成聖成賢的大教材。懂得這樣學習,這就是有悟性。縱然不能夠學到像孔老夫子最得意的弟子顏回那樣聞一知十的悟性,也得會舉一反三,這樣學就學活了,不是呆板的。如果只是把「父母呼,應勿緩」理解為父母叫我一句我就動一下,那就學呆了。

父母命　行勿懶

意思是父母對我們的教誨、命令,叫我們做的事情,我們馬上要行動,不能懶惰。字面上的意思是教小孩學習孝道,要從這裡學養成隨順父母意思的孝順心。孝後面是個順字,孝順孝順,順才能得到孝。如果不順父母意思,常常跟父母違逆,甚至頂撞,那就不能稱為孝。「父母命,行勿懶。」父母叫我們做事,我們能夠很迅速地行動,養成這個好習慣,就會一生受益。到學校裡面,能夠做到「老師命,行勿懶」。來到公司也能做到「上級命,行勿懶」。成家以後「先生命,行勿懶」,「太太命,行勿懶」。這樣的人走到哪裡,都受人歡迎,最後得到的是幸福快樂的一生。

我22歲到美國去留學,在學校裡跟隨一位大教授做研究助理。這位大教授在美國也是一個比較著名的經濟學家。他的工作效率很高,產出率也很高,對自己的學生、手下人,要求也很高。

當時我剛剛到美國,什麼都不懂,甚至英文也說不流利,在他手下工作

可吃力了。通常他給我們一份工作，我們都要請問他一下，這個工作要什麼時候完成？這位教授就會說，我昨天就該要了。意思是說，你還要問嗎？趕快去做，已經過期了。他給的工作量，要求做的時間都很長，像我們按照工資來算，每週要做20小時。如果是這個教授給的工作量，20小時絕對完成不了，我要用40小時才能完成。對這位教授這麼嚴格的要求，也要「行勿懶」，不能懶惰，要扛著。他要我去做的都是一些處理資料，用電腦建立模型，做統計程式的運算等等的工作。但我從來沒有跟他說，我一個禮拜本來只做20小時，現在要給你做40小時。因為我自己從中學到了很多東西，因此也就不介意，很高興替他工作。

結果摸索著走，後來他要求的工作量，我三十小時就能完成，漸漸20小時就完成了，再後來我10小時就能完成，因為熟了，熟能生巧。效率是越來越高，自己的工作能力也越來越強了。因此，最終得利益的還是自己。後來我做研究，也是請他做我的博士論文的指導老師。因為跟他已經合作了很多年，他的這些研究方法我也都掌握了，所以做起來很快，四年就完成碩士、博士所有的課程和論文。當時我們的系主任都說，我是學校完成博士課程最快速的一個人。不僅如此，後來我與這位教授，成為了長期研究上的合作夥伴。我們倆共同合作，寫了很多優秀的論文，都發表在美國乃至世界著名的金融學、經濟學的雜誌上。

來到昆士蘭大學，當時我們商學院每一位教授，他們一年平均產出零點六篇論文，平均一年寫不出一篇論文。但是我平均的產出率，是一年四篇論文，而且品質都很高。真正肯服務，肯「行勿懶」的人，自己得到的利益是最大的。

當老師、父母、上級，要求我們做工作，不用介意說，怎麼這麼多工作量，好像自己吃虧了。沒有吃虧的，這個天下沒有真正吃虧的事情。要知道吃虧是福，你吃的不是虧，是福。父母，也可以指人民，所有的人民都是我們服務的對象，我們也要「行勿懶」，要全心全意為人民服務。

這裡也包括「客戶呼，行勿懶」。我們認識的一位公司總經理，他讓公

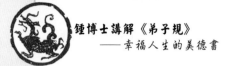
司的員工都來學習《弟子規》。售後服務部的有些員工,在分享「父母命,行勿懶」這句話很有心得。有一個員工說,過去接到客戶的電話,有投訴的,有要求上門服務的,總是懶懶散散不肯去動。學了這一句,知道要把客戶也看作是自己的父母一樣,「父母呼,應勿緩,父母命,行勿懶」。現在再接到客戶的電話,就立即行動,趕緊上門服務。漸漸發現客戶對公司的產品滿意度大大增加了,企業的聲譽也因此得到了提升。

父母教 須敬聽

這句話是說,父母的教誨,我們要恭恭敬敬地去聽取、去領受。父母比我們年長很多,俗話說他吃的鹽,比我們吃的飯都多,走的橋比我們走的路都多。所以他們的教誨,對我們身心必定有好處,對我們的人生,必定有積極的指導意義,應該虛心恭敬地去聽取,避免走彎路。如果對父母的話置之不理,往往會吃虧。俗話都講「不聽老人言,吃虧在眼前」。父母都是真心愛兒女的,都希望兒女能夠好,能夠有成就,我們如果能夠聽父母的話,那就叫有福了。

我從小就非常聽父母的話。尤其是母親在我心目中,是一個非常有智慧的人。她的言行、舉止,處處都是我的好榜樣。我很小的時候,母親就在思考我的人生規劃問題。我小學畢業的時候,她幫助我上廣州市最好的中學。我們家住在廣州,當時廣州最好的中學是華南師範大學附中。在母親的培育下,我以廣州市黃埔區第一名的成績,考上了華師附中。上了中學母親不斷地督促我,鼓勵我,目標是上重點大學。當時我母親不希望我離開太遠,只希望我留在廣州市裡,雖然成績還不錯,就報考我們廣州市的重點大學——中山大學。

上了大學以後,我母親在我19歲的時候,送了我一張生日賀卡。這是我上了大學以後的第一個生日。她在給我的賀卡裡寫下了對我人生的規劃。賀卡中寫道:「茂森兒,祝賀你19歲青春的年華。這是你邁進大學的第一個生

日。世界上有兩樣東西，只有失去時才知道它的價值，這就是青春和健康，希望你做一個智者。身置廬山之中，而知廬山之美。你已經成年，今天和你談談我對你人生的總體策劃。假如環境沒有意外，你的道路是大學畢業，獲學士學位。研究生畢業，獲碩士學位。攻讀博士，獲博士學位。爭取到當今世界發達的國家學習和工作。成家要晚，立業在先，遵循古訓，修身、齊家、治國、平天下。在修養方面克服浮躁，一心不亂，增加自控能力。寧靜致遠，行中庸之道。30歲前學習積累，打基礎。30歲至55歲成家立業，做一番事業。55歲後，收心攝心，總結人生，修持往生之道。這樣當你回顧往事的時候，可以自慰地說，我活著的時候很充實，離去的時候很恬靜。永遠愛你的母親，1992年5月。」

這是15年前母親給我做的規劃。回顧15年走過的路，我也很欣慰，可以說，都是在母親規劃的人生道路上走，越走越踏實，越走越歡喜。確實有不少母親的希望我已經做到了。比如說獲得學士學位、碩士學位、博士學位，得到了世界發達國家一個很好的工作；包括成家要晚，我還沒成家。不過有很多母親希望的事情，我還沒有做到，比如說修身、齊家、治國、平天下，克服浮躁，一心不亂，增加自控能力，寧靜致遠，行中庸之道。這些都是聖賢人的品行。母親所希望的，我這一生不僅僅是有一個成功的事業，還要再進一步，要成就聖賢的品德。這個確實是我要終生力行的。跟很多同齡的年輕人相比，非常慶幸自己是一個幸運者，也算是一個成功者。成功的秘訣在哪裡？沒有別的，就是「聽話」。「父母教，須敬聽」，不僅要聽，聽了之後要照做，要依教奉行，這才是敬聽。敬聽父母的教誨，得利益的還是自己。

「父母教，須敬聽」，可以引申為，不僅對自己家的父母，對所有的長者，有德學的人，老祖宗的教誨，孔子、孟子這些聖賢人的教誨，我們也要敬聽，聽了之後要照做，方不辜負老祖宗對我們後代的期盼。

將中華文化發揚光大，最關鍵的是人。孔子說，「人能弘道，非道弘人」。人能夠把一個道、一門教育、一種文化發揚光大，而不是這門教育、這門文化，把一個人捧起來，不是。關鍵是要去做到。作為一個炎黃子孫，作為一

個中華兒女,現在還能夠得到全世界人的恭敬、讚嘆,因為我們的老祖宗有著五千年的道統,五千年的文化令世人敬仰,使得我們這些子孫都沾了光。我們若躺在老祖宗的光榮上,而不肯依教奉行,怎麼對得起我們的老祖宗。

「父母教,須敬聽」,還可以引申為一切人對我們的教誨,我們都要去敬聽,別人給我們提的意見,我們要虛心、恭敬地接受。這些意見如果是正確的,可以幫助我們改過自新,幫助我們進步,我們應該感恩他。因為他能夠提醒我們,能夠提醒我們的這種人,就是好人。我們步入社會後,誰還能夠對我們常常提醒,耳提面命?只有兩種人可以做到:父母和老師。所以如果有人能夠給我們提意見,我們要把他當作父母一樣,感恩他。如果他提的意見不對,或者是故意來找茬、來挑釁,我們該怎麼辦?還是要「須敬聽」,對他還是要虛心恭敬,還是把他看作父母一樣。為什麼?我沒有這種過錯,他提的意見不對,提錯了,我們也不要放在心上。既然自己沒過錯,心裡就應該很坦然。他說得不對,是他的問題,跟我有什麼關係,不是我的錯,為什麼要生煩惱,還要跟他去辯論,沒必要。這是用別人的過錯來懲罰自己,讓自己生煩惱,這是愚蠢的人才做的。聰明的人絕對不會做那種傻事,他能夠給我們提意見,我們還應該感恩他,起碼他有這種膽量,有這樣的一種行為,就讓我們感動。

唐太宗納諫,有人講他的缺點,即使講錯了,唐太宗也不介意,反而會獎賞他。別的臣子看到了對皇帝說,他這個說錯了,你怎麼還能獎賞他,懲罰他才對。唐太宗說,你們不知道,如果他說錯了我就懲罰他,以後再也沒有人跟我諫言了,我獎勵他,是獎勵他這種精神。聖明的君主有這種心量,有這種智慧,他的成就大。所以能夠對任何人都做到「父母教,須敬聽」,就是養成我們虛懷若谷的聖賢品格。

父母責　須順承

這是講父母對我們的責備,我們要能忍受,能好好地反省自己,若有

錯，承認錯誤。若無錯，有則改之，無則加勉。對待父母的責備、批評，我們都要歡歡喜喜地接受，這種態度是孝心的展現。父母的責備，都是出自於愛心。沒有哪個父母生了兒女，是恨這個兒女的。真正瞭解父母對我們的這種愛心，對於父母的責備，我們就能夠順承。父母說對了，我們趕緊要改過。假如父母說錯了，我們心裡明白，也不必跟父母頂嘴。明白之後，對於父母的意見，我們要記在心裡，沒有這種過失要注意防範。怎麼可以對父母的責備，心裡產生不滿、不服，甚至產生怨恨呢？

有一個女孩子，因為跟她的母親吵了架，母親罵她，她忍受不了就離家出走了。結果身無分文的她，又飢又渴在一個店門口徘徊了很久。大概是這種神情被飯店的老闆從裡面看到了，這個老闆很慈善，走到門口問這個女孩子，「你是不是餓了，來來來，我請你吃一碗麵」。這個女孩子一聽，心裡非常高興，心想：「哎呀，這下遇到好心人了。」就跟著老闆進去店裡，老闆給她端出來一碗熱騰騰的湯麵，她就歡喜地吃下去了。吃完以後，老闆就問她，「你身為女孩子，一個人出來做什麼呢？」聽了這一句話，女孩子忍不住淚如泉湧，哭著對這個老闆說，「老闆，因為我跟媽媽吵了一架，所以就跑出來了。結果遇到你這麼好的好人，給我一碗熱騰騰的麵吃。哪裡像我的媽媽這麼絕情」。沒想到老闆聽了這個女孩子的話，馬上向她糾正說：「你不可以這樣講話，你想想，我只給你這一碗湯麵，你就已經這麼感恩、這麼歡喜。你的母親從小把你養大，給你做了多少碗麵，為什麼你對母親都沒有一點感恩？」這一句話，提醒了這個女孩子。「哎呀，是自己錯了。這麼一個萍水相逢的人，給我一碗麵，我都這麼感恩戴德，認為他是一個好人，自己的母親呢，母親對我付出了多少？哪裡是一個萍水相逢的人，對我們的付出可以相比的」。女孩開始醒悟、開始懺悔了。

父母偶爾對我們的責備，如果積怨在心，這是大不孝。要知道父母對我們的責備，就是對我們的成全，讓我們累積福分。我的母親常常跟我講，世界上沒有人能夠真心批評你、責備你，除了父母老師以外。只有父母和老師才有這樣的愛心，能夠對你嚴厲要求。她跟我講：「我們這一代人，從幼稚園

到小學、到中學、到大學，沒有遇到過什麼大的災難，沒有受到什麼運動的影響，可以說是一帆風順。你的祖輩、父輩都遭受過戰爭的苦難，遭受過各種各樣運動的折磨，一生遭遇很多的坎坷。要知道沒有受過磨練，很容易栽跟斗，所以如果有人能夠對我們責備、批評，來磨我們，這種人對我們就是有大恩德的人。」我媽媽常常告訴我，「福是逆著加的」。就是你的福分，怎麼來的？逆著來的。責備、批評，甚至是打罵都加到你的頭上，就是給你加福。從上幼稚園開始，一直到讀完博士畢業，當教授，真的一帆風順，這是多大的福分。要知道自己修了多少福？能不能夠有這樣的福分享用？如果父母對我們的責備，別人對我們的批評，我們不能夠忍受，這種人就沒福，等著他的是苦頭。所以，我的母親很有智慧，她對我的培養，絕對沒有溺愛，雖然我是一個獨生子，但是她對我管教非常嚴格。

我記得，當時我們在廣州，母親把我送到廣州市第一幼稚園進行全托。禮拜一把孩子送過去，禮拜六父母才接回來。當孩子的總是念著父母，不肯上幼稚園。每逢星期一，早晨要上幼稚園的時候，我總是拖拖拉拉，總是在那裡找藉口不肯去。母親也一點沒有心軟，拉著我就上幼稚園。我們是走路去，翻過一座山，大概要走40分鐘。母親讓我自己背著書包，書包很大，裝著幼稚園裡用的衣物和用品。我當時才4歲，背著大書包，我媽媽就拖著我走。有時在路上，被媽媽的朋友看到了，大吃一驚，對我媽媽說，「哎呀，你怎麼可以讓這麼小的小孩，背這麼大的書包？」批評我媽媽，我媽媽也沒有跟他辯論，在他面前把我這個書包接過來，繼續走。等那個人走過去，然後又把書包還給我，讓我繼續背。後來我才明白，母親這樣做是為了鍛鍊我的素質，為我加福。所以，從小我的身體就鍛鍊得很硬朗，小腿很粗，那是走路鍛鍊出來的。我長大以後體質很不錯，在中學、大學裡都是學校田徑隊、游泳隊或者是籃球隊的選手。這都是我在孩童時代，奠定下良好的基礎。從這個例子可以看到，我母親對我從不溺愛。

我當時是很調皮的一個孩子，經常違反紀律，幼稚園裡有些老師就向我媽媽抱怨說：「你這個孩子很難管教。」大概我從小就好動，我媽媽聽了

這話，就對這些老師說：「請你們盡量地嚴格管教茂森，如果茂森調皮搗蛋，違反紀律，你們就進行處罰，甚至罵他打他都可以。」結果老師得到我媽媽這種授權以後，真的對我就不客氣了，以後我就老實了。現在哪裡有像我母親這樣開明的父母，很少了。

現在我們常常聽說，孩子在學校裡受到老師的批評，稍微嚴厲一點，孩子就哭哭啼啼地回家向他父母告狀，父母捲著胳膊就要去學校，跟老師理論，甚至要告老師。所以現在的老師，哪敢認真教學生？就讓學生放任自流，不可能真心教，父母沒有這種意識。真正要把孩子教得好，讓他聽話，讓他孝順，當孩子在外面受到人家的責備、批評，一定有它必然的原因，不僅孩子要順承，更重要的是，家長要從內心順承，父母首先自己要有這種理念，才能夠真正成就自己的孩子。如果家長有這種態度，那就沒有教不好的孩子。而孩子長大後，也必定會感恩父母。我現在三十多歲的年齡，回想過去，對自己的父母真是無限的感恩。嚴格要求真的讓孩子能夠成才。古人講的沒錯，「棒頭之下出孝子」。你對孩子有打、有罵，拿棒子的那種可以出孝子，我就是這樣出來的。我的父母在我小的時候，對我也是有打，有罵，這都是幫助我，形成孝順這種品德。這就是父母為我們加福。

誰有這種觀念？明朝的袁了凡先生。他寫過一篇《訓子文》，叫作《了凡四訓》，裡邊是給他兩個兒子的四篇文章，是他的家訓。

《了凡四訓》裡有句話說：「即命當榮顯，常做落寞想；即時當順利，常做拂逆想；即眼前足食，常做貧窶想；即人相愛敬，常做恐懼想；即家世望重，常做卑下想；即學問頗優，常做淺陋想。」這就是常常要有一種居安思危的心態。哪怕是你自己很榮顯的，也要常常有一種貧困、落寞的心理準備。人，哪裡能夠保證一生平平坦坦、順順利利。要在有富貴的時候，要在順利的時候，要在豐衣足食的時候，要在家世旺重的時候，修養自己承受風雨、苦難折磨的心理承受能力。這是孩子的素質教育。

古人常講「人生不如意事常八九」。要常常想到，我不如意的時候怎麼辦。即使是自己很有學問，也要常常想到自己還是很淺陋，心存謙卑、恭順

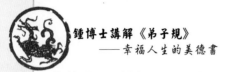
的態度。這樣的人就是有福了。這樣的心態，如何培養？就是要從「父母責，須順承」這上面去養成。不怕吃虧，不怕被人責備。受責備、吃虧正是增福。要學會恒順，學會「行有不得，反求諸己」。這樣，福分才能夠長久，學問才能夠提升。

明朝有一個讀書人叫張畏岩，他年輕的時候就已經很有文采，寫文章寫得很好，也小有名氣。有一次他參加鄉試，考舉人，結果榜揭出來以後，發現榜上無名。他非常地氣憤，於是就大罵考試的主考官，說他是「有眼無珠，寫文章這麼好，你怎麼都沒看上」？正在他罵的時候，旁邊站著一位老道人，笑眯眯地看著他，好像看馬戲團演戲似的。張畏岩看見道者這樣一副態度，心裡越發氣憤，就遷怒於這位道人。道士就說：「相公，你的文章一定寫得不好。」張畏岩聽了之後，更加氣憤了：「你也是瞎眼了，你沒看過我的文章，怎麼就說我文章寫得不好？」道士說：「我只聽說寫文章最關鍵的是要心平氣和這四個字。像你這樣心不平、氣不和，文章怎麼能寫得好？」張畏岩聽了這幾句話之後，覺得很有道理。古代的讀書人都很講道理，你把道理給他講出來，他明白後就屈服了，氣焰也就隨之下去了。然後張畏岩就向這位道士請教，如何能將文章寫好？如何能考上功名？道士講：「中不中，考不考得上全在命。你有這個命，你就考得上，你沒這個命，你雖然文章寫得好也沒用，你需要轉變自己。」張畏岩聽道士這樣一說，有點不明白，他又問：「既然是有命定的怎麼可能轉變？」道士接著講，這是一個很深的道理，道者說：「造命者天，立命者我，力行善事，廣積陰德，何福不可求哉？」這說明雖然有命運，但是立命之人，不是老天爺，是我自己，我自己掌握自己的命運。怎麼樣得好命運呢？「力行善事，廣積陰德」，你的福多了，哪能說福報求不來，想得功名富貴都能得到。張畏岩又說：「哎呀，你說做善事是好，但是我一介貧窮的書生，沒有錢，要做善事都很難。」道士說：「善事、陰德都是我們心造的。只要有這顆心，常常都為善，起善心，起善念，自然就是功德無量。比如說謙虛這是一種美德，它又不費錢，你剛才考不中，在這裡大罵考官，說他是有眼無珠，你這不是等於損了陰德嗎？為什麼不好好反省自己，

自己德行不夠，沒有這個福分，所以儘管你有好文章，也考不中，沒這個福報。」張畏岩聽道士這樣一說，明白了，知道原來「行有不得，反求諸己」，君子首重修養德行。

　　如同射箭一樣，你這個箭要射不中，你會不會說「這個箭是哪個廠家生產的？品質怎麼這麼差。這個弓，是哪個地方出產的？怎麼這麼差，害得我射不中」。真正有理智的人，絕對不會這樣的抱怨。他只會抱怨自己，因為射箭的功夫不夠，所以射不中靶心。也就是行有不得，反求於自己。當張畏岩明白這個道理以後，他回去每天護持自己的念頭，絲毫不動惡念，逐漸增長德行。別人批評、責備都能夠順承。「父母責，須順承」他做得很好，果然三年以後，張畏岩考上了舉人。

　　要知道，功名富貴，一生的吉凶禍福，都是要靠我們自己去創造。能夠在日常生活當中，修養自己的厚德，我們的福分就會越來越大。幸福人生，成功事業乃至於最終成聖成賢，就都不是難事。

冬則溫　夏則凊

　　這句話字面上解，是子女對父母要時時關心，處處留意。冬天要給父母溫暖床被，讓父母晚間休息的時候感到暖和。夏天天氣炎熱，兒女應該給父母扇扇涼，讓父母生活在一個清涼的環境裡。這些行為雖然都是小事，但是處處都表現出一個孝子的純孝之心。天長日久就能養成對父母愛護、關懷的習慣，我們的心地也就變得非常的善良。當這個純善的心養成以後，不論待人、處事、接物都自然而然地生起溫良恭儉讓的態度，做事都是為他人著想，而不是為自己求名求利，自然就得到大家的尊敬、愛戴。

　　歷史上，有一個很著名的「黃香溫席」的故事。東漢年間，有一個孩子叫黃香，他9歲的時候他母親就病故了，只有他父親跟他在一起。他深深懂得孝道，黃香日夜思念自己過世的母親，於是就把這種哀痛的心，轉成對父親的孝順。家裡無論大小事情，他都主動去做，雖然年紀很小，但是他侍奉父

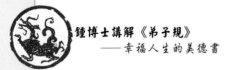

親卻無微不至。盛暑，天氣酷熱，黃香吃完晚飯，就會到父親住的屋子裡，把席子扇涼，當父親要入睡的時候，黃香就在床邊給父親扇扇子，左手扇完，用右手扇，一直扇到他父親入睡，這時候黃香的雙手都已經又酸又累了。但是黃香年復一年，不間斷地為父親這麼做。冬天北方嚴寒，黃香吃過晚飯以後，早早就鑽進了父親的被窩裡，用自己的體溫把被褥暖熱了，再請父親入被窩，也是年復一年。鄉裡的人都非常讚嘆這位孝子。長大以後，他的這個孝行傳遍了四鄉八里。當時的太守聽說有這樣一位孝子，也非常的讚嘆，特別推薦黃香出來做官。古人稱之為「舉孝廉」。

為官者他們有一個非常重要的任務，就是為國家推薦棟樑之材。推薦人才的兩個標準，一個是孝，一個是廉。當一個人能夠孝順父母，他一定會忠誠於國家。他能夠廉潔，他就不會貪污，他能夠奉公守法，他為官就能做到剛正不阿。太守把黃香推舉出來，後來黃香官拜尚書，現在講的尚書令，他為官一生，也是處處為民眾著想。從東漢起，孝子黃香溫席的故事一直流傳至今。《弟子規》「冬則溫，夏則清」，黃香孝行是最好的寫照。

我們學習這句，不是也學著黃香，機械地去做。我們能出錢為父母購買一台冷氣機。夏天晚上炎熱，我們先把臥室裡的空調打開，當氣溫降下來以後，父母要休息的時候，我們要把空調關上，因為開著空調睡覺對身體不利，關上空調可以保全人的陽氣不散，這是一種生理衛生。所以學習「夏則清」也要懂得科學，冬天，特別是北方天氣寒冷，我們可以為父母添置一台暖氣機，讓父母能在溫暖的環境裡生活。不管怎麼做，原則是身為子女的我們要處處體貼關懷父母。老人家年紀大了，我們要常常想到，如何能夠讓老人過上幸福美滿的晚年。

我們的師長曾提出要建立「老人樂園」的建議。這個老人樂園與老人院的不同之處就在於，老人在這個「樂園」裡面，生活很快樂。如何快樂？每天都會開設老人家喜歡的一些文藝、手工藝或者是傳統文化的課程，讓老人家有一個豐富的精神生活。而且還常常為老人家舉行一些文藝表演。老人家自己如果有一門手藝或者是一門技術，可以開班教徒弟，使老人家的這些

技藝，能夠有傳人，讓老人最開心的事情是老有所用。如果有些老人，在傳統文化這方面造詣比較深，就請老人家出來講課，老人家可以把他們的心得與年輕人分享。可以建個攝影棚，為老人家錄製講課的光碟，免費贈送給學校或者是家庭，作為義務的倫理道德的社會教育。

在老人院服務的員工們，都要受《弟子規》的培訓，真正生起對老人的孝順心、恭敬心。伺候老人，如同伺候自己的父母一樣，讓老人在這裡面不會感覺到孤獨寂寞。因為每天照顧他生活的人，都是他的孝子賢孫。他們每天都生活在豐富多彩的生活裡，他們會感覺到越老越快樂，不僅是老有所養，也是老有所樂。這些對老人的照顧，要展現出我們中華民族傳統敬老愛老的精神。這就是「冬則溫，夏則清」給我們的啟示。我們能夠愛護老人，恭敬老人，到我們老的時候，也能有年輕人來愛護我們，恭敬我們。古人講：「愛人者，人恒愛之；敬人者，人恒敬之」。所以，真正以一顆孝心對待老人，就會結出豐碩的福德之果。

晨則省　昏則定

這是講，早晨起來要向父母問早安。晚上睡覺之前為父母鋪好床枕被褥，陪伴父母，讓父母能夠在安定當中入睡。就在這些生活的小事中，處處展現出兒女知恩報恩的孝心。想想我們還是嬰兒，在繈褓中，是誰日夜地來照顧我們，關懷我們？只有父母會這樣做。晚上我們可能會大吵大鬧，不斷地啼哭，甚至把床鋪都尿濕了。「推乾就濕」是說父母讓孩子睡在乾處，自己睡在孩子尿濕的地方。長到四、五歲才真正脫離父母的懷抱。因此，父母的養育之恩德確實比山還高，比海還深。今天當我們的父母年紀大了、老了，我們是不是也應該對父母進行回饋，報答父母的養育之恩。而這句「晨則省，昏則定」，就是我們為人子應盡的這份心。

在西元前一千多年的周朝，周文王就是這樣侍奉自己的父親的。文王對父親非常的體貼，每天三次向父親問安。當聽到父親身體還不錯，文王心

裡就會很安定。如果父親身體不適，文王心裡就很憂慮，就一定要在父親身旁照顧，而且晚上睡覺是衣不解帶，直到父親的身體好轉，文王的心才安下來。這就是歷史上著名的「文王三省」。可見得周文王之所以被孔子譽為「聖人」，確實他具備了純孝的聖德。事情雖然很小，但是能夠堅持這樣做的人，實屬難能可貴了。只要我們細心去體會父母生活的需要，時時處處我們都有機會來回報父母。

我在美國和澳洲都是跟母親一起居住。常常我也會發現，母親晚上睡覺之前，最喜歡我在她旁邊跟她說一會兒話。說話的話題並不重要，只是隨便聊天，可能是聊這一天下來，自己在工作單位有什麼見聞，遇到什麼人，什麼事，或者是自己學習傳統文化有些什麼樣的心得體會，總之天南地北聊得很多。聊著聊著，就發現母親的眼睛慢慢閉上，睡著了。看見母親睡著之後的臉上還露著一絲微笑，我能想像到，母親入睡這麼安穩，晚上一定會做個好夢，於是就靜悄悄地躡手躡腳地離開。

「晨則省，昏則定」，我們如果有心，其實做起來並不難。而能長期這樣做，不知不覺就在累積自己的厚德。這句話引申的意思，就是要常常懂得安慰父母。假如父母有不順心或者心裡面有煩惱，有憂慮的時候，我們要常常懂得開導父母，讓父母的精神愉快。而開導父母最重要的就是用傳統文化，因為中華古聖先賢，他們都是最幸福、最快樂的人。他們並不一定很富裕，但是喜悅無比，因為他們確實做到如孔子所說，「學而時習之，不亦說乎」。我們如果能夠常常用傳統的倫理道德修養的這些教誨，與父母分享，也能夠讓父母心開意解。很多時候，憂慮、煩惱都是自己心裡面自設障礙，只要想開了就沒有煩惱。我們學習傳統文化，要幫助父母也在精神、靈性上提升，這也是盡孝。

孝順父母，不僅是供養父母一點錢、一點物質，給父母好吃好穿。那只能是供養父母之身，那不是盡孝，因為有好吃、有好穿未必快樂。特別是富裕人家的父母，越有錢他越苦惱。因此，真正讓父母快樂的是幫助父母，在精神靈性上提升。這種讓他心開意解的快樂，稱之為孝養父母之心。再上一

層，孝養父母之志。如果父母沒志向，我們也應該幫助父母立志向。可能父母並沒有學過很多傳統文化，我們學習了以後，也要啟發父母立志。不僅自己立志做聖賢，還要啟發父母也立志做聖賢。如果父母說，「我都老了，還做什麼聖賢」？要勸說父母，不能這樣想，聖賢跟凡俗之人有什麼區別？就在於存心不同，不是在年齡不同。聖賢的存心是為天下人著想，絕不為自己。凡俗之人都是自私自利。自私自利的結果，是患得患失，他就沒有快樂。聖賢人沒有得失心，起心動念都是天下為公，他就得到大快樂。那種快樂絕對不是我們凡俗私心能夠體會得到的。我們自己做好榜樣讓父母看到，也應該幫助父母這樣去做，那才是真正的歡喜。

「晨則省，昏則定」是小事，但不能說小事無所謂，只要做大事就好了。要知道，能做大事的這種品德、能力都是從小事當中培養成的。老子講：「九層之台起於累土，千里之行始於足下」。這是說，高樓大廈是一沙一石積累起來的。走千里之路，還需從腳下一步一步邁出。因此，要做大事，要先從小事上訓練，要養成大德，要在小的行為上去培養。古人講：「勿以善小而不為，勿以惡小而為之」，就是這個道理。

出必告　反必面

這個「告」字，古音讀「故」。告就是報告的意思。講的是兒女出家門前，必定要先向父母稟告一聲，「爸爸、媽媽，我走了」。無論上學、上班或者要去探親訪客，總要告知一下父母，最好事先要跟父母打好招呼，徵得父母的同意，父母批准了我們才出去，這是必要的禮貌。

「反必面」是指回到家裡，要先向父母報告，「爸爸、媽媽我回來了」。讓父母看得到，他們的心也就安了。這些行為展現出，作為孝子心裡常常存著父母。如果心裡把父母忘了，很可能這些細節也就忽略了。出家門前忘記和父母打招呼，父母也不知道他上哪兒，等了很久也沒有音信，在家裡非常擔憂。回到家裡也不吭一聲，就進了自己的房間，關上門。父母也不知道他

回來,一出屋門,反而把父母嚇一跳。

這句話,我們要體會到,它是告訴我們常常存有讓父母安心的意念。如今的社會,兒女長大了往往會離開父母,考上大學要到外地去讀書,或者出國留學,或者到外地去工作,或者出差等等。要知道父母總是惦記兒女的。我們常常要讓父母知道我們的消息,給他們打電話、寫信保持聯絡,讓父母心安。

記得我在美國讀書的時候,一個人遠渡重洋,我是獨生子,父母在廣州。他們肯定都記掛著我。我就每一個星期給父母打電話,每兩個星期必定給父母寫一封長信。很多時間就花在煲電話粥、寫長信上。信洋洋灑灑一寫就是五六頁,講述留學期間老師、同學的一些生活情況,還有自己的一些心路歷程,可以說是無話不說。父母每次接到電話,每次收到信都是非常歡喜的。這我都能夠體會得到。有時候媽媽很高興,會把我寫的好幾封信裡面的內容,摘抄出一些重點,然後還寫一些評論,再把信寄回美國,讓我看到這些摘錄,體會自己當時寫信時的心境,而媽媽又是怎麼評論的。就很多的問題,母子之間進行溝通,我自己也從中獲得很多的利益。確實有感於古人所說,「家有一老,人有一寶」。老人確實是我們的寶。他們用人生的經驗,智慧來指導我們,使我們避免走很多彎路。

在美國留學期間,留學生中流傳著一句風涼話:「一年土,二年洋,三年忘了爹和娘。」這是說出國留學的人,第一年土裡土氣,第二年洋氣起來了,融入了西方社會,第三年他就把國內的爹娘都忘了。這樣的留學生,過幾年再看他,有沒有得到幸福?沒有。因為他為人處事、交友都是功利的思想。有利益的事,才去做,沒有利益的事,連爹娘都忘了。想一想,這樣的人會有真心的朋友嗎?會有真心幫助他的人嗎?即使是跟他結了婚的先生、太太也不一定跟他以真心交往,他必定是生活在煩惱、痛苦當中。因此「出必告,反必面」,也是幫助我們修養德行。

「出必告,反必面」不僅用在對父母,在工作單位裡,對上司我們應該常常做彙報。因為上司很忙,不一定每件事情都會向我們瞭解情況。有機會

要多向上司報告，請示工作，這也是對上司的忠誠。這個忠心，也是從孝心裡發展起來的。我們向長官與上司請示報告，忠誠於長官與上司，並不是為了討好，不是為了自己升官、漲工資。不是！真正是一個本分。做人應該是向長官與上司負責，向公司團體負責，向國家人民負責。能夠這樣做，我們在公司裡面，一定是上下和睦，所謂「君仁臣忠」。下屬對長官與上司忠誠，上司自然對下屬仁慈。彼此之間，都以道義相交。一旦公司出現了問題，如果是面臨危機，員工也不會捨棄上司，這都是一種忠義。朋友之間，同事以及任何人之間，多交流、多溝通，都是處理好關係的要素。人如果常常能夠和他人溝通交流，人家對自己的猜忌、懷疑也就少了。

　　人如此，團體如此，宗教之間如此，黨派之間如此，國家之間亦如此。當今世界宗教與宗教之間，很多的矛盾衝突都是因為互相不瞭解。我的教說你的教是魔教，你信的那個神是假的，你的教又詆毀我的教。互相都不瞭解，互相都在詆毀。任何一個宗教，所宣講的都是勸人為善，都是講倫理道德，何必互相詆毀？只要多溝通、多交流、多互相訪問，很多的誤會、猜忌就能夠化解，就能達到相互合作。黨派之間、國家之間、種族之間也是這樣，只要能夠建立在彼此相互信任的基礎上，互助合作，共存共榮，這個世界一定是和諧的。

　　「居有常」講的是，我們居住的地方要固定，不要老搬家。為什麼？因為老搬家的人心不定。在美國很多朋友都告訴我，說他最怕搬家，因為搬家，人真的是累得脫一層皮。一搬家，中間打包、清掃、賣房、買房，這些事情真的讓人很費心力，很多的時間都被浪費掉。如果是父母年紀老了，更不能夠隨便搬家，因為老人家經不起折騰，上了年紀的人，往往是一折騰，身體弱的話，可能會影響到生命安全，所以老人家盡量少動。人靜下來的時候就能生福，能夠生智慧。我們求學的人也要懂得「居有常」的道理。居住的地方不用求好，不要求十全十美，只要有一個小房子住，能夠打掃起來很方便、很容易，我們的時間可以節省下來，用在我們的學業、道業上面，這樣心比較容易集中。

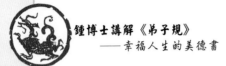

我自己能夠在學術上有一點點成績，很大一部分原因是得力於「居有常」。我在美國博士畢業以後，到美國德州大學教書。當時在大學的附近租了一個小公寓跟我媽媽一起住。我媽媽也很主張住小房子，因為住大房子很累，打掃起來真的是很費工夫，如果自己打掃不了還要請人，那也很麻煩，還要費錢。小房子可能半小時、一小時就能夠把它整理得很乾淨。所以，三年裡很多人勸我們買個房子，房租很貴，而且租下來十幾二十年，房子還不是你的。若是買房子，貸款加上償還的利息，其實和租金也差不了很多。當時我們就覺得沒工夫，不願在生活上面去浪費時間，而是全心全意專注在學業、工作方面，所以工作成績也很突出。

無論在美國還是在澳洲，我的學術成績在整個商學院裡面都是最好的。雖然年紀最小，但是出產的論文數量和品質，在學院裡面都是最高的。所以「居有常」不僅可以讓我們不浪費時間，而且幫助我們心安定，安定的心可以讓我們生智慧。《大學》裡面說，「知止而後有定，定而後能靜，靜而後能安，安而後能慮，慮而後能得」。就是讓我們懂得知止。知止是什麼？懂得放得下。房子很貴，我們就租房住。租房子不合算也沒關係，不浪費時間，不在經濟上考慮問題，在經濟上能放得下，這叫知止。人一生目標不可以太多，希望有學術上的成就，又希望同時能賺大錢，還希望房子能夠省錢，種種的想法，常常會讓我們的心不定。能夠知止，很多事我們不做，這就有定。定了之後，心就能安靜。用安靜的心學習，就能夠考慮得周詳。有智慧，智慧能幫助你成就。這個得就是最後的成就。我們凡人一般來說，都受環境的影響，因此讓我們自己創造一個安定的環境，幫助我們學業長足發展。

居有常　業無變

古代的人們做得非常好。古人造一間房子，可能是四代、五代人都居住在裡面，都不動。不動，家業就能夠興旺。老動，氣就不穩了。

「居有常」引申的意思，也可以解釋為我們的起居，我們的生活作息要

有規律。一個人生活起居規律，他就健康。早起早睡這是健康的一個重要前提。很多中醫都強調晚上九點鐘以後，人的一天就進入了冬天。**人的一天也有春夏秋冬。晚上九點鐘以後進入冬眠的狀態，晚上九點到第二天早上三點，是應該睡覺的時候。三點到九點這一段是春天，春要發，這個時候就應該起床。九點到下午三點，這是人一天的夏季。夏季是精力最旺盛、最飽滿的時候，這個時候工作效率會很高。當然盛夏的午時，十一點到下午一點，這段時間如果能夠休息半小時到一小時，能夠保養我們一天的元氣。下午三點到九點，這是人一天的秋天，慢慢的收藏了。**一天之內的春夏秋冬就像四時寒暑，我們要循著天時而作息，這叫有常，「居有常」的人往往能夠活得長久。能夠早起早睡的人，他的臉色都很好，有陽氣。他的生活與天時是同步的。如果起居無常，生活沒有規律，晚上不睡覺，早上不起床，這個人的臉色就總是灰暗或者是枯黃的。因為臉上沒有陽氣，他不能夠與天同步，這樣對身體不好，這也是不孝。

清朝曾國藩先生，曾經教訓自己的子弟說，「人必須要早起」，看一個家庭能不能夠興旺，其中一條看這個家庭的子弟能不能早起。早起的家族，有興旺之相。

記得我從小，母親就對我生活作息方面有嚴格要求。人總是有一種惰性，早上要起床的時候總想賴賴床，特別是冬天，被窩裡很暖和不想起床，這個時候母親天沒亮就把我叫起來，起來洗漱一下，讀讀書。等到天已經亮了以後，太陽已經升起來的時候出去鍛鍊，吸收陽氣。鍛鍊不用很劇烈，但是精神能提起來，呼吸室外的空氣，一整天都精神飽滿，精力充沛。到了晚上，都早睡覺。我母親的身體也很不錯，精力飽滿，說話聲音也很洪亮。她一生就得力於早起早睡和有規律的作息，加上鍛鍊身體。

我上中學在廣州華師附中，那時候我是住校的，住校的生活確實是很有規律的生活。早上是鈴聲叫早，然後集合出去操場做體操、跑步、鍛鍊身體。白天學習，中午有短時間的午休，下午有鍛鍊身體的時間，然後晚上必定十點前熄燈睡覺。這些都是從小幫助孩子養成一個很好的生活習慣。我這

個習慣一直保持到現在。養成一個好的習慣，讓我們終身受益。《易經》講：「天行健，君子以自強不息」。君子的生活行為都要效仿天，天的運作非常有規律，日月星辰四時寒暑非常有規律，一點不會紊亂。君子的生活行持，也應該像日月星辰，四時寒暑一樣自強不息。

「居有常」，這個「常」是恒常。有規律才能恒常。恒常，才是中庸的思想。何謂中庸？「中」是不偏不倚，中道，不激進。我們要把學業或者把事業搞好，不是靠突擊。「庸」是平常。因為行中道，才能夠持之以恆。例如我們華師附中，它的大學聯考上榜率每年都是廣東省最好的。為什麼有這樣的成績？百分之五十以上的原因，是這個中學有很好的生活作息。培養出來的孩子，都有很好的身體，有很好的能力。而「欲速則不達」，很多孩子在考試之前，開夜車打著電筒在床上看書，這種「挑燈夜戰」的學習態度，不僅不能得到成功，反而會把身體搞壞。

「業無變」的「業」，是講我們的職業、我們的事業不能夠變化。我們一生立定一個志向，選擇好了一個事業，只要正確，終身不改，就能夠在這個事業上得到大的成就。因為心專注，專注的人出的成績就高、就快。我們看到現代的人，心都很浮躁。一個普遍的現象，就是老跳槽，找到一份工作，做沒兩天就不喜歡，就換到另外一個公司工作。一年換上幾次，這樣他的心怎麼能安定，他怎麼能夠學到真實的學問？我們講人要有個專業，專業就是要專，才能出業績。總是變的話，就沒有辦法出成績。換來換去到最後，把這一生的光陰都浪費掉。當然我們選擇職業、事業是非常重要的。如果選擇一個很好的職業，能夠一生不改變，我們在這個職業上，就能做出突出優秀的成績，就能夠為人類做出很大的貢獻。如果選錯行業，就麻煩了。俗話講：「男怕入錯行，女怕嫁錯郎」。男人選擇行業，就和女人選擇丈夫一樣，不能選錯。選錯了就有很多麻煩事。我們選擇行業，要懂得有個標準，這個標準就是用道德來衡量。

「道」就是宇宙的本體。我們沒有辦法體悟道，只能體悟德。循著德的這些事業，我們去做就能幫助我們見道。那些不好的事業，如殺、盜、淫、妄

那些行業不能選擇。殺，不僅是殺人，動物都不能殺。因為殺動物把自己的慈悲心、愛心，與天地萬物一體的心破壞了。因此，儒家不主張殺生，也不提倡隨便吃肉。孟子都七十以後才吃肉。偷盜的這些事情，現在確實很多。比如侵佔版權的行業，生產沒有版權的音像產品，盜版或者是偷稅漏稅，這些行業都不能做。邪淫的行當，更不能做了。還有妄語，就是說大話騙人。比如欺騙消費者利益的廣告，或者是生產不真實的偽劣產品，都是造惡。這些行業一定不要選擇。如果這個公司是做這些行業，我們不要參與，參與進去沒好處。即使是選擇了正當的行業，我們也要常常檢點，要奉公守法，不能有私心，有私心往往就會利用自己的行業，損害別人的利益，而中飽私囊。

比如律師的行業，應該是匡扶正義，是本著法律維護著一切人的公平。如果律師為了自己得到一些訴訟費，而故意慫恿他人去訴訟，這種心態就是唯利是圖。又比如醫生，這是一個正當行業，救死扶傷，是無量的功德。假如為了推銷藥品從中得到回扣，故意給病人開一些很貴的藥，這就叫作傷天害理。甚至有的外科醫生，一個腫瘤本來可以一次切除乾淨，他偏偏要分好幾次進行，讓病人經過幾次手術的痛苦，而每次必定有很多的收費，這種行徑，真的是謀財害命。又比如說一些新聞媒體，媒體的職能應該是為社會大眾宣傳真、善、美的理念，把好的節目播放給社會公眾，讓大家從文藝娛樂中生起倫理道德的心，生起正念。可是現在的媒體，為了增加收視率，很多廣告、節目內容充滿著污染，往往讓人起邪思，是把正當、神聖的行業玷污了。要明瞭，無論哪個行業，我們都要秉著一顆公心去做，不要為自己謀私利。

「業無變」，這一句說到我們求學要「業無變」，就是選擇一門專業之後，要懂得「一門深入，長時薰修」。這樣你必定會在這門學問上得到成就。我們看到很多科學家，他們都是在自己的專業領域裡，幾十年地去下功夫，為此才會有相當的成就。每一個行業，不論士、農、工、商，都能夠出狀元。而成就的秘訣就在於專，一門深入就能成為專家。

我在昆士蘭大學，帶兩個博士生。我帶博士生的要求很高，不像一些老

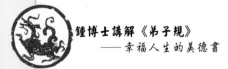
師帶很多博士。甚至一個老師帶著幾十個博士，連有些博士的名字都不知道。我只帶兩個，而且我的要求很高。我告訴他們，你跟我學，一定要老老實實，不要求快，不要求新，腳踏實地地去學習。因為我和其他老師要求不一樣，所以能夠接受我的理念的人不多。博士生選擇課題，都是做老師的為他們選。一個研究課題選定以後，剩下的工作基本上讓博士生自己去完成，老師在一旁指導。我告訴他們，你讀的這些論文，書目是我指點給你的你就去看，每篇論文要求看十遍，整篇論文你要爛熟於心。金融領域的論文，常常都比較深，而且需要建很多數學的模型，來進行運算，來求證。我要求學生把這篇論文讀懂、讀通，通到給你同樣的資料，你就能做出來，還能夠完全重複一篇論文裡的實驗，讀到這個程度，才能算畢業。然後才能看第二篇論文。因此，給他們規定看的論文並不多，但都是這個領域裡的中心論文，他們若都能看通了，則一通百通。學術領域裡面的研究，其實並不是很困難，只要能夠通一門，其他這些題目是觸類旁通的。這兩個同學都能夠這樣做，成就也不錯，論文寫得也很不錯。

　　《三字經》裡講：「教之道，貴以專」。教和學的方法就是貴以專。能夠專注於一門，成就就大了。學習傳統文化的教育，關鍵也是在「貴以專」。我們的淨空老教授，他要求跟他學習的學生就是用「一門深入，長時薰修」這個理念。首先要紮好德行的根。中華傳統文化儒釋道三家，儒的根在《弟子規》；道的根在《太上感應篇》；佛的根在《十善業道經》。這三個根都紮穩了，然後選擇一門，這一門可以是任何一部經典。如《論語》，如何學？用十年功夫。看參考資料，然後講這部《論語》，就等於你的心得報告。邊講邊悟，邊用到自己的生活中。如果每天講個半小時到一個小時，大概四個月你就能講完，講完之後再重複講，一年可以講三遍，十年講三十遍。講三十遍以後，你也就成為《論語》的專家了。世界上沒幾個人，能像你這樣對《論語》如此融會貫通的。當然我們講也可以旁聽別人的科目。比如我學《論語》，他學《禮記》，我可以旁聽他的課，把他講的這些思路，拿來做參考，融會到我講的這篇《論語》裡面。這樣融會貫通，既能夠深入，又能夠博學。

這是我們老師為我們提倡的古聖先賢的教學方法。

事雖小　勿擅為　苟擅為　子道虧

　　這句話意思是說，為人子，哪怕是小事，都應該常常去請示父母，不能夠擅自做主張。如果擅自做主，往往可能把事情做壞了，不僅對不起父母，而且為人子之道也虧損了。這是告訴我們，不能夠增長自己的主觀意識。特別是孩子小的時候，自己的想法、主觀意識，往往不成熟，容易造成不良的後果。所以對於父母我們要常常進行報告、請示。當我們能夠培養出處處以父母為重，以大局為重，顧及到父母，顧及到大局的心，而不只是主觀任意，憑著自己的興趣愛好去做主，我們慢慢修養成的這種心叫孝心。如果是常常自作主張，就很容易任著自己一己之私，為著自己的名聞利養、自私自利的企圖，而不顧父母，不顧他人，那就失掉了孝道。我們對待父母應該這樣，對待老師也應如此。老師教誨我們要常常記在心裡，不要擅自違背老師的教誨。父母和老師都希望我們成才，都希望我們做個有德、有學的人。哪個父母、老師希望自己的子弟，將來成為一個殺人犯？哪個父母、老師希望自己的子弟將來坐監獄？不會的。所以我們做任何的事情，都要想到，我這麼做有沒有虧欠道德。如果虧欠了道德，就虧欠了父母，也對不住老師。雖然事情再小，我們也要謹慎。

　　孔子的弟子顏回，是孔子最讚歎的學生。他一生就奉持「四勿」，這是他的四條戒。所謂「非禮勿視，非禮勿動，非禮勿聽，非禮勿言」。這四句是講，凡是不符合禮儀、規範的不道德行為，我們不能去看，不能去聽，不能去說，更不能去做。哪怕是再小、再細微的事，我們都要處處依禮行事。這是在日常生活中，培養自己的修持功夫。如果平時起心動念，生起了私心，往往就會把自己的良心覆蓋了。所做的事情可能是循著自己的欲望，而虧欠了天理。因此小事不注意，累積起來將會造成對道德的大虧損。

物雖小　勿私藏　苟私藏　親心傷

　　這句是講，做兒女的不應該私藏物品。因為在沒有長大成人的時候，要明瞭自己身從何來？是父母所生的，我們與父母是一體的，所以我的東西就是父母的東西。怎麼可以私藏？這裡關鍵是「私」字。有私心藏匿東西，背著父母不讓父母知道，當父母發覺了，他就會很傷心。他所傷的不是你把那個東西拿走了，東西並不稀罕，關鍵是你的孝心，已經被你這一己之私破壞了。這是讓父母難受、難過的地方。如果處處都有與父母一體的觀念，就不會有私心要藏匿東西。

　　記得我小的時候，父母很注重培養我這方面的行為。逢年過節，大人們通常都給我們小孩子一些壓歲錢。小朋友拿著壓歲錢，一般來說都不會自己藏匿，不會自己要，而把這個錢去交給父母。這個時候父母一定要收下來。因為如果父母說，「這個錢你留著，將來你可以自己使用」。久而久之小孩子會形成「這是我的錢，是我自己用的」這種想法，那個私心就會逐漸增長。因此父母在這個時候，要有這樣的一個意識，注重孩子第一次的行為，當孩子把錢交給父母的時候，他心裡沒有私心，這是「人之初，性本善」。如果父母不懂，讓孩子自己去存私錢，慢慢就把他的私心培養起來了，當這個私心越來越重的時候，可能就會為自己的私利而置父母於不顧。這些細節問題，身為父母的要很注意。

　　也就是因為我從小受到良好的教育，長大成人工作以後，我所有的錢都入到我和母親兩個人的賬上來，絕沒有自己的私財，到現在都沒有私財，我的錢都是父母的錢。父母生我，養我這麼大，那個恩德報都報不完，怎麼還能跟父母計較，藏匿自己的私財。以後工作了，贍養父母，贍養老人，我覺得這是很自然的一種行為，本來應該要這樣做的。聖賢人教誨我們這句，關鍵是斷我們的私心，要從孩子小的時候下手。不是說物不准你藏，而是不准你私藏，如果你藏物不是為了私，是為了公，為了父母，那沒關係。

　　東漢時期，有個孩子叫陸績。這個小孩從小就很孝順，6歲的時候，江西

九江的太守袁術，請陸績來一起吃飯，吃飯的時候看到，陸績偷偷把桌面上的橘子藏到自己的衣袋裡面。孩子吃完飯告辭的時候，一鞠躬，橘子滾了出來。太守就批評他：「孩子，你這麼小，為什麼要私藏物品？」陸績就對太守說：「請太守息怒，您給我的這個橘子實在是非常好吃，所以我想拿個橘子回去供養我的母親，讓她也品嘗分享一下橘子的甘美。」太守聽了之後非常的高興，也非常地讚歎他有孝心。這就是歷史上著名的「陸績懷橘」。他的私藏，不是私心，是以孝心藏物品，反而成為了古今的美談。因此，要斷的是我們的私欲，物雖然小，如果是為私而藏一定要把它斷掉。不斷，將來引發的後果一定是不堪設想的。

美國前不久有個消息，摩根斯坦利是著名的投資銀行，一位華裔女副總裁跟她的先生一起，進行公司的內幕股票交易，非法盈利達六十萬美金。結果被查出來，不但剝奪了她的工作，還把她送進了監獄，判坐牢十八個月，同時罰一筆很重的款。轉眼間她就身敗名裂，傾家蕩產，這是因為一念私心。這個女副總裁，哪裡會不知道內幕交易是違法行為，這是知法犯法。本來有這麼好的工作，身為投資銀行的副總裁，工資相當高，本來可以用這個錢好好的贍養父母，讓老人過上幸福美滿的生活。只因一念之私，就違背了天理，墮入了監獄。這就是從小就沒有在這方面紮下很好的根基，所以造成日後的惡果。

老子說，「合抱之木，生於毫末」。一棵幾人合抱都抱不過來的參天大樹，都是從毫末，一粒小種子長成的。人，如果從小私心沒有斷乾淨，將來可能會釀成苦果。我們常常聽到西方企業界、金融界的種種醜聞。

比如在金融界，美國輝煌一時的能源巨頭——安然公司(Eenron)，曾是美國第七大企業，結果在2001年，因為企業的財務欺詐行為暴露，而最終破產了。它的破產引起美國整個金融界的動盪，上萬名的美國員工失去了工作，失去了退休金，也牽動到全世界的股市，數十億的美元付之東流。

這都是因為公司的主要經營者財務欺詐所造成的。公司裡的三大要犯都沒有好下場。安然公司的創始人之一，前CEO、首席執行官肯尼士•雷

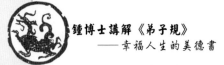

（Kenneth lay），當聽到自己的欺詐行為曝光，法院判決他45年的監禁之後，不久就因心臟病突發去世了。另外一位前首席執行官傑夫·史基林（Jeff Skilling），他對公司破產造成的金融醜聞負有不可推卸的責任，法院判處他275年的有期徒刑。另外一位副總裁約翰·巴克斯特（John Huesyon），聽到公司破產的消息以後，飲彈自盡在自己的汽車裡。人們發現他屍體的時候，看見他的座位旁邊有一個左輪手槍和一紙遺書。這是告訴我們，貪一時之利最終是沒有好下場的。

古人說：「取非義之財者，譬如漏脯救饑，鴆酒止渴，非不暫飽，死亦及之。」非義之財不能拿。為了一己之私，而取非義之財，就好像「漏脯救饑，鴆酒止渴」。「脯」是肉。肉放在了屋簷底下，屋簷的雨水滴漏下來，泡在肉裡面，這個肉就腐壞了、有毒了，吃了這種肉之後人就會死。「鴆酒」是毒酒。用毒酒來止渴，還沒等到解渴，死神就來了。

所以「物雖小，勿私藏」。真正幫助我們杜絕這些淒涼結果的發生，根本的倫理道德是很重要的。前一個時期，很多公司都推出所謂的全面品質管理Total Quality Management（TQM）。後來發現全面品質管理，已經不能讓公司進行有序的經營了，要轉成全面倫理道德管理Total Ethical Management（TEM）。

1995年報紙上登載了，英國一家有著兩百年歷史的銀行，因為一個職員的徇私舞弊，導致這家百年基業的銀行倒閉。臺灣也有一家卸任的公司董事長，卸任前把公司的資產全部掏空，攜著鉅款逃到國外，造成公司的經濟大廈搖搖欲墜。諸如此類的案例不勝枚舉。美國著名的媒體（CNN），在2002年的夏天做了一次民意調查。調查當中71%的受訪者認為，企業的執行官（就是CEO）比一般人更缺乏誠實和道德。在歐洲，只有21%的人認為，公司領導人誠實。換句話說，五個人裡面四個人都認為公司領導者是缺德的。大家普遍認為，所謂公司企業的精英是高度不道德的人。因此，全面倫理道德管理現在已經變得非常重要了。一個公司，特別是股份公司倒閉了，直接受損的是股東，間接受損的是社會上的行業，而更多的是老百姓。

我本人在商學院，教的是國際金融，所教的是研究生。每次上第一堂課，都介紹公司經營的目標是什麼，所有的教科書都講，公司經營的目標是股東的資產市值最大化。換句話說，以賺錢讓我們的股票價格上升，這個目標是純功利的。這種教化導致的後果，就如美國第七大企業安然公司、英國兩百年銀行的倒閉一樣，由於個人功利給公司造成巨大的損害。如果每個公司自上而下，從主管到員工都是為自己謀私利，這個公司怎麼可能長久？

在這種理念的教學下，一代代的ＭＢＡ學生畢業了，他們踏入工商管理界後，身為企業的領導精英，如果都有這種意識，是很麻煩的事情。所以，現在是應該用全面倫理道德管理（ＴＥＭ）的時候了。提倡真誠地領導（Authentic Leadership），幫助人重視修養德行。在企業界、商業界，能做到見得思義，不取非義之財。正當的財我們才取。不取不道德、不義之財。這些都是從「物雖小，勿私藏」這裡來培養的。

親所好　力為具

這是講，父母喜歡的東西，為人子一定要盡心盡力地去幫助父母得到。父母喜歡的東西很多，衣、食、住、行樣樣東西，我們只要留意，就能夠知道父母的喜好。我們應該幫助父母去得到、去解決，讓父母生歡喜心。當然，大部分的父母對兒女都沒有什麼要求，他都希望兒女好，兒女好就是他的要求。所以我們真正做到學習好、身體好、品德好，這些就能夠讓我們的父母高興，如果再提升，能夠成為一個君子，成為一個聖賢，為世界甚至為後世做出大的貢獻，讓父母真正榮顯。

記得我在美國讀書的時候，因為讀的是金融，所以自自然然就會有一種功利的思想。雖然我也每個月都寄錢回家供養父母，第一次從美國探親回來的時候，我也買了不少禮品。但是有一樁事情，回國探親前，我就開始在盤算，想到在美國剪髮很貴，因為剪一次髮要12美元，而回到中國，在廣州街邊理一個髮只要5塊錢人民幣，最多10塊錢就能剪到一個很好的髮。於是我

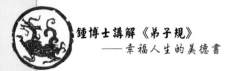
就盤算，乾脆回家剪，省點錢。我帶著很多的行李，一路上從學校轉到達拉斯，再到洛杉磯，然後到香港轉車到廣州。幾經輾轉，路上花費了一天多的時間，真的是風塵僕僕，滿臉、滿身都是塵土，頭髮長長的真像個小乞丐。到家了，當我叫門的時候，媽媽趕緊給我開了門，進門以後，我深深地給媽媽鞠了個躬，說：「媽媽，我回來了」。然後一抬頭就看見，我媽媽從頭到腳，整理得乾乾淨淨、整整齊齊，滿臉的笑容。我滿心的高興之餘突然很慚愧，自己回來就用這副小乞丐的嘴臉來給媽媽看。媽媽已經給我沏好茶了，讓我坐下來，跟我說：「茂森，一年多沒見了，我知道你今天回來，昨天特意去燙了個髮，我們好團圓。」我一聽心裡更是覺得非常地慚愧。我自己的想法跟母親想法就不一樣，母親想著一年多沒見兒子了，拿一個好的形象出來，讓孩子看了之後很高興、很放心。而我呢，想的是美國剪髮貴，中國剪髮便宜，盤算的都是利益。把供養母親的歡喜心忘掉了。這個心態就已經把利放在了義之上，該做的沒做，這怎麼能算是孝？如今很多年輕人，去見異性朋友都打扮得漂漂亮亮，但是回家見父母就沒有這個心。因此，孝心是要從點點滴滴中去養成。

親所惡　謹為去

這一句是說，父母雙親不喜歡，或者是厭惡的一些事情或者是東西，不僅是物質上也包括精神上的，我們都要謹慎小心地把它去除掉。比如說，我們在道德上面有所虧欠，這是父母不喜歡看到的。或者是我們的學業成績不夠優秀，這也是父母不願意看到的，我們都應該「謹為去」，「謹」就是要留心注意。

前一句，「親所好，力為具」，是對父母親喜歡的東西我們要盡力供養。「謹」是指我們平時日常生活要處處留心，時時在意。每一言、每一行都要以父母作為主要的考慮。小心到什麼程度？小心到念頭起動的地方，我們都要留意。當我們起一個壞念頭，比如說起了貪心，起了跟人家鬥爭的心，不

能原諒別人，不能好學，不能進取，如此種種不善的念頭，我們都要小心地把它去除掉。這才是真正的大孝。所以，真正的孝子處處都要管好自己的念頭。凡是有不善的念頭，違背本性違背道德的，不要說不能做，連想都不可以去想。

　　我記得在大學裡，就曾經遇到一件事情。我在廣州中山大學念書的時候，我的學習還算不錯，而且在活動方面也很活躍。我是大學裡經濟學社的社長，我們那個學社有七百多社員。因為大家認為自己有一定的才華，有一定的能力，就難免受到一些女同學注意。我的母親是非常細緻的一個人，她對我的一言一行都很留意，所以慈母關懷孩子真正是無微不至的，包括我們的思想行為，都在她的觀察當中。我的母親曾經兩三次無意中接到一位我們大學女同學的電話。我母親也曾經跟這位女同學見過面，她也長得很漂亮，學習也非常好，而且家境也很不錯，各方面都很優越，對我也產生了好感。因為我對她當時也很有好感，兩個人也就產生了感情。當時我的母親曾經跟我提醒過說人應當立志高遠，上大學的時候一定要把書讀好，把學業放在首位，不能在男女感情上面受到羈絆，現在你是正在讀大學的學生，年齡還小，人生的閱歷還很不成熟，不適合談戀愛，無論對方的條件如何的優越，現在還是應該把學業放在首要位置，不能分心。我媽媽對我的管教很嚴格，擔心我因為感情問題影響到學業。為此母親曾經跟我做過兩次非常誠懇的談話，她對我提出三條意見：第一，讀書期間不談戀愛，這是做學生的宗旨。父母供你上大學，不管出現什麼情況，這個宗旨是絕不動搖的。男孩子應當先立業，後成家，包括談戀愛都要放在後面，要先完成學業，成就道德，我母親說這是大道理、硬道理，其他的都要先放下。第二，如果現在談戀愛，一定會分心，會影響到學業，也影響功課，在大學裡談戀愛，可以說是一場消耗戰。消耗人的時間、精力、金錢，這一場消耗戰，現在你不宜參加。應該把時間、精力、金錢都用在自己的學業上面，在學業上面有所成就。將來你要出國留學深造，以後的路還長著呢，不能急。第三，我們讀聖賢書，要懂得學以致用。《大學》裡告訴我們要「格物，致知，誠意，正心，修身，齊家，治國，平

天下」。格物，「物」是物欲；「格」是格除。格除物欲，才能讓自己的智慧顯發出來，這稱之為「格物致知」。讀聖賢書，不是紙上談兵，在誘惑當前的時候，當自己處在這樣的境緣之中，要好好把握自己，不能夠動搖自己的志向，要把理智放在感情之上，革除物欲。不可以在男女情感上受到纏縛，這樣你才能夠專心致志完成學業。

我母親跟我進行了兩次長時間的談話，母子兩人是開誠佈公真誠地交流，最後我聽從了母親的勸告，把這個女同學的照片退回給她，從此把心專注在學業上。所以，父母親不希望我們做的事情，知道這是不對的，要懂得把它去除掉，這才是孝道。

孝，是一種理智的理性的愛，是把父母擺在自己的私情之上。當人處在理智和感情，即天理和人欲之間，要去抉擇的時候，要懂得把理智、把天理提起來，真正要做到孝順父母，是要把自己的七情五欲放淡，即使不能全部放下，也要把它放淡。這種孝順，比起用金錢供養父母，還要難能可貴。用金錢、物質去供養父母，那是供養父母之身。真正做到「親所惡，謹為去」，放下自己的貪欲，放下自己的情執，養父母之心，養父母之志，這樣的孝，才真正稱得上「孝方賢」。

其實當我們能夠放得下的時候，才發現得到的更多。當我在大學裡放下感情的糾纏之後，心更專了，學業也就迅速提升。以致後來出國留學也很順利。在留學的幾年當中也可以說清心寡欲，26歲完成碩士、博士的學業，走上美國大學的講臺帶研究生。當時我所帶的研究生裡面，有很多年紀都比我大，在美國，很多同齡人都很羨慕能有這樣的成績。

我工作以後，就把母親接到美國奉養。而且同時供養我在國內的父親、爺爺、奶奶，這時才更加體會到，原來放下之後得到更多。退一步，其實真正是在向前。因此，從小能夠聽父母的話，遵從父母的教誨，放下自己的各種念頭，真是獲益無窮。

學習《弟子規》一定要懂得舉一反三，聞一知十。這個父母親的「親」我們要明瞭，他不僅是指我們的父母，還包括我們的長輩，包括我們的老

師，也包括國家人民。老師不喜歡我們做的事情，人民不喜歡我們做的事情，我們不能做，這些都稱為「親所惡，謹為去」。

身有傷　貽親憂

意思是說，為人子如果身體有損傷，就會使父母很憂慮。《孝經》說，「身體髮膚，受之父母，不敢毀傷，孝之始也」。我們的頭腦、四肢乃至身體從哪裡來的？都是父精母血，逐漸長大而成的。所以我們的身體就如同父母的身體一樣，愛護自己的身體，就是愛護父母。我們身體受到損傷，父母就覺得很心痛，很憂慮。因此，我們要懂得保重自己，愛護身體。愛護身體，第一，有規律的起居、飲食，良好的生活習慣。第二，要有定時定量的鍛鍊。第三，我們要愛護自己的精神、愛護自己的心，因為身體是由心理來決定的。如果一個人多思，整天愛胡思亂想，思慮很多，傷他的精；如果話很多，傷他的氣；欲望很多，傷他的神。所以要保養我們的精氣神，要懂得少思、少言、少欲。這都是愛護身體。要知道身體是我們的本錢，若想這一生在學業、事業上有所成就，身體是一個關鍵。不要求快，不要激進。如果太激進、太忙亂，操之過急往往你的心走得太前，身體的體能跟不上，這就容易累倒了。恒常心是健康身體的保證，而健康的身體則是成功的基礎。

德有傷　貽親羞

這是講在道德上有虧欠，做了不好的事情，就會讓父母蒙羞。一個有孝心的人，絕不會做出傷天害理，讓父母痛心的事情。也就是說，絕不會做對不起自己良心的事情。因為對不起自己的良心，就是對不起父母。即使是沒有人看到的時候，我們也要管好自己的心，不可以放縱自己。因為放縱自己，就是德行在往下墮，這就會讓父母蒙羞。

兒女對父母如此，學生對老師也是這種心態。比如說我們跟一個老師

學習，一個真正的好老師，他是首重德行的。我們跟這位老師學習，假如自己沒有真正落實老師的教誨，而在道德上有所虧欠，這就是有辱師門，父母、老師都會蒙羞。人們會說：「這個孩子是誰家養的？哪個老師教出來的？怎麼德行這麼差？」這就是對父母，老師最大的羞辱。

中國海南省海口監獄，不少服刑人員學了《弟子規》以後，懺悔自己過去所犯的罪惡，感到對不起父母。有一位服刑人員看到「德有傷，貽親羞」，心裡非常的悲痛。他在反省錄裡面寫道：過去父母非常愛護我，但是自己並沒有珍惜，對父母的嚴格要求，不僅不接受，反而逃離，離開家鄉。後來跟一些所謂的江湖朋友在一起，一味追求物質的享受，滿足自己的虛榮欲望，犯了罪。犯罪的時候全把父母親人忘在了腦後。結果來到監牢獄裡之後，學習了《弟子規》，感到是茅塞頓開，真正體會到原來天底下，最愛自己的還是自己的父母。而自己竟然犯下這麼大的過失，讓父母親蒙羞。他反省說，如果當時沒有被這些欲望虛榮控制，就不至於有今天。自己從小沒有認真地學習過傳統文化，走入社會後哪裡能夠頂得住誘惑？所以就追求那些虛幻不實的物質享受，最後才發現這些東西都是「水中月，鏡中花」，所得到的是自己的悔恨。他現在明白了要孝順父母，很希望自己刑期滿了以後，回歸到父母身旁，能夠天天在父母身邊盡孝，給他們洗洗腳、剪剪指甲，自己也能心安。

親愛我　孝何難

這一句是講，父母親如果疼愛我，孝順並不難。要知道，父母跟子女之間的那種親情，是天性。所謂天性，是自然而然的。沒人教就會，稱為天性。因為父母跟兒女本來是心連著心，所以孝順父母有什麼難的？很多人談到孝道，都覺得孝順父母很難。要知道，孝是天性，有什麼難？既然不難，為什麼不能去做？因此知道孝順不難，更要努力去做，努力去行孝。甚至連細節我們也不能夠忽略，對父母處處要盡心盡力，這樣我們才不至於到以後有悔

恨。古人講：「樹欲靜而風不止，子欲養而親不待」。父母一天天的年老了，我們要把握眼前的機會盡孝，有一天的日子就盡一日的孝道。如果不難，還不盡孝，這就是自暴自棄，自甘墮落，那就成什麼樣的人了。

親憎我　孝方賢

　　這是說假如父母親憎恨我，也不改我的孝心，這樣的孝，才真正稱得上賢德。要知道，父母親對我們的愛，是一種本性的愛。如果父母親憎恨我，有兩種可能，一是自己實在做得缺乏德行，也就是太不孝了，所以讓父母都寒心了，甚至生起了怨恨之心。生身父母都這樣的話，說明我們的德行已經缺乏到了極點，這個時候要趕緊回頭，向父母懺悔，努力地改過自新，父母一定會一如既往愛我們的，這是天性，對我們的怨恨是暫時的。另外也可能是父母真的迷惑、顛倒，他可能被物欲所蒙蔽，或者是受人離間，對我們起了憎惡的心。即使如此，我們也絕不能用憎恨的心來對抗。要知道如果我用憎恨心對父母，那是為人子的大不孝。父母即使憎恨我，我也要對父母盡孝，這樣的孝，才是真正的難能可貴。

　　中國歷史《二十四孝》裡的第一孝，是四千五百年前的舜。當時，大舜生長在一個平凡的家庭裡。他的親生母親很早就過世了，他的父親娶了後母。後母自己生了一個兒子，她偏愛自己的親生兒子，嫌棄、虐待、憎恨舜；他的父親也糊塗，聽信後母的話，雖然舜盡心盡力地行孝，但是卻常常受到父親和後母的惡罵、欺負。父親和後母甚至幾次合謀，要置舜於死地。而舜不僅沒有因此而生怨恨，反而處處反省、檢討自己，是我自己做得不好，還不夠孝順，才會讓父母起煩惱。

　　有一次，舜的父母讓舜下到一個枯井裡面去工作。當舜下到井裡之後，他的父母就一起往井裡添土，要把舜活埋。幸好舜事前已經知道了父母的用心，他很有智慧，就事先在井裡挖好了一條通道，結果從這個通道裡鑽出來回到家裡。父母很驚訝，舜怎麼沒死。而且看到舜的表情，好像什麼事都沒

有發生過一樣，還是這樣老實、溫順、孝順父母。後來，舜的父母又把舜騙上草屋的屋頂，當舜上到房頂以後，父母就把梯子拿走，舜下不來了。接著父親、後母就在底下放火，想燒死舜。舜早就準備好了兩個大斗笠，一見點火，就一手拿著一個大斗笠，從屋頂上跳了下來，斗笠像降落傘一樣，保護了舜，他安全降到地上，又沒死。父母這樣的對待他，舜絕不因此有一句怨言，甚至不生一念的憎恨，這樣的大孝感動了天地。傳說，舜在耕田的時候，大象幫助他拉犁，小鳥銜著種子幫助他播種。舜的孝行感動了當地百姓，也感動了當時的帝王堯。堯帝聽到有這樣的大孝子，非常歡喜，就把舜請出來，讓舜輔佐他治理天下，甚至把自己的兩個女兒都嫁給了舜。舜給堯做了二十八年的助手後，堯帝多方考驗，舜的德能確實可以承擔天下大任，最後才把帝位傳給了舜，這是歷史上著名的「禪讓」。正因為舜能夠在這樣的困境裡面，依然行孝，他的德就越來越厚了，不僅娶堯帝的兩位公主，而且得到了天下的王位，他得到的是幸福美滿的人生。做了天子以後，他治理天下，國家百姓也都幸福、快樂。因為舜是以孝治天下，他的福分從哪裡來的？從積累孝德來的，而且他的福報是逆著加的。如果我們能夠承受，那就叫做福，如果不能承受，那就是薄福之人。所謂「親憎我，孝方賢」。

　　「親憎我」這句話也可以引申為，父母親對我們所做的事業不理解。假如我們做的是為全世界創造和諧的事業，父母不能理解，我們應不應該做呢？應該做。雖然父母不理解，但我們真正為國家、為民族、為世界、為人民真正做貢獻，這是對父母盡大孝。

　　《孝經》講，孝有三個層次，「始於事親，中於事君，終於立身」。第一個層次，是孝養我們現前的父母。第二個層次，是為國家、為人民、為世界謀福利，這是盡忠。第三個層次，最終極的是「立身」，就是立身行道，做出真正為國為民的好事，當父母感受到我們所做的事情的深遠意義時，他們也就能理解了。推動傳統文化倫理道德的教育，要把「孝悌忠信禮義廉恥」的道德規範向社會傳播，幫助構建和諧社會，和諧世界，這是古聖先賢讚歎的事業。現在我們立志從事聖賢教育這個事業，可能要做出一些犧牲。父母如果

同意，這樣的父母是大賢、大德。如果父母不同意，這也很正常，我們要委婉地勸說父母。我們努力在聖賢道上學習，自己做到了以身做示範，讓父母瞭解我們從事這個行業的偉大、崇高。因此，當父母不理解我們或者不支持我們的時候，我們也要懂得盡心盡力地勸導。讓父母逐漸理解、支持，這樣的孝順稱為「孝方賢」。

親有過　諫使更　怡吾色　柔吾聲
諫不入　悅復諫　號泣隨　撻無怨

　　這句是說，父母親有過失的時候，我們要懂得勸諫父母。要知道，「人非聖賢孰能無過」，每個人只要不是聖賢都會有過失。想想我們自己過失也很多，以前沒有學傳統文化，還覺得自己了不起，學了傳統文化才發現，自己確實是一無是處，比起古聖先賢差得太遠了。因此能自責，有慚愧心，就自自然然對別人能夠包容。父母有過失，我們不可以強求父母改正，更不能辭嚴色厲地批評父母，這樣父母不僅接受不了，還反倒把關係弄得非常的緊張。

　　我們要懂得，學習了任何道理，都是用來要求自己的。不要學了以後，就用這個當作一面鏡子照別人，去衡量別人。別人做不到，就去罵人家、批評人家，說什麼「德有傷，貽親羞」。別人跟你辯論的時候，又加一句「你還不承認，倘掩飾，增一辜」。句句都把矛頭對準別人，沒想到，當我們對人求全責備的時候，自己已經不知道違反了幾條《弟子規》的教誨了。

　　古人講，責己之心重，責人之心就輕；責人之心重，責己之心就輕。我們學習聖教，要處處懂得事事檢討、反省自己，反求諸己是應有的學習態度。父母真正有過失了，我們當然希望父母改過。但是你要看他能不能接受我們的勸諫，如果不能夠接受勸諫，我們就淡淡地提一提，不可以讓父母生煩惱。對人要多寬容，「嚴於律己，寬以待人」，讓人生歡喜心。「悅復諫」的「復」是反覆勸諫好多次，很耐心地反覆慢慢去引導。我們反省自己的過失毛病，可能要改上好幾年，才能夠改得過來，怎麼能夠要求別人，聽一次勸

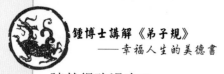

諫就得改過來？

「親有過，諫使更」，我們進行勸導也要注重藝術，講求方式，所謂「怡吾色，柔吾聲」，尤其是我們的臉色要和悅，語言要溫柔。因為如果我們用強硬的態度和言詞，效果會適得其反，往往一句溫柔的勸諫，效果特別好。原則上講，父母有歡喜心的時候，才能夠接受勸諫。假如父母不能夠接受勸諫，或者是父母聽我們勸諫都聽膩煩了，甚至可能還要打我們、罵我們，這個時候我們也不能有怨言，成就父母的心絕不退卻，這才是，「號泣隨，撻無怨」。

唐朝李世民年輕的時候，跟隨父親一起打天下，父子兩個都能征善戰。一次大戰前夕，父親做了一個不正確的決策，而這個決策會導致全軍覆沒。當李世民瞭解情況後，知道父親的這個決策是錯誤的，他就力諫父親，想讓父親改變主意，但父親不但不聽，甚至還罵他：「你小小年紀懂得什麼？」當軍事行動就要開始的前一夜，李世民非常焦慮，晚上睡不著覺，就在父親的軍帳外面大聲哭泣，哭得很淒慘。大帳裡面他父親聽了之後，也很難受，就把心定下來，重新考慮一下兒子的建議。人心靜的時候，考慮問題就比較清楚，忽然他想通了，於是，改變了原有的軍事行動，保全了他們的軍隊，避免了全軍覆沒的結局。

李世民就是後來的唐太宗，他之所以有這個福份做皇帝，是因為有德，他的孝心就表現在「號泣隨，撻無怨」。因為對父母的勸諫是真心，父母不聽的時候，我們想方設法讓父母感動。如果父母不能感動，那是因為我們誠心還不夠，誠心具足了，自然可以感動父母。不僅父母能感動，連天地都可以感動，更何況父母的心是肉團心。一旦父母不聽我們勸告，甚至鞭打我們，我們也不可以對父母有絲毫的怨恨之心。因為我們勸諫父母的心，是真為父母好，不是為自己的私利，自己是一無所圖。有所圖的心就不真誠，所以遭到拒絕，遭到打罵，他會起怨恨。

現在社會中身為兒女的人，特別是改革開放以後成長起來的這一代，因為物質條件很好，在家裡父母對他是百依百順，養成了驕慢的態度。父母批

評兩句,就受不了,就會起怨恨心。別說父母去鞭打他,可能批評重一點,就會離家出走,甚至還聽到對父母下毒手的嚴重事件。凡此種種不孝的現象,歸根結底,就在於缺乏傳統的倫理道德教育。

真正幫助社會,幫助下一代,關鍵就在於將傳統倫理道德的教育復興起來,這個社會才能有救。

親有疾　藥先嘗　晝夜侍　不離床

這句是講,當父母親有病的時候,我們做兒女的當然心裡非常難過,也非常的焦慮,日夜思考的都是為父母解決病痛,替父母醫治。古人熬中藥,在給父母服用之前,都要試嘗一下,這是孝心的流露,並且侍奉在父母的床前,晝夜都不休息。

漢朝,漢文帝劉恒,是歷史上一個著名的仁孝皇帝。他的母親薄姬不是正宮皇后。這位薄太后生性仁善,所以兒子劉恒,也是生性仁孝。劉恒長大以後,漢高祖劉邦派他去鎮守邊疆,平定叛亂。劉恒也是盡忠為國家效力,在他的領導下,邊疆治理得井井有條,逐步恢復了安定。不久,呂氏宗親謀反,眾臣平定了叛賊後,擁護劉恒登位,就是漢文帝。雖然他不是正宮皇后所生,但是大家都非常敬仰他仁孝的這種德行,讓他登上了皇位。一個人有深厚的道德,才有很高的成就。他做皇帝雖然日理萬機,但是每天必定向母親薄太后請安,而且每天必定抽出時間陪伴母親。

有一年,薄太后患病,而且一病就是三年。漢文帝請了最好的太醫為母親醫治,而且親力親為守候在母親的床前,親自學習煎、熬藥的方法,瞭解藥效,什麼樣的溫度最適宜給母親服用。每次給母親服藥之前,漢文帝必定親自先嘗一嘗,看看火候到了沒有,溫度合不合適,非常地細心。漢文帝侍奉在母親的床前,三年如一日,衣不解帶,在床邊照顧母親。有時候薄太后心中不忍,對漢文帝說:「宮裡這麼多宮女,你就不用親自忙了,讓宮女做就行了。」但是漢文帝不放心,非要親力親為。漢文帝貴為帝王,日理萬機,對待

母親他能做到「親有疾，藥先嘗，晝夜侍，不離床」，而且他也以這種仁孝之心治理國家，為國家百姓減稅，照顧孤寡老人。他自己的生活享用卻是非常儉樸，在位二十三年從沒有增添過宮室或者是園苑、車騎和華麗的服裝，真正為黎民百姓做出了一個「孝廉」的示範。不僅萬民愛敬他，連邊疆的少數民族，也都對他心悅誠服，達到了天下大治，開創了歷史上著名的「文景之治」的歷史時期。皇帝能做到這一條，我們現代人沒有皇帝這麼忙，還沒輪到我們治理國家大事，為什麼終日忙於名利的追逐，而對父母卻如此冷淡。應該認真地去反思自己，不是我們做不到，而是我們不肯做。只要我們肯承擔，只要我們真正生起對父母的報恩之心，孝親不是難事。

現在很多的孝子，他們的行為也不遜於古人。

山東電視臺有一個節目《天下父母》，記述了一個真人真事。此人叫一位孝子幾十年如一日照顧他的老父。他的父親在1980年患腦出血後成了植物人，母親體弱多病，弟弟又是先天性的肢體殘疾，不能就業。所以，全家的生活重擔就落在孝子一人身上。當年23歲的他，有一個很好的出國工作的機會，但是為了照顧躺在病床上的父親和家裡人，不僅捨棄了這個出國的機會，甚至捨棄了成家的機緣。二十幾年來，孝子每天不間斷地照顧自己的父親，到2007年他已經50歲了。

許多人問他，你為什麼沒有成家？這位孝子說：「如果我成家了，可能會把小家庭放在第一位，但是我不成家，父親永遠是第一位，這樣我才能夠一心一意地照顧他。」幾十年來，他每隔半小時就要幫病床上的父親翻一次身，每天給父親換一次床單。有人問：「為什麼要換得這麼勤呢？」他回答說：「父親中風很難受，身上有體溫，有熱氣，會把床單弄得很潮濕，這樣父親很難受，所以要每天換床單。」臥床的植物人只有呼吸，身體不能動彈。如果喉嚨裡有痰，那就很危險，很容易被憋死。孝子就用一根吸管，一頭插到父親的嘴裡，另一頭含到自己的嘴裡，猛吸一口，把父親口裡的痰吸到自己口裡，然後再吐出來。這樣的舉動，連他的母親都很感歎說：「我自己都沒有這樣的恒心，做24年。」每天夜裡12點鐘，這位孝子要伺候父親吃下第六

頓飯。2004年，他的父親過八十大壽。幾年前，孝子曾經對他父親說：「爸爸，你好好地活著，我要一直伺候到你八十大壽。」這位孝子如願以償地於2004年，為病臥24年的老父親，慶祝八十大壽。在給父親祝壽時，他對父親說：「爸爸，只要你活著，我就永遠伺候你。」

2004年9月，孝子帶父親醫院檢查，有一位從醫40多年的老教授，檢查了他父親的身體狀況後問，「你父親臥床有多久了」？孝子說「20多年了」。沒想到老教授聽了之後，臉一沉，就離開了。他認為這位孝子是在騙他。怎麼可能24年了，老人的身體還能這麼好。結果過了一會兒，老教授捧著孝子父親厚厚的一大遝病例回來，流著眼淚說：「我已經行醫40年了，從來沒有見到像你這樣伺候你的老父親的，你的老父親真正有福了。」然後對他說：「你能二十幾年，給你父親做護理做得這麼好，你可以在醫學院給學生們上護理課了。因為再有水準的護士，也沒有辦法像你做得這麼細緻，做得這麼精微。」

這位孝子家境很貧窮，甚至要靠救濟金來維持生活。曾經有一位大款富家千金向王希海求婚，感佩他的德行，要嫁給他。但是王希海婉言拒絕了。他說：「只要父親還在，我就不能成家，永遠把父親放在第一位。」

古人講：「大孝終身慕父母」。我們捫心自問，問一問自己對待父母有沒有盡心。父母健在的時候，我們有沒有盡力地去服侍父母？有沒有讓父母身心得到安穩？得到愉快？我們的德行有沒有虧欠？有沒有讓父母蒙羞？這位孝子的孝行，真的讓我們生起無限的感佩和嚮往之心。

2004年初，中國評「十大孝子」。這種評選十大孝子的活動，實在是太好了，在13億的人口裡面，能夠找到我們學習的榜樣。孔老夫子說，「教民親愛，莫善於孝」。能夠把孝悌之風弘揚起來，讓孝子的事蹟得以在全國廣泛推廣，民眾自自然然就懂得相親相愛。

在評選的「十大孝子」裡面，還有一位叫戴永勝。他是山東省菏澤市牡丹區李村鎮和堂村農民，在他27歲那年，他的母親患了癌症，而且是癌症晚期，醫生跟戴永勝說：「已經沒救了，可以把母親接回去，準備料理後事。」

院方放棄了對他母親的治療。戴永勝家境十分貧窮，但是他非常地孝順，看到母親發高燒、嘔吐、下不了床，心裡面非常地難受，他暗暗發了一個願，一定要把母親的病治好。

由於醫院的西醫已經拒絕治療了，他就找中醫，找民間的醫生。有時候為了找醫生或者是去找藥，要步行三天三夜。根據報導，他為了尋找治療癌症的良方，曾經徒步走過九個省。因為救母親心切，他的潛能被激發了出來，戴永勝自己也成專家了。

戴永勝每天給母親熬中藥，經過了半年，他母親的病況得到了很大的好轉，後來又到醫院去檢查，醫生看見嚇了一跳，怎麼還在？再一檢查，發現他母親的癌細胞，已經萎縮了70%。也就是說，她的病好了七成。這個情況讓在場的醫生們都讚歎說，這樣的一個病例，可以說是醫學史上的奇蹟。一位農民，竟然能成為治癌的專家。這個奇蹟從哪裡來的？奇蹟就是孝心的感召。

古人講：「孝悌之至，通於神明，光於四海，無所不通」。真正用至孝之心，可以創造醫學史上的奇蹟。

「親有疾，藥先嘗，晝夜侍，不離床。」要明瞭不是只做一個形式，關鍵要有至誠心，才可以幫助父母擺脫病魔。

喪三年　常悲咽　居處變　酒肉絕

這句是講，當父母親離開我們去世了，身為孝子心裡一定非常悲痛，常常哭泣，三年之內心裡都免除不了這種悲傷，常常懷念父母，歎息父母在世的時候，沒有盡到心，沒有來得及報恩，父母就離我們而去了，常常悲歎，常常哭泣。「居處變」是講，居住的地方變了，如果是夫妻，要分房而臥，酒肉也要絕對遠離，這是講生活上的一切享受全都停止。因為心裡對父母離世的悲傷哀痛，一切世間的享樂都不忍心去受用。「居處變」，古時候特別講要三年守墓，守在父母的墓前，緬懷自己的父母，反思父母的教誨之恩、養育

之恩。心靜下來，能夠提起對父母報恩的心，立志要做一個君子、做一個聖賢，來報答自己的父母。

古代，很多人在父母過世以後，就不再喝酒吃肉，不僅是三年不吃，自此以後一生都不吃。如唐朝的崔沔，非常地孝順母親。母親在世的時候，因為母親雙目失明，崔沔為了母親高興，常常帶著母親到外面去郊遊，或者是邀請兄弟姐妹們一起團聚在母親身邊，然後把這些美景講給母親聽，讓母親同大家共用天倫之樂。母親過世後，崔沔斷絕一切酒肉，終生吃素，以此來緬懷自己的母親，而且對自己的兄弟姐妹非常照顧。他說：「母親如果在世，心裡一定都記掛著自己的兒女，現在母親不在了，我也要替母親來照顧大家，這是報答母親在天之靈。」後來崔沔在朝，做到了侍郎的高位，相當於今天的副部長。

1994年，我的外婆去世了。當時我正在中山大學讀書，老人家走之前因為身體老化，常常大便不能夠自主。母親和我就在她身邊，為她清洗大便之後的床褥、衣物。有的時候一天好幾回，但是我母親帶著我做這些事情，不僅沒有一點厭煩的心理，反而心裡非常地哀痛，知道外婆在世不久了，更加提起奉養老人的心。所以，孝親不能等，再一等可能以後沒機會了。

外婆去世以後，母親帶著我一起吃素，所謂「居處變，酒肉絕」。當時我們想吃素四十九天，以此來紀念外婆。結果四十九天吃完素以後，真的再也不想碰酒肉了，聞到酒肉的味道，都反而覺得很不舒服了，後來我們就發願一生吃素。其實吃素對身體有很大的好處。現在很多醫學報導講，說吃素確實會幫我們減少很多疾病，特別是心腦血管的這些疾病，機率可以大大減少，而且更能讓我們的身心都得到清淨。

我的一位在美國的親戚，他是華盛頓大學心腦專科的教授。他曾經告訴過我，現在心腦血管的疾病，已經成為世界第一殺手，死在這上面的人很多，究其根本原因就在於有吃肉的陋習，最好的防治辦法是吃素。要知道人身體裡小腸、大腸的長度都很長，是吃植物性食物的消化系統。不像老虎、豹子、它們的小腸、大腸都很短，東西吃下去很快就排出來，不會在肚子裡

積留很久。人如果吃肉吃多了,在肚子裡面積留得太久就消化不了。我們知道肉在室溫下一天不放冰箱裡就會發臭,何況在人體內,溫度這麼高,它怎能不發臭呢?人的腸子是身高的四、五倍,通過這麼長的通道,肉食在裡面發酵、發臭,產生的毒素一定會影響身體健康。

喪盡禮　祭盡誠　事死者　如事生

這句是講,父母親離我們而去了,走的時候我們要舉行哀悼的儀式,盡自己的一份誠孝。以後在每年的祭日,要祭祀父母,祭祀祖先。祭祀的時候要誠心誠意,這是孝道的落實,表示孝順父母在世和離世都是一樣的,孝心永遠不改變。

《孝經》講:「春秋祭祀,以時思之,生事愛敬,死事哀戚」。是講父母離世以後,每逢春秋二季都要祭祀父母。春天的祭日是清明節,入冬以後是冬至節,因此清明節、冬至節都是祭祀的日子。我們祭祀父母,是緬懷父母恩德的活動,是學習孝道的教育課。我們一定要盡我們的誠心對待父母的靈位,如同父母站在眼前。也就是父母在世的時候,我們要愛敬自己的父母。父母不在了,我們對父母的懷念也是一生不改。特別是要更加努力地來做合格的人,來行義,不可以做出虧欠父母、讓父母在天之靈蒙羞的事情。這是對父母的盡孝。

孝順的人,能夠常常不忘父母,這種人他就有福。我的爺爺一生中在「祭盡誠」這方面就做得很好,爺爺現在還健在,已經將近90歲的人了。他很小就失去了雙親,雖然雙親不在,但是他祭祀父母那種誠心,卻讓我們做兒孫的都非常非常地感動。每到春秋祭祀的日子,爺爺就帶著全家人,我父親、我的兩個叔叔,還有我們這些孫子輩的,都到後山太公太婆祖先的陵墓前除草、祭祀,幾十年沒有停過。這種誠心、這種孝道給我留下了深刻的印象,對我後來的做人處事有很大的影響。

雖然我自己讀了博士當了教授,可以說是高級知識份子,但是在每年

春秋祭祀的日子，必定在家裡為祖先上香，朗讀一些傳統文化經典，在祖先的牌位前發願要好好做人。古人講光耀門楣，我們也希望這一生德行不要有虧缺，讓祖宗在九泉之下能夠安寧。因此，祭祀祖先不是迷信的活動，它是一種落實孝道的具體表現。

古人講：「慎終追遠，民德歸厚」。如果全社會都有祭祀祖先的風氣，大家都能祭祀祖先，知道對祖先都應該有這樣的孝順心，那麼對眼前的父母怎麼會不孝順呢？如果真做到了，民風自然就會淳厚，對於構建和諧社會也是非常好的做法。

2006年我在全國各地做過很多演講，講孝道，講八榮八恥，講青少年的美德教育等等。所到之處我都向當地提出一個建議，希望我們的社會、我們的國家能夠把清明節、冬至節定為法定的節假日，成為祭祀父母、祖先的日子，這是提倡孝道的一個很好的舉措。孝是人之根，是德之本。當一個人有了孝心的時候，他的道德自然就展開了。孝心一發，善心就發起來了。

古人講八德：孝、悌、忠、信、禮、義、廉、恥，那個根就在孝道。孔老夫子在《孝經》裡極力地讚歎孝的德用。因為孝道可以使天下和順、上下無怨、社會和諧，它的作用太大了！這是對社會國家而言。對自己來說，可以使自己得到幸福美滿的人生、成功的事業、聖賢的品德。

孟子講：「堯舜之道，孝弟而已矣」。堯舜是聖賢，聖賢之道在哪裡？就是落實孝悌而已。《弟子規》「入則孝」這一篇是一切道德的根，我們從這裡入手學習，要學到心地上，真正把孝道落實在生活中，讓自己先成為一個孝子，然後把孝道向社會廣泛地推揚。

孔老夫子說：「夫孝，德之本也，教之所由生也。」教孝道，最能夠啟發人的良善之心；教孝道，是構建和諧社會的最佳途徑。事實證明，服刑人員都能夠因為接受孝道的教育，而改變他的思想行為，更何況正常人群呢！

孔老夫子在《孝經》裡說：「教以孝，所以敬天下之為人父者也；教以悌，所以敬天下之為人兄者也。」能夠用孝道來教導民眾，就是敬天下的父母；用悌道教導民眾恭敬，就是敬天下的兄長，敬天下所有的人。讓我們從

行孝道入手，培養自己聖賢的美德，自自然然就能得到無限的福分。

❧ 第二篇 出則悌 ❧

　　《弟子規》第一篇「入則孝」,講了我們在家要孝順父母,第二篇「出則悌」是教我們出外對尊長,要有恭順的態度和行為。

　　要知道在家裡對父母能夠養成一個孝順的心,自然對兄長、對師長也能夠敬順。對兄長的敬順,也是對父母的孝順。因為父母希望兒女們能夠和和睦睦、互相團結、互相關懷、互相愛護。兒女到了學校去求學,父母也希望我們做兒女的對老師尊重。因為尊師就是重道,對老師能夠恭敬,就是對道業、學業重視,也因此才能學到真實的學問。踏入了社會,也自然將這種恭順的態度,帶進了自己的工作崗位,對主管、長上也有一種恭敬的存心,自然我們的工作關係會很和諧,工作得很歡喜,效率會很高,工作就會有成績。擴而展之,對社會上一切長輩,比我們年長的,學問、道德、威望都比我們高的我們也要恭敬,為他服務,這些都是「悌道」。

　　孝是一種對內的存心,是一體的觀念,是天性的愛心。把這個愛心展開來,一定是對父母、師長、兄長以及一切的尊長,都存有恭敬承順的態度,這就是悌道。

　　「孝悌」兩個字實際上是一體的。它們不二,沒有分別,是一不是二。孝為體,悌為用。

　　《孝經》講,「教民親愛,莫善於孝,教民禮順,莫善於悌」。我們為了讓百姓相親相愛,所以要教孝。讓大家都懂禮,都能互相合作,就要教悌、教恭敬。

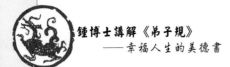
　　古人教孝、教悌會有所分工。父母在家裡面如果讓孩子孝順，不好意思說出口。所以，教孝往往都是先生教、老師教。孩子到了學校，如果讓老師說，「尊師才能重道，你要恭敬我」，老師也說不出口，所以尊師，要父母去教。父母和老師互相的合作，父母教孩子在學校尊敬老師，老師教學生在家裡孝順父母，一合作，就把這孩子教好了。尊師重道是我們中華民族的傳統美德。儒釋道三家都是中華傳統文化的重要主流，三家都注重師道。

　　中國著名的數學家陳景潤，他一生成就很大，但他一直都非常尊重自己的各位老師，念念不忘老師的教誨之恩。報導說，有一次他回到母校廈門大學，參加學校六十周年的校慶活動。雖然他已經是很著名的數學家了，到了母校，沒有絲毫傲慢的態度，反而覺得像久離父母的孩子，回到了家鄉。他說：「在廈門大學學習，是我一生中最難忘和最幸福的事情，我永遠不會忘記教過我的老師，我非常尊敬這些熱心教育事業，給我以諄諄教導的教師們。是他們給予我許多的指導和幫助。從離開廈大到現在，我每時每刻都懷念著我親愛的母校，懷念教過我的老師。」原廈門大學老校長王亞楠先生已經過世了，陳景潤還特地到他的家裡去拜訪，當見到七十多歲的王師母時，陳景潤握著師母的手非常激動，說：「我非常想念王校長，非常感激王校長對我的培養和教育。」王師母拉著他的手說：「我們在報紙上看到了你的照片，聽到你取得成就，我們也感到特別的親切，如果王校長今天還活著，見到你一定也是很高興。」這次回母校，陳景潤也去拜訪了好幾位曾經教過他的老教授。

　　陳景潤工作在北京，他在時間上可以說是分秒必爭，因為當一個人在學術上能有所成就，他最珍惜的就是時間，因此一般人來，他都不去見。可是當廈門大學一位曾經教過他的方老師去北京，陳景潤對這位老師安排的時間就格外的大方。北京很大，車也比較擁擠，從他自己的家到方教授的住處，路上要花一兩個小時，雖然陳景潤前後五次去探望這位方教授，但是都沒有碰上面。後來方教授回到了廈門大學，還收到了陳景潤的一封道歉信，說老師到北京這一段時間裡，學生在各方面工作很多，沒能招待老師，請老

師原諒。下面落款處寫著「學生陳景潤」。這個「學生」二字還寫得特別的小，表示對老師的敬意。

一個真正在學業、事業上有成就的人，他一定有德。正因為陳景潤這種尊師重道的德行，他才能取得如此輝煌的學術成就，人的福分、成就，都是以德行作為根基的。

孔老夫子有所謂「孔門四科」，德行、言語、政事、文學。首重的就是德行，德行是人之根；其次是言語的智慧；政事是所從事的專業；文學是精神生活方面的。

我記得從小，母親就教導我尊敬老師。在學校裡雖然我也很調皮，經常愛玩，但是對老師總是很恭敬，也是很聽老師話的。記得我在幼稚園是全托，週末才接回家裡。當時老師們都會跟我媽媽講，說我很調皮。我母親就跟老師們說：「孩子如果是調皮搗蛋，請老師們一定要嚴加管教。」母親對我要求很嚴格，讓我一定要尊敬老師。

古時候，父母帶孩子去拜師的時候，總要帶著一點禮物，帶著孩子去跟老師請求，收自己的孩子做弟子。老師如果答應，就獻上禮物。父母首先帶著孩子給孔老夫子像三跪九叩首，然後再請老師上座，向老師再行三跪九叩首禮。當孩子看到父母對老師這麼尊重，給老師磕頭，孩子怎麼敢不尊敬老師？老師受到父母的這種重托，也就特別認真地來教這個孩子，因為如果不把孩子教好，對不起孩子的父母。因此父母與老師之間這種配合、表演，給孩子留下了一個深刻的尊師重道的印象。

我母親對我的這種教導，在我幼小的心靈裡植下了尊敬老師的印象。到了美國留學，這個教導就展現出很大的好處。在美國留學期間，跟的那位教授要求非常嚴格，其他的博士生都不敢跟他學，因為大家認為，這個人太苛刻了，臉上很少見到有笑容，而且做起事來雷厲風行，有時候讓人下不了臺。但是我對這位教授可以做到百依百順，教授叫我做的我沒有半句違逆的話，也沒有違逆的心。雖然我剛到美國很多東西都不會，甚至英文也講不好，但是半年之後進步很快。教授給我的工作我也能趕得上。教授也發現

我是一個很聽話、很好學、勤奮的學生，所以也特別樂意教我。漸漸地發現這位教授，其實是很有愛心的，表面上雖然冷酷無情，其實內心裡對人是很熱情的，尤其看到我好學，他也就毫不吝嗇地來教導我。因此在他的手下學習、工作了四年，掌握了很好的經濟學、金融學研究的方法。畢業前我寫了八篇論文，有幾篇發表了，還有幾篇被接受發表。這位教授在為我寫的推薦函中說：「八篇論文的深度在金融學裡面，可以稱得上是一位教授的成績。」確實也是因為在經濟金融學裡面，發表一篇論文很不容易，好的論文至少也要三四年時間的研究成果。科學的研究很費時間，但是掌握了方法，效率就很高。正因為得到教授嚴格的栽培，我在學術界成長也特別快。

回想走過來的路，並不是自己聰明，也不是自己資質很高，我的資質是很普通的。在我很小的時候，媽媽就耐心地教我學背《遊子吟》：「慈母手中線，遊子身上衣，臨行密密縫，意恐遲遲歸，誰言寸草心，報得三春暉。」就這麼一首簡單的唐詩，我媽媽教了足足一個月，我才把它背下來，這樣看來我的資質比一般水準都要低。外婆看到媽媽這樣耐心地教我，而我又老學不會，就歎息、搖頭說：「這個孩子怎麼這麼笨啊，怎麼教都教不會。」所以並不是我有智慧、能力，或者是聰明，關鍵是有好的教育、好的素質培養，一個人得到成就也並不是難事。

2006年，我回到了家鄉廣州，拜訪母校華南師大附中的老師們。老師們看到我從國外回來也很高興，知道我在海外的這些成績，請我到母校給學校的師弟、師妹們講講自己走過來的路，啟發這些同學們，如何創造一個幸福成功的人生。我在母校講的題目是「幸福成功的根基」。我講到，一個人有沒有成就，他的聰明、智慧、資質都是次要的，最關鍵的是人品，而人品當中最關鍵的是「孝、悌」。「孝」是孝敬父母；「悌」是尊重老師，尊重長輩。孟子講，孝悌可以幫助我們成聖成賢，他說堯舜之道也是孝悌而已。《論語》中也講，「孝悌也者，其為仁之本歟」。孝悌是人的根本，當然也是你成就事業的根本。

這兩年，我的母校——廣州中山大學嶺南學院，請我回去給他們的研

究生講專業課「財務金融」，用英文為他們上國際MBA的課程，我也欣然同意。一般我們這些教授回國來教書，很多大學都來邀請。包括北京大學，廈門大學都曾經請過我，而且都有蠻高的費用。但是母校請我去講課，我跟他們講，我免費教課，這是報答母校培育的恩德，報答老師教誨之恩。母校校長說：「不行，我們有規定，你一定要收。」我就把講課的費用捐出來，為母校成立了「孝悌助學金」。校長問我：「助學金用你的名字好不好？」我說：「不好，就用『孝悌』。《論語》上講『弟子入則孝，出則悌』。」

當弟子、當學生的首重的德行，是「孝悌」，成聖成賢也是孝悌而已。所以設立這個「孝悌助學金」，是幫助那些月收入低於300塊錢，貧困家庭裡出來的學生。他們家裡困難，上大學不容易，需要助學金來幫助，我們出一點綿力，是表達自己對母校的報恩之意，這也是孝悌。沒想到成立「孝悌助學金」以後，也有很多熱心的朋友，他們覺得這個助學金很好，也樂意解囊捐助，讓這個「孝悌助學金」能夠年年維持下去。雖然我們能力很少，但是總有這顆心，希望全社會都來重視倫理道德，重視孝悌之道。《弟子規》裡這一篇講了13條，具體地教我們如何行悌道。

兄道友　弟道恭　兄弟睦　孝在中

這一句是總說。兄弟姐妹之間要做到互相友愛、互相恭敬，正所謂「兄友弟恭」。為什麼要兄友弟恭？因為兄弟和睦，孝就在其中。父母看到兒女和諧團結，那是最高興、最開心的，所以「兄友弟恭」是對父母很好的一種供養。

我們現在常常在報紙上，看到一些悲哀的現象。父母才去世，為了爭奪財產，兄弟姐妹上法庭打官司，全把父母的養育之恩忘在腦後。或者是父母還在，兒女之間都互相推託責任，不願承擔贍養的義務，甚至兄弟姐妹不僅言語上不和，有的還過分到變成了仇人，這是多麼令父母悲傷，令人遺憾的事情。究其根本原因，還是缺少倫理道德的教育，缺少對好人好事的宣揚。

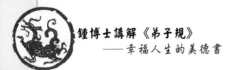

我們宣揚兄弟和睦,如果互相支持、互相奉獻的這些善行越少,大家很少看到向善向德的榜樣,社會風氣自然就會越來越差;如果能夠把孝悌的善人、善事多多加以宣揚,比如在學校課本裡,多加入倫理道德的課程,讓全民重視道德教育,相信社會風氣扭轉並不是難事。

我們看到這兩年,媒體也確實正在積極地推動道德教育,這是中國人的幸事。中央電視臺的「共同關注」節目,於2005年4月28號,播放了一個感人的事例,是講在成都郊區,一個姓何的家裡,弟弟患了肝癌,已病入膏肓,生命垂危。癌症晚期的救助方法,是接受肝臟移植手術,但是肝臟很不好得到,最好的肝臟來源,就是兩個親生姐姐,於是兩個姐姐同時爭著要給弟弟捐肝。一個人不能沒有肝,一個人身上最多可以切一半的肝,因為肝有再生的能力。雖然肝能再生,但是對身體也是一個非常大的損傷,而且不可能恢復到跟原來一樣。兩個姐姐後來商定,把她們的肝臟每人捐獻一部分,合起來供養自己的弟弟。移植手術,是在成都一家醫院做的,手術還算成功。手術之前,記者聞訊趕來採訪,問兩個姐姐:「你做手術之前,插胃管難不難受?」姐姐說:「管插到胃裡面是很難受,但是想到要救弟弟的命,再難受,我們也心甘情願。」記者又問:「做手術的時候,比插胃管難受得更多,你們能受得了嗎?」姐姐說:「只要能夠救弟弟,再多的苦難我們都能夠接受。」她們說弟弟有了姐姐的肝,就能延長20年、30年的生命,只要能夠讓弟弟延長壽命,她們的命少活十年、二十年也義無反顧。家裡面兄弟姐妹之間,從小就有這個觀念,如果姐弟其中一個人有困難,其他幾個就都會積極幫助,犧牲奉獻也在所不惜。令人感動的是,其中一位姐姐,家在農村,因為要做手術,家裡的豬沒人照顧,臨走之前她把豬全都賣掉,把家裡一切都放下,一心一意來到醫院救自己的弟弟。姐弟三人這樣的團結,互相犧牲自己,奉獻自己,幫助對方,做媽媽的心裡也是非常地感動。記者採訪老媽媽的時候,她就說:「兩個姐姐無私奉獻,姐妹同心協力這就是最大的幸運。」作為母親,雖然心痛,但是心痛之中又有無限的安慰,兄弟的和睦、互助,孝道就在其中啊!

財物輕 怨何生

要做到兄弟和睦，首先應該把財物方面的貪欲看輕、放下。能夠在財物上看淡一點，互相之間重情意、輕財利，哪裡會有怨恨？怎麼可能會起爭執？怎麼會因為爭奪財產而上法庭打官司，反目成仇？人，如果是私心很重，那個本性的道德、本善就被覆蓋住了，而孝心、友愛的心就給沖淡，甚至衝垮了。

古人有很多兄弟和睦，互相奉獻的故事。漢朝有一對趙姓兄弟，兄長叫趙孝，有一天弟弟趙禮被土匪抓住了。當時漢朝那個時期經濟不景氣，民不聊生，土匪作亂，他們抓了人之後，就要把人吃掉。弟弟趙禮被抓住了，哥哥知道後聞訊趕來，哀求這些土匪說：「弟弟的身體比較瘦，你們吃他，他沒有肉。你們就吃我吧，我的身體比較胖。」弟弟在旁邊一聽馬上爭著說：「你們不要吃我的哥哥，我被你們抓住了，你們就應該吃我。」兄弟倆你一言、我一語，在這些土匪面前爭著去死。兄弟兩人真摯的友愛打動了土匪，結果他們居然決定誰都不吃，把這兄弟倆放了。孝心、友愛之心，是每個人本有的本性。強盜也是「性本善」，也有惻隱之心，這一對兄弟爭死，把強盜的本性、本善給煥發出來了。

人，本來都是善人，因為所受的教育不同，緣分不一樣，後來就有了善惡的分別，實際上我們從本性、良心上看，大家都是本善的，都是有良心的。

現在的社會，也有類似兄弟爭死的例子。前不久，廣州有一則新聞報導，有一個家庭，父親患了尿毒症，要換腎。這個父親有五個兒女，五個兒女都爭著給父親捐腎。爭來爭去，經醫院一檢查，五個兒女裡面，大兒子的血型、腎臟比較適合他的父親，所以選擇了大兒子的腎臟。這些例子很感人，讓我們體會到，連身體都能夠奉獻出來，身外之物又有什麼捨不得。

《大學》上說，「宜兄宜弟，而後可以教國人」。這是講兄弟之間能夠和睦，就能夠教導國民，能夠構建和諧社會。和諧社會從我做起，從孝悌開始

做起。在家裡，兒女孝順父母，兄弟姐妹之間要互相友愛，尤其不能夠因財物而起爭執，這樣才可能在社會上跟任何人都不在財物上起爭執、起怨恨。其實怨恨來自哪裡？是我們有私心，對財物起了貪念，貪而不得，求而不得的時候，才會有怨恨。而這個貪求的心，不是我們本有的本性，本性是純善的。貪念，違背本性，違背天良，如果不能及時克制，與本性就越離越遠了，天良就一天一天地泯滅了。**古人很不客氣地說，如果重財利而輕道義，這種人是衣冠禽獸。雖然還是個人的樣子，但是心地已經跟禽獸沒有什麼區別了。**

　　古人講：「命裡有時終須有，命裡無時莫強求」，這是君子。若以貪求心，妄求心得到的財物，不僅虧損了自己的德，也虧損了自己的福分，這種人是小人。古人講，「君子樂得做君子，小人冤枉做小人」。

言語忍　忿自泯

　　這句是講，兄弟姐妹之間講話要謹慎，不能說過激、傷人的話語。講話留一些情分，留一些體面，給對方一分尊重，不要逼人太甚。這樣自然就不會刺痛對方，不會讓對方起怨恨。

　　言語在孔門四科裡排第二位，這是很重要的一門學問。古人常講，「三寸之舌是禍福之門」。講話一不留意，可能就種下了禍根，說者無心，聽者有意。有時候自己無心說了一些太過厲害的話，往往使對方懷恨在心，而自己還不知道。我們要懂得，戒慎自己的言語，多給對方留有餘地。即使是對方犯了過失，犯了錯，也不能夠嚴厲地批評，要看對方能不能夠接受。能接受的我們才可以規勸；不能接受，也就輕描淡寫過去就好了。因為一點過失，導致雙方結怨，兄弟反目，這對不起父母。

　　不僅兄弟之間如此，五倫關係當中，父子、君臣、夫婦、朋友都需要「言語忍」，比如父母與子女之間，講話也要注意。特別是現代社會的年輕一代，受得污染太深，沒有接受傳統美德的教育，孝心很淡薄。往往父母對孩子批

評得太嚴屬了，不僅不能有好的教育效果，反而讓孩子懷恨在心。

我們在報紙上，曾經看到一個尋人啟事，是一個老父親尋找自己16歲的女兒。這個父親在家裡管教女兒很嚴格，大概方法也不合適，批評很多，而正確的引導、啟發很少，都是機械式、命令式的教育，因此女兒從小就有一種叛逆心理。長到16歲，有一次父親跟她講了一句比較嚴屬的話，這個女兒一氣就離家出走了，好多天都沒有回來。父親也是很多天都沒有睡覺，非常擔心。女孩子正值二八年華，在社會上這樣遊蕩是很危險的。父親到處去找，也報了警，警方也協助他。後來他的女兒在網咖裡，發了一條資訊給她的同學，她的同學馬上報告了她的父親，立即請警方去尋找。結果到了網咖，也沒找到他的女兒。到報紙尋人啟事的消息出來的時候，父親還焦急地在每一個地方的網咖找，老人一夜之間白了頭。

看到這種報導，我們心裡也覺得很難過。這些年輕一代，他們對於傳統文化的熏習太少，對父母敬順的心理非常淡漠。

如果講到孝道，他們甚至可能會講這是「愚孝」。對父母百依百順，他覺得這是「愚孝」，是愚蠢，要有自己的個性，要有自己的見識，要獨立，這都是在民主開放的時代提倡的。這種教育的後果是什麼？是孩子從小就以自我為中心，父母如果嚴加管束，他馬上就起了叛逆的心理，這都是失教的悲哀。有識之士在大力地提倡孝道的同時，也要積極地為年輕的父母講解如何教育兒女。教育兒女也要有很好的方法。我們學會了古聖先賢的教育方法，就不至於出現這樣的悲劇了。父子之間、兄弟之間、君臣之間、上下級之間，也要懂得「言語忍，忿自泯」。古人講「君仁臣忠」，身為主管對於自己的部下要有愛心、要關懷，少求全責備，多一些關懷照顧，下級部屬對主管感恩，那種感恩是發自內心的，不是裝出來的。這樣即使主管不在的時候，下屬、員工，都能夠認真地做好自己的本職工作，主管在不在場都一樣，這是忠臣。

夫妻之間也是同樣的道理。很多離婚案件的發生，追其根本原因，也不過是因為一件小事發生了口角，結果互不相讓，導致家庭破裂。等他們到法

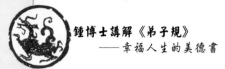

院去簽離婚協議書，法官問他們：「你們最初為什麼會想到離婚，什麼事情導致你們決定走上這一步？」夫妻之間可能都沒想起來，當時是因為什麼小事發生口角。就被這個口角、被互相之間爭吵的這個現象給迷惑了，都忘記了是為什麼小事而起口角，這是很不理智的行為。當我們能夠忍一忍，想到對方可能身體不適，可能因為在公司裡面不愉快，有些什麼難過的事情，導致今天的心情不是很好，才說了一些難聽的話，我們不要在意，很多的悲劇因此也就可以化解了。

朋友之間也是如此。朋友的交往要注重道義、恩義、情義，怎麼可以因為一兩句過份的話，而傷了多年的友情。

孔老夫子的學生子貢，曾經問過孔老夫子：「能不能夠有一個字，讓我能夠一生奉行？」子貢很會問，他的提問很簡單，但讓你能夠一生奉行，請孔老夫子說這一個字是什麼。孔老夫子說了一個「恕」字。對待別人要行恕道，多一分寬恕，少一分苛求。「以責人之心責己，以恕己之心恕人」，「己所不欲，勿施於人」。想到別人的需要，我們要盡力地去幫助他滿足，不要過份要求對方，這是「如其心」，就是恕道。

替對方著想，常常用換位思考的方法，想到如果我是他，我應該怎麼做。所以當對方發脾氣了，能夠提起一個念頭，他今天可能被上司批了一頓，可能遇到了不如意的事情，脾氣上來了，把這個脾氣衝著我發。換位思考以後，就能夠寬恕對方了，言語當然就能夠忍。他對我發脾氣，我還能夠微笑著給他端一杯熱開水。甚至他罵我，我請他坐下來慢慢罵，讓他喝一杯水潤潤嗓子，這些行為讓他不好意思罵下去，自然他的怨氣就消了。

或飲食　或坐走　長者先　幼者後

這是講長幼有序。人與人之間的交往，要懂得禮節，這個禮節就是長幼有序，長者在先，幼者在後。講飲食、坐走，是代表日常生活中，不論是什麼樣的細節，飲食起居都要尊重長者，讓長者先行、先用，這才符合禮。禮，是

天地之序。所謂天地之序，就是沒有人規定，它是天地之間自然而然的一種秩序。如果你做事符合禮節，大家就會感覺很舒服，因為這是自然的順序，是本性的作用。如果不符合禮節，會給周圍的人添很多麻煩，即使是沒有學過禮的人，看見非禮的行為，也會覺得很不舒服。不懂禮的人，往往是因為後天缺乏教育，或者是被社會污染了，或者是被自己的私心、欲望給蒙蔽了，所以才做出不符合禮節的事情來。

這一條是告訴我們，尊重長輩要「長者先，幼者後」。長和幼可以從年齡上來分，也能從輩份上來分，長輩走在前，晚輩走在後。也能夠從級別上來分，上司走在前，下屬走在後。在不同的場合、不同的環境裡，長幼的定義不同，不能夠死板。總之，要有一顆尊敬長上的心。這種先後的順序，它是一種自然之道。《大學》裡面講，「物有本末，事有終始，知其先後，則近道矣」。自然界有先後的順序。物有本末，「本」是根本；「末」是枝末。每件事情也有始有終，所以，人知道了先後的順序，就已經近道了，也就是接近自然的法則，客觀的規律了。

自然界裡確實有次序。像天體的運行，都有它的軌道，地球有地球的軌道，月亮有月亮的軌道，每個行星都有它的軌道。如果這個軌道打亂，互相碰撞就會起災難了。這種軌道運作的規律，稱之為「序」。大自然如此，人也如此，人要符合禮節，符合禮節就是符合自然，在有序中我們才能夠得到真正的平等。

有的人批評禮教，說這是不平等的，是封建的。但是批評禮教的人，假如他是一個長者，如果一個晚輩在他前面不恭敬，或者對他無禮，他也會不高興。證明他自己雖然批評禮教，可是他也從內心當中，希望別人對他有禮貌，這說明，禮是自然的法則。遵守自然的法則，才能得到真正的平等。在宴會席上也有主次的座位不同，主桌的客人和旁桌的客人要分次序。公司裡，領導和被領導有次序的分別。這些都要講究禮，有禮才有平等，大家在這個環境裡才能夠心平氣和。不講究禮，就亂了。說到深處，平等和不平等，是一不是二，看我們以怎樣的心去看這個問題。假如我們心裡面有不平等，看外

界也就不平等。如果我們心平氣和，看外界心也就平了。沒有不平、對立，所行的自自然然就符合中道，符合禮節。

長呼人　即代叫　人不在　己即到

這一句是說，當長輩叫一個人的時候，做晚輩的應該馬上代他去呼叫這個人。因為長輩的年紀很大，或者他地位很高，我們做晚輩的要有一種服務的精神，要代人之勞，代替他做這些事情。如果呼叫的這個人不在，馬上要回到長輩那裡報告，看看長輩還有什麼吩咐，能不能夠代長輩做些事情，這些都是對長輩的恭敬。現在比如我們跟長輩在一起，如果長輩要打電話，我們可以幫助長輩撥通電話，然後把電話交給長輩。或者長輩、上司需要寫書信，我們也可以協助他們書寫、代筆。我們常常要有服務於長輩的心，而常常喜歡服務別人的人，無論走到哪裡都會受到歡迎。

稱尊長　勿呼名

對待長輩、上司、老師，對這些有地位，輩份比我們高的人，我們不可以直呼他的名字，甚至跟別人講話的時候，也要盡量避免直呼他們的名字，這是對尊長的一種尊重。應該怎樣稱呼？可以稱頭銜、職稱，或者是稱對方跟自己的關係，比如，劉省長、陳部長、胡董事長，這些都是稱頭銜。自己的親人、父母，如果講得很普通就是我的父親、我的母親；如果講的文一點，可以稱家母、家父、家兄。對老師，直接講我的老師，或者是冠以姓氏，如蔡老師、劉老師等等，這些都是尊重。

在交際的場合裡，直呼人的名字，這是不禮貌的。哪怕是比我們小的，如果關係不是很熟，或者是跟我們沒有隸屬的關係，也都盡量不要直呼其名，可以用張先生、李小姐，這些稱呼，都是對他人的恭敬。要在小事上，在對人的稱呼上，培養自己的恭敬心，養自己的本善。

對尊長 勿見能

這個「見」，讀「現」字的音，是講在尊長面前，我們不要隨便表現自己的才華、能力。在尊長面前，在上司、老師、父母、長輩面前，我們要懂得守謙，要謙虛，不可以有顯耀自己才華的心。當我們謙卑下來的時候，反而能從尊長那裡學到很多學問。如果自己愛好表現，看見我們傲慢，尊長就不願意教我們了。因為真正好學之人，一定要懂得韜光養晦，處處謙卑，長養自己的謙德。

過去我就有一個毛病，就很愛表現自己的能力，有一點才能，懂得的多一點，就很愛表現，很愛發表意見評論。事後想起來，覺得自己很淺薄，尤其是在一個尊長面前表現自己。事後才知道原來這位尊長，給我們表演了大家風範。他看到我們班門弄斧，如如不動，反而讓我們覺得無地自容。所以，在長輩面前要有謙卑的心，才會從尊長那裡學到真實的道德學問。

近些年，學習了傳統文化，對過去自己所犯的這些過失，覺得要好好地改正過來。「過能改，歸於無」，即使是有才華、有能力，也要多隱藏一些，這是養謙德。有謙德，就會獲得很大的福分。《了凡四訓》上引用了《易經》上的幾句格言：「天道虧盈而益謙，地道變盈而流謙，鬼神害盈而福謙，人道惡盈而好謙，是故謙之一卦，六爻皆吉。」《易經》是儒家五經之首，講的是天的道理。「虧盈而益謙」，例如月亮，月滿則虧。天道，自然對滿的東西要讓它虧損，反而虧損的時間長，滿月一個月只有一天，其他29天都是不圓滿，這樣才能長久。地的道理也是如此，如果水滿起來了，它就要流走了。所以大海稱為水中之王，何故海納百川？因為它謙下，它的地位最低，所以河流的水統統流到大海裡面。如果它很高，就不可能讓江河的水流到自己那裡。天地鬼神也是幫助謙虛的人，討厭驕傲自大的人。人亦是如此，一個謙謙君子，在哪裡都受人歡迎，何必用表現來證明自己的才華。真正有德、有才之人，久而久之讓人發現，就自然獲得大家的敬佩、大家的愛戴，不用刻意有心去

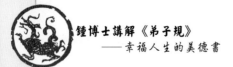
表現自己。《易經》上六十四卦，每一卦六爻都有吉有凶，除了一卦之外，這一卦就叫謙卦，謙卦六爻都是吉祥。《書經》說，「滿招損，謙受益」，這是亙古不變的真理。所以對於尊長「勿見能」，是培養我們謙虛的好習慣。

路遇長　疾趨揖　長無言　退恭立

這是講，我們走在路上，遇到了長輩，應該趕緊走上前向他鞠躬作揖，向他行禮，是對尊長的恭敬。「疾」是快速，「趨」是走上前。看到長輩來了，這個長輩可能是自己的父母，或者是老師，或者是上司，見到了趕緊快步上前行禮，這是恭敬。如果見到長輩來了，還慢吞吞大搖大擺地走上去，這種形象就已經充滿傲慢了。在這樣的情形下誰會被人批評指責？傲慢的人。傲慢、高傲的人反而不容易得到大家發自內心的恭敬，謙虛的人、恭敬他人的人，才會受到大家由衷的讚嘆。

在路上遇到長輩行禮之後，如果長輩沒有話講了，我們就應該退立一邊，在家裡、學校、公司、機關單位都是如此。長輩進來了，我們趕緊上前行禮。此外還要懂得處處留心察言觀色，見到長輩有事，或者沒有要講話的意思，我們就要恭恭敬敬地退立在旁邊，看看長輩需要我們幫助做什麼，不要在旁邊講話影響長輩，這都是謙敬。

騎下馬　乘下車　過猶待　百步餘

古代人或者騎馬或者乘車，現在是乘坐交通工具。我們在路上見到長輩趕緊要下車、下馬，向長輩行禮。長輩離開以後，我們應該站在原地，目送長輩離開百步之遙，才可以離開。這都是展現出恭敬心。當然，這要按時間、按地點的不同來靈活運用。如果你開著車，行駛在一條很繁華的街市上，遇到了長輩，假如這時你把車就地一停，下車向長輩鞠躬，這時候可能交通警察就給你開一個罰單，說你亂停車，像這些情況就不適宜。所以我們守禮

節，要懂得活學活用，不能學死、呆板，要學文中的原理原則。明瞭原理原則是讓我們有恭敬心，而恭敬心在不同的時間、地點、處所要有不同的表現形式。恭敬心一樣，表現形式可以不同，明瞭做事要把握分寸。

長者立　幼勿坐　長者坐　命乃坐

　　這是講，跟長輩在一起的時候，像父母、師長、上司，他們如果站著，我們絕不可以坐著，因為這樣就表現出非常的無禮，應該讓長輩坐，長輩不坐，我們也不能坐。當長輩坐下來，他吩咐我們也一起坐，這個時候就聽長輩的吩咐，可以坐下來。這個時候也要懂得不要逆著長輩，為了顯示自己對長輩的恭敬心，長輩叫我們坐，我們還不坐，這又是失禮，古人講「恭敬不如從命」。何謂恭敬？　聽話，才是恭敬，不要有自己的意思，所以，隨順長輩叫我們坐我們就坐。如果不叫我們坐，我們就要奉侍在長輩旁邊，服務於長輩。這種禮節實際上大家都很熟知，但是在現實生活中，往往很多人都忘掉了。

　　2005年12月，《江南都市報》登載了一則消息。在江西南昌市的一個公車上，有一位79歲的老太太上了車，結果沒有座位。大家都視這位老者而不顧，年輕人也不起來讓座。結果，坐在車廂後邊的一位71歲的老太太，從座位上站起來，對這位79歲的老太太說：「你看起來年紀比我大，請你坐我的位置。」79歲的老太太又很謙讓說：「沒事，沒事，您自己坐吧！」兩位老太太就在車廂裡互相的謙讓。這一幕讓旁觀的乘客們覺得很慚愧，於是紛紛站起來給兩個老太太讓座。這兩位老人家，在車廂裡為乘客們上了一堂倫理道德的禮儀課。

　　由此我們想到，一方面，現代人真的太需要教育，這樣明顯的事情，居然都會麻木不仁。另一方面，我們看到兩位老者這樣的表演，用身教來啟發大眾的善心、愛心，身教重於言教。這篇報導讓我們得到一個重要啟示，真正體會到推動中華傳統美德教育，最有效的方法，就是自己要做到。自己要

在人群當中表現有倫理道德、有禮儀規範的這樣的行為。表率的教育,效果是最好的。

當然,除了自身做表率以外,還要用嘴來宣講,言教也相當重要。特別是現代科技發達,媒體覆蓋面很廣,利用網路、衛星電視、光碟、書籍乃至各種各樣的媒介,廣泛地宣傳美德教育,也會收到很大的效果。所以學習傳統文化,要言行合一,邊說邊做、邊做邊說,為社會做好的模範。

尊長前　聲要低　低不聞　卻非宜

這是講,在尊長面前說話的時候,我們的聲音不能太大。嗓門太大,聲音很刺耳,甚至講起話來還滔滔不絕,旁邊坐的長輩都會心跳加速。在長輩面前要有柔和的氣質,說話的聲音、面色都要柔和,不能過高,更不能太激烈。但是也不能太低,「低不聞,卻非宜」,聲音太低長輩聽不到也不恰當。所以,聲音要適當,讓長輩聽起來能聽得清楚,心裡又覺得很安定、很舒暢,這都是尊重。

進必趨　退必遲　問起對　視勿移

這是講,見到長輩,我們要馬上快步走向前去行禮問安,離開退下來的時候,動作要慢。如果做法相反就不合理了。試想,假如我們見到長輩走上前來,我們大搖大擺,慢慢地踱步踱上去,向長輩行禮。跟長輩告辭的時候,走得很急,可能會讓長輩產生一些想法:是不是很討厭我這個長輩,是不是很畏懼我這個長輩?所以晚輩應該做到「進必趨,退必遲」才符合禮節。

如果長輩問我們事情,我們這時候是坐著的,要趕緊站起來,恭恭敬敬地回答。回答的時候眼神要安定,眼睛看著長輩「視勿移」,眼睛不要動來動去,那樣會給人心不在焉的感覺,或者讓人以為我們心裡另有所想,這些

表現都不好。所以，對待長輩問話，我們恭恭敬敬地回答，這時候眼神要定，眼神定代表我們的心安定，不可以左顧右盼。當我們心定下來的時候心就正，回答問題也正確。

平時我們做人，也要做得正。孟子講，養浩然之氣。如果平時私心雜念很多，常常心裡存著一些不好的念頭，甚至有很多所謂的不能公開的秘密、很多隱私，這種人在大眾之中，往往會心神不安，自然就容易眼神無定，動來動去。我們平時要有主敬存誠的修養，修真誠心、恭敬心，上對得起天地父母，下對得起朋友，對得起一切人，這樣就會心安身定。古人講「誠於中，而形於外」，內心真誠恭敬，言語態度自然就鎮靜、穩重、安詳。這種人的氣質很高雅，與他交往覺得很舒服，外人受他氣質的薰陶，也能得到提升。

事諸父　如事父　事諸兄　如事兄

這一句是總結。我們在家裡，修養孝順心、恭敬心，同時要把心量擴展到社會，對待一切長輩都如同對待自己的父母一樣，對待一切兄長都如同對待自己兄長一樣。要把孝悌這個德，把孝悌的存心，擴展到自己所接觸的一切人、一切事、一切物，以孝敬之心來對一切人，對一切人都不要有分別。

孟子說：「老吾老，以及人之老；幼吾幼，以及人之幼。」對待一切長輩，就像對待自己父母一樣的孝順恭敬。對待年幼的人，如同對待自己的兒女弟妹一樣。這種愛心的原點，就是孝悌。當我們將孝悌之心對一切人、事、物，我們就離聖賢不遠了。

孟子說：「親親而仁民，仁民而愛物。」能做到對父母孝順、敬愛，再將這種孝順、敬愛的存心，對一切萬民，稱之為「仁民」。由對一切人的敬愛，到對一切事物的敬愛，稱之為「愛物」。親親也好，仁民也好，愛物也好，說到底就是一個愛心。這個愛心是本性、是本善，用在不同的關係上，就有不同的表現。在五倫裡古人講十義，「父慈、子孝、兄友、弟恭、君仁、臣忠、夫義、婦聽、長惠、幼順」，是說在不同的關係裡，都是這一顆愛心的起用，因

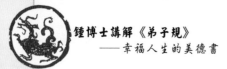

此表現出來就有這十種德義，這就是倫理道德。

第三篇　謹

　　《弟子規》第三篇「謹」。這一章總共24節，所說的都是日常生活中衣食住行的生活小事。聖賢教導童蒙、教導初學都要制定一些生活的規範，讓我們在日常生活當中，來修煉自己的誠敬之心。誠敬是我們學聖賢最關鍵的一種心態。

　　《中庸》講，「誠者，天之道也。誠之者，人之道也。誠者，不勉而中，不思而得，從容中道，聖人也。誠之者，擇善而固執之者也」。「誠」就是天道。人的行為能夠時時用真誠，這就符合天道了。人道是「誠之者」，我們心地至誠的時候，已經跟天道相應了。何謂聖賢？「誠者，不勉而中，不思而得，從容中道」，這樣的人稱為聖人。他的行為是自然而然的，沒有一點造作。所行的都是中道，沒有個人的執著、分別、妄念，這種人就是聖人。但是沒有天生的聖人，聖人是靠教、靠學出來的。如何學？就是要「誠之者」，「誠之者」，就是要「擇善而固執」，一心為善。言語、動作、起心動念都與本性本善相應，做到了圓滿就稱為聖人。而人的誠敬心，是要在生活點滴中來養成的。

　　當我們每時每刻都不放鬆自己，而養成誠敬心的時候，誠敬就變得自然而然，不用刻意。古人講：「誠於中，形於外。」從生活的行為表現出我們的心地。如果放縱自己，行為上一定有虧缺。有智慧的人，是誠敬到了極處的人。他觀察任何事情真的是入木三分。從很小的動作神態上，就可以看出個人的心地，就可以預知一個人的吉凶禍福。因為人一生的吉凶禍福，都是他的心地決定的。如果他的心善，那麼他的境界和所遇到的任何的人、事、物都是

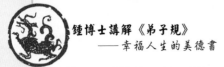

善的；如果他的心地不善，那麼他的一生，必定有很多坎坷。

　　一個人如此，一個國家也如此。有智慧的人，他是百姓心態，從國家的媒體裡播放的內容，從一個國家領導人的言行，就可以預知這個國家的興衰。《中庸》說：「至誠之道，可以前知；國家將興，必有禎祥；國家將亡，必有妖孽；見乎蓍龜，動乎四體；禍福將至，善必先知之；不善，必先知之，故至誠如神。」「至誠如神」，也就是說他觀察問題敏銳。心地清明有智慧的人，看到了他馬上就明瞭情況，他能從一些小事、小的現象裡面看到整體，甚至能夠預知未來。因為未來的禍福、興亡都有前兆。這個前兆，就是我們所看到的小現象，而粗心大意的人就忽略了。吉凶禍福表現在人的動作形態上。「見乎蓍龜。」蓍龜，是用來預睹未來的東西。「蓍」是一種草，「龜」是龜殼。是古人用來占卜用的。何以能占卜？因為必定有一個前兆，這個前兆就是一種相，這種相能夠預卜未來。

　　能有預知未來本事的，這個人很神，而學了傳統文化就能夠培養出有智慧的人。吉凶禍福「動乎四體」，看一個人四肢的動作，就知道是吉是凶是福是禍了。總之，動作浮躁無禮的人就無福。動作恭敬，待人謹慎厚道的人就有福。因此「禍福將至，善必先知之」。善先知之，不善也必先知之。都是因為讀了聖賢書，學會了怎樣去看待人、事、物。當然學習最關鍵的不是去看人，而是要反觀自己。希望自己這一生有福，就要在「謹」上下功夫。過去沒人教我們，現在學習是「亡羊補牢」也不算晚。

朝起早　夜眠遲　老易至　惜此時

　　「朝起早，夜眠遲」是講我們的起居作息要有規律，要勤奮。早上要早起，晚上不要睡得過早。因為如果睡眠佔據的時間太多了，我們寶貴的光陰就給睡掉了。人一生光陰本來就不多，如果一天睡八個小時，一天就去掉了三分之一。再忙於日常生活的瑣事、生病了要調養、休閒娛樂，這樣又去了三

分之一。剩下來就只有三分之一時間，可以用來學習和工作。瞭解了這個情況，我們就要格外珍惜--時間，努力進德修業，抓緊每一寸的光陰。

　　古今中外，大凡是有成就的人，絕不會浪費光陰。很多人專心於工作，精力集中就沒有什麼妄念，這種人反而睡眠會少。因為，他的心比較清淨，心定消耗的能量就比較少。

　　有統計表明，一般人的時間，50%是花費在煩惱未來，總是想著將來該怎麼做，很多憂慮、很多規劃；40%的人，把時間用在後悔和回憶過去。總之90%的時間，不是妄想未來，就是追憶過去。過去的事情過去了，追憶也沒用。未來的事情還沒到，想也是妄想。**人真正有用的時間，只有10%，真正幫助我們的只有當下。緬懷過去、期望未來，都是浪費時間。**如果能夠把這些妄想、憂慮減少，就可以省出很多時間來了。

　　我們自己的學業、事業，也都要把握時間去提升。古人講得好：「黑髮不知勤學早，白首方悔讀書遲。」不要等到年紀老了，才悔恨自己浪費了時光。

　　這裡的「朝起早，夜眠遲」，我們應該以什麼樣的標準衡量才是比較恰當的？現在很多人「夜眠遲」都做得不錯。你問他晚上幾點鐘睡覺，可能十二點，也可能是一、兩點甚至三、四點都沒睡，「夜眠遲」他做到了。但是「朝起早」他做不到。古人講「朝起早，夜眠遲」意思不是讓我們凌晨兩、三點鐘還不睡覺。古人的作息是隨著日頭，所謂「日出而作，日落而息」。晚上七八點鐘天就黑了，就入夜了，「夜眠遲」晚上九、十點鐘這就很遲了，那個時候就該休息了。早上幾點鐘起來比較合適？最好是五點前，不要超過六點，這樣就比較符合「朝起早，夜眠遲」，這是有科學根據的。

　　依照中醫的理論來看，一天可以分為四季，早上三點到上午九點是春季，九點到下午三點是夏季，下午三點到晚上九點是秋季，晚上九點到第二天早上三點是冬季。人在春夏秋冬一天裡的四季，應該遵循什麼時間起居？春發的時候萬物生長，人也開始甦醒，就應該起床了；夏天是做事的時間；秋天是收穫的季節；冬天一定要躺下睡覺。這是最符合生理衛生的。

　　所以，縱然早上三點鐘起不來，能在四、五點起床，也就很不錯了。早上

起得早,可以幫助我們得到很清醒的頭腦。所謂「一日之計在於晨,一年之計在於春」。早起的人,能夠很好地規劃一天。早起半個小時,用這半個小時想好一天該做的事,訂好一天的計畫,樣樣都有條不紊,不至於忙亂。如果為了貪半個小時的睡眠,起來之後急急忙忙穿上衣服,趕緊去弄早餐,吃完早餐就衝出去上學或者是上班,結果一天都在緊張忙亂之中,沒有安詳的氣息,做事往往會出錯。早起的好處很多。

　　曾國藩先生在給他子弟的信函當中寫道,他說看一個家庭有沒有興旺之氣,就看這家子弟能不能早起。要想早起,必須得早睡,如果不早睡,早上就很難爬得起來。所以晚上九點鐘以後,就要準備睡眠。這是很健康的,**醫學上講**,晚上九點到十一點,這個時候自己的免疫系統在恢復,這個時間也是排毒的時間,人需要安靜,在睡眠的狀態下排毒是最好的。晚上十一點到凌晨一點這是子時,這也是五臟排毒的時間。凌晨一點到三點,是肝排毒的時間。三點到五點,是肺排毒的時間。這個時間如果人都在安靜睡眠當中,那麼確實對身體有好處。毒如果不排出來積瘀在身體裡面,會造成對身體的損傷。所以到晚上很晚都不肯睡覺的人,第二天早上起床以後臉色都不會好看,這就是沒有什麼陽氣。因為晚上睡眠不好,他這個身體沒有能夠得到恢復,所以常常熬夜的人,我們看他的樣子都是面色蠟黃,精力也不夠飽滿。所以懂得「朝起早,夜眠遲」,我們調整時間,就要盡量地把晚上的工作,移到第二天早上做。其實早上起來,人頭腦清醒,工作效率也高,高效率的工作往往是比晚上熬夜沒有精神的時候效果要好。這是講我們的作息。

　　「老易至,惜此時」,是提醒我們要珍惜時間,特別是我們對父母盡孝要把握時間。父母一天天的年老,我們要常常想到,能夠陪伴父母的時間還能有幾天?所以,行孝不能等。只要有一天的光陰,就要竭盡全力來孝養父母。這樣不至於給將來留下悔恨。

晨必盥　兼漱口　便溺回　輒淨手

早上起床以後，必定先要盥洗，漱口、刷牙、洗臉、上洗手間。從洗手間回來要洗手。這些從小養成的衛生習慣，對身體健康有好處。我們的身體健康，也是對父母的孝順，因為「身體髮膚，受之父母，不敢毀傷」。有健康的身體，也能夠為社會很好的工作。這句話引申，會學的人看到這一句，他就會聯想到進德修業方面，「晨必盥，兼漱口，便溺回，輒淨手」講的是我們身體要清潔，要洗淨不乾淨的東西。對身體，我們要講究清潔。對心理呢？我們往往重視生理，而忽略心理。心裡面有很多骯髒的、不乾淨的東西，我們有沒有常常去清洗？什麼東西污染我們的心理？追求聲色犬馬的享受，追求欲望的滿足，角逐於名利場中，這些都是對內心的污染，它都是內心的毒素，讓我們的本性、本善受到蒙蔽。所以，要愛護我們的本性，對於那些不良的嗜好、不好的習性要把它去除。要知道，人的快樂不是從外在的名聞利養、五欲六塵的享受得來的。那些享受、欲望的滿足，僅僅是外在的刺激，它不能讓人真正得到持久的快樂。什麼才是真正的快樂？《論語·學而篇》開篇就說，「學而時習之，不亦說乎」。那個「說」，是喜悅的意思，這個喜悅不是外來的，是從內心裡面不斷地湧出來的喜悅。如何得到？「學而時習之」，學聖賢的教誨，把聖賢的教誨努力地去落實、實行，這樣越學越快樂。

孔子的學生顏回，他的生活非常貧苦，孔子在《論語》裡說顏回，「簞食瓢飲」。吃飯的時候沒有飯碗，拿竹子做的簞當作飯碗。喝水沒有杯子，拿葫蘆瓢舀水喝。「居陋巷」，生活在非常簡陋的巷子裡面。孔子說「人不堪其憂」，而「回也不改其樂」。別人在顏回的那個環境裡生活，不知有多麼憂慮。為什麼憂慮？因為有欲求。很多人認為，快樂是欲望得到滿足。而顏回知道，欲望不是快樂的源泉。欲望是煩惱的源泉，有欲、有求皆苦。苦從何來的？欲望。一個人沒有欲望就剛強，無欲則剛。如果追求聖賢的學問，如顏回，他不改其樂了，也不願意改變他的生活，因為生活再苦，都是外在的，內心裡實在是太快樂了，這種樂稱之為「法樂」。所以，沒有真正深入到聖賢學問當中，是體會不出來的。此事如同喝水，「如人飲水，冷暖自知」。別人告訴你，水溫度多少，怎麼形容都形容不準確，只有自己喝了才知道水的溫度是

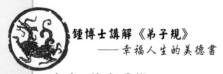
多少，什麼感覺。

　　因此看到這句，我們就要懂得把心裡的那些貪欲掃除、清洗乾淨，讓我們的本性彰顯出來，那才是快樂的源泉。聖賢人告訴我們「君子素富貴，行乎富貴。素貧賤，行乎貧賤。素夷狄，行乎夷狄」。無論你是什麼樣的家境，什麼樣的身份，富貴也好，貧賤也好，都能得到君子之樂。只要認真地學習聖賢教育，落實聖賢教育。

冠必正　紐必結　襪與履　俱緊切

　　這一句是講要注重儀錶：帽子要戴得正；衣服鈕扣上下要對齊，不能扣得歪歪扭扭；襪子和鞋子要穿整齊，鞋帶要繫上。這是一個人基本的儀容。從一個人的儀錶，我們可以看到他的內心。如果一個人內心很莊嚴，很謹慎恭敬，自然就誠於中，而形於外。他的外表一定是恭敬、謹慎。如果這個人外表邋邋遢遢，扭扭歪歪，就能明瞭他的內心必定有偏邪。從人的動作、神態，可以看一個人的內心，心是人的主宰，什麼樣的心，就有什麼樣的形象。一個人很端正、恭謹，就知道這個人必定是主敬、存誠。

置冠服　有定位　勿亂頓　致污穢

　　這是講，在家裡我們的物品要擺放整齊。衣服、帽子要放在該放的地方，亂扔的話就容易弄髒衣物。如果衣服髒了，就應該去洗，不可以堆成一堆。堆在那裡時間久了就會長黴，生了污穢，即使洗也不容易洗掉，對身體也沒有好處。家裡要有整潔的環境，要把自己的房間整理好。一個人能夠整理好自己的房間，才能夠治理一個公司，治理一個國家。諺語講：「一室之不治，何以治天下。」你自己家裡都沒有打點好，沒整理好，你怎麼可能去治理天下、國家。所以，治理自己的房間和治理天下國家的道理是一樣的。真正謹慎、恭敬的人，他就是一個很好的領導者。他有恭敬，就能負責任，他就會

為國家和人民盡忠、負責。謹慎，他就不容易犯錯誤，不會有危險發生，他一定是個好領導者。這種素質從小、從現在就開始培養。在整理房間、整理衣物的時候，培養一顆恭敬謹慎的心。

我們的恩師，今年82歲了。他的房間都是自己整理，非常乾淨、整齊。衣物、物品擺放得端端正正，非常有條理。當恩師看到桌面上有擺得不正的物品，很自然地就把它扶正，這些動作絕不是刻意的，是久而久之養成的恭敬心隨時隨地的流露。他洗手間裡的那個洗手盆，外面的盆壁上，連一滴水跡都看不到。每次恩師洗完手、洗完臉如果有水濺出來，濺到盆壁上面，他都會馬上擦乾淨，這麼一個簡單動作，就是愛惜物命。恩師的洗手盆用了10年都是嶄新的，這都是因為對物的恭敬。真正的大德，從哪裡看？就從他的行為細節上，從他的生活起居上，看出他真正的品德修養。所以，我們希望這一生能得到成功，希望學聖學賢，在細微處一定要下功夫。

衣貴潔　不貴華　上循分　下稱家

這是講衣服的穿著，不要追求華美，只要乾淨就可以了。現在很多年輕人，喜歡追求時髦，服裝都講究時尚。又有服裝師們年年出新招，設計很多不同款式的服裝，讓顧客們每年都手忙腳亂，忙得不亦樂乎，把錢全都貢獻給這些服裝公司，造成家裡衣服一大堆，去年買的衣服還沒穿過幾回，還嶄新，今年時尚一變，就不想穿了，說穿出去之後，會讓人家笑話。何必為了追求這些時尚，讓自己生活得那麼累，時時生活在煩惱當中。本來辛辛苦苦賺了錢，可以慢慢地使用，沒有任何的壓力。追求時髦往往覺得錢不夠用，人活得很累。更主要的是追求時髦，跟自己道德學問的提升沒有關係。

「衣貴潔，不貴華」這句話是說，我們的服裝一定要與我們的身份、與我們的收入掛鉤，不可以勉強。比如說家裡貧寒，我們衣著就不能穿得太華美，如果穿著很華美，反而顯得自己很虛榮，與我們的家境不相稱。如果家境富裕、身份高的，在出席必要場合的時候，應該穿得莊嚴一些，但是也不

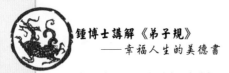
需要時尚,只要看起來端莊、大方、樸素就好。這都是以身示範,帶動社會節儉的風氣。

這一句話引申為,我們的穿著要符合場合,該穿什麼樣的衣服,就穿什麼樣的衣服,去不同的場合著不同的裝。穿衣、戴帽展現一個人的教養。所以,衣著也是一種文化。

現代年輕人,衣服都穿得奇形怪狀,特別很多女孩子,看上去她們的衣服都好像不夠長、不夠大,不是露上面,就是露下面。要知道露的地方都是人體最重要的穴位。特別在夏天的時候,穿露著肚臍和腰部的衣服,肚臍和腰這兩個部位,都是應該重點保護的地方,如果受了風不好治,到中、老年的時候就夠受了。農村的小孩子,他可以光著屁股,但是他一定是穿著小褂護著肚臍,說明肚臍是非常重要的穴位,這個部位一定不能讓它露風。還有兩個肩,這都是需要把它包裹起來的。這些對於一個人的身體健康極其重要。

穿衣服,也表明一個人的心態。如果穿著很隨便、很暴露,容易引起人的邪思,往往一些不懂事的女孩子,就是因為自己的穿著不得體,而招致危險的事情發生。現在青年犯罪的案件很多,很可能與穿著有關係,因為這些穿著會引來人的欲望,把人的邪思勾起來。現在社會的污染已經夠嚴重,我們要時時刻刻懂得保護自己,不能把災禍引到自己頭上來,因此,穿著非常重要。

孔老夫子的學生子路,是有名的孝子。他家裡很貧窮,但是他孝順父母很盡心,自己的吃、用卻很簡單,身上總穿著破舊的、打著補丁的棉袍。他同那些穿著皮衣、皮襖的富家子弟在一起,沒有覺得羞恥。因為子路心裡面有聖賢學問,知道穿著要「上循分,下稱家」。一個人的道德學問,跟穿著華美與否不相干,雖然衣著破舊,但是心裡有道,他依然是個富人。如果衣著華美,心裡卻追逐著名利、物欲,永遠都貪心不足,那麼他永遠是個貧人。因此,貧富看他的心,並不是看他的錢。什麼人真正富有?知足的人是真正富有的人,因為夠用,所以他富有。如果不知足,哪怕是擁有一座金山,還是不

夠，總覺得自己沒錢，還是個窮人。穿著、起居都是養德的下手處，一個人崇高的品德，就是在這些小的地方培養。

老子說，「九層之台，起於壘土」。九層高樓是一點一點的土石累積而成。在這些小地方慢慢累積，久了就成為大德，就成為聖賢。

對飲食　勿揀擇　食適可　勿過則

這是講吃飯。吃飯不可以挑食，特別是孩子，要很注意，父母要懂得幫助孩子養成好的習慣，在飲食上不能挑剔，要注重營養均衡。如果孩子挑食，這個喜歡吃，那個不喜歡吃，諸多挑剔不僅對身體不利，營養不均衡，更重要的是對他的心理是一個損傷，養成他的傲慢、浮華的態度，這是個大毛病。人如果從小養成了傲慢，這一生就沒有幸福可言，沒有能夠幫助他的人，因為都被他的傲慢驅走了。現在我們中國社會，絕大多數都是獨生子女，父母往往容易溺愛子女，在生活上會盡量滿足子女，恰恰是這些過分的欲望，無形中培養了孩子驕橫的態度。

這一點我真是非常感恩我的母親，雖然我也是一個獨生子，但是母親卻從來不嬌慣我，在家裡吃飯，是母親做什麼我就吃什麼，從來沒有說這個喜歡吃，那個不喜歡吃。很多父母問孩子，這樣東西喜不喜歡吃，孩子說喜歡吃，就給他做，不喜歡吃就不做。每一樣都讓孩子來挑揀。我媽媽曾經說，孩子不用問他，你做什麼，他就吃什麼。如果不吃，就是他不需要，他真的餓了，就吃了。

從對飲食不挑剔的這一條，可以引申為對每一樣事物都不挑剔，乃至包括對我們人生的命運，我們的處境，我們所遇到的一切人、事、物都不能挑剔。在任何的環境中，都要歡歡喜喜，隨遇而安。這是君子、大人的心量，他不會因為挫折生煩惱，而灰心喪氣，也不會因為順境的時候，驕傲自滿而得意忘形。心裡面有主宰，就不會因為境界的不同，讓心隨之浮動，他的心是定的。

范仲淹講：「不以物喜，不以己悲」。朝廷重用他的時候，不會很歡喜；賞賜他的時候，也不會很高興。自己不得志，朝廷沒有重用他，把他貶官，他也不會悲傷。因為心裡有主宰。他心裡想的是萬民，「先天下之憂而憂，後天下之樂而樂」。他把自己放在天下人之後，起心動念想的是天下人，沒有想自己。想自己當然就會有煩惱，就痛苦難過。那都是「我」太嚴重，這個「我」就是自私。

透過在飲食上不挑剔，逐漸提升，放下自己的自私心，放下自己的主觀成見，一切隨順。這樣的人能得大自在，他生活在幸福快樂之中。

「食適可，勿過則」這句是講，吃飯的時候，要注意不要吃得過飽。「則」就是分寸，要有分寸。不要喜歡吃的東西就拼命吃，吃得過脹，對身體沒有好處，損傷腸胃。特別是晚餐，一定要少。晚上如果吃得太飽，本來身體是準備要休息的，剛才講一天24小時，下午3點鐘以後就入秋了，秋天是收的時候，身體要慢慢地進入冬眠，不可以吃得過飽，吃得過飽，晚上腸胃還要不停地工作，該休息的時候沒有得到休息，久而久之就要得腸胃病了。特別是在非常餓的時候，更不能吃得過飽。平時每餐最好吃七八分飽就好了。其實人的很多毛病都是吃出來的，反而餓一點的人身體還很好，沒有什麼大病。往往病都是吃得太飽才生出來的，不是餓出來的。

我的舅父常常跟我們講，過去在他年輕的時候經濟不富裕，收入很低，很少能吃飽飯，現在將近70歲人了，身體還不錯，走起路來腿腳都很靈便。他跟我們開玩笑說，他這一輩子都沒吃飽過。這是真的。如果經常吃得太飽，恐怕就沒有他晚年這個身體了。現在我們看到很多人，養寵物，貓兒、狗兒，給它很多東西吃，吃得肥肥胖胖的，都走不動路了，結果總是生病，要常常送寵物醫院，自己勞累，它也難受。

吃飯不能過量，要講究分寸。做人、做事也要講究分寸。與人交往也要懂得留有餘地。厚道的人就是有福的人，他們做事待人都很有分寸，總給人留一點餘地、留一點情面。特別是在批評人的時候，不可以太偏激、太激烈，這會造成人與人之間的怨恨。因此，責人不可以太嚴，責到三分就好；做事，

做到七分就好了。古人講求缺，求缺的人能長久。《弟子規》這一條，告訴我們人生的大學問。

年方少　勿飲酒　飲酒醉　最為醜

這是講，年紀小的孩子不能飲酒。因為飲酒刺激身體，酒精到了身體裡，會產生燥熱，對身體有很多不良的影響。比如說對循環系統，對大腦、對身體發育，都會有不良的影響。不僅小孩不能飲酒，大人也最好不要飲酒。老年人，他的氣血循環不太好，靠喝點酒來刺激體內的血液循環，把酒當作藥，可以少量地用。如果是為了貪酒的味道、貪杯，喝酒甚至喝醉了，這對身體會有很大傷害。而且喝醉了酒以後，往往會做出很多喪失理智的事情，因為人在不清醒的狀態下面，會說錯話、做錯事，或者是儀容不整，這些都是醜態。作為君子絕對是要避免的。

我們與人交往、吃飯，也盡量的少用酒。現在社會風氣不太好，總是在宴席上面勸酒，非得要把對方灌醉不可，好像不把對方灌醉，就顯不出我的熱情，所以很多三四十歲的人，都得肝硬化。因為酒喝得太多了。現在的人，明明知道酒喝多了不好，還非要勸人喝，這其實不是真正為對方著想的人。古人講，「君子之交淡如水」。君子交往，以義來交往，講的是道義，不是以利。小人才是以利相交。特別是生意場上，大都是酒肉朋友。要知道，我們希望交往的合作夥伴，是要有誠意、要有誠信的。如果用酒肉、用利相交往，這個合作夥伴不一定能長久。

有一個公司的董事長，他讀了《弟子規》中的這一句，他就想著要試驗一下，看看如果我不喝酒，請客吃飯不用酒肉來聯誼，能不能做成生意，於是他請人家吃飯就不請喝酒，結果這一年生意還做得更多。因為，他在宴席上向大家講《弟子規》，講傳統文化，講得很真誠，結果他的這些合作夥伴，看他越來越值得信賴，都願意跟他合作，生意反而更好。真君子要懂得，以真誠心來交往，而不是用酒肉作為交往的手段。「酒」，引申開，也包括

所有讓我們沉迷的東西，如遊戲機、打麻將、賭博、KTV，還包括更不好的抽煙、吸毒等等。這些東西讓人玩物喪志，讓人沉迷不醒，要把它戒除。

步從容　立端正

這句是講，人的威儀要從容大方。邁步的時候，邁得不慌不忙，走起路來有一種瀟灑自信的神態。站著的時候要端端正正，所謂「站有站相」。站的時候抬頭挺胸，給人一種充滿自信、正氣的感覺，不要彎腰駝背，年紀不大，但是看起來卻老氣橫秋。佛門裡面有個「四威儀」：「立如松，行如風，坐如鐘，臥如弓。」站立的時候像一棵松樹，挺拔端正。走起路來大方從容，像一股風。坐的時候，坐得端端正正，像一口大鐘很穩重。睡的時候，右側臥睡，腿彎起來像一張弓，這種臥姿稱為「吉祥臥」，這樣臥對身體有好處。這些形象都代表著內心，因為內心有誠敬，所以外面的形象就端正大方。反之如果內心不正，他的儀容也一定會有表現。因此，君子透過修行自己的儀錶，來端正自己的心念。

揖深圓　拜恭敬

這句是講對人行禮。古禮，有作揖，有跪拜，禮代表著恭敬心。作揖是兩隻手抱拳，彎腰動作要圓，不要看起來很生硬。向人禮拜的時候，古人是進入朝廷裡，向皇帝行三跪九叩的大禮。在家裡對父母，在學校對老師也應該要跪拜。

像我在家裡對父母也是跪拜的，對自己老師也是跪拜的，這都是恭敬心。一個人透過這些禮節，來養自己的恭敬心，時間久了，恭敬心就養成了。**養成恭敬心，處處有一種謙和之氣，這就是福氣**。《了凡四訓》講，「大多吉凶之兆，萌乎心，而動乎四體」。一個人的吉凶禍福，必定有一個預兆。什麼樣的預兆？他從心裡面生起的每一個念頭就是預兆。雖然一般人看不到他內心的念頭，但是能

夠透過他的身體、神態,看到他的內心。所謂「其過於厚者常獲福,過於薄者常近禍」。如果一個人的行為非常恭敬、厚道,他必定會獲福。如果一個人輕薄、傲慢、懶散,這種人必定會引來禍。

明朝袁了凡先生,在他的《誡子文》裡面,講了他親眼見到的一件事。有一個讀書人,也是袁了凡的朋友,叫夏建所。有一次,了凡先生去拜會夏先生,看到這位夏先生儀態謙和、卑下、謙光動人,透出一種自然的謙敬神情。袁了凡回來之後向大家講,夏建所先生必定要中舉人。因為,大凡天要讓一個人發達之前,必先讓他的智慧發起來。他有一分智慧,就有一分福分。智慧一發,輕浮的人也變得誠實,放肆的人也能夠收斂,變得厚道、恭謹了。所以夏先生這樣的謙光動人,必定考中。果然開榜之後,夏先生中舉了。古代讀書人,懂得聖賢學問,他就懂得看人。看一個人有沒有福,就看他有沒有謙和恭敬的態度,而謙和的態度也必定是透過一些禮節展現出來的,因此即使是忙亂的時候,他的禮節都不缺。因為恭敬心沒有減少,所以他常常能做到「揖深圓,拜恭敬」。

我們現代的人是很可憐的。廢棄了古禮以後,直到現在也沒有制定出一套完整的禮節。因此也就無法確定在哪個場合用哪個禮節。有的人握手,有的人點頭,有的人微笑,有的人鞠躬,有的人跪拜,這些都是禮。不管形式如何,我們要從與人交往的過程中,修養自己的恭敬心,這是重要的。

勿踐閾　勿跛倚　勿箕踞　勿搖髀

這是講,我們行、住、坐、走要注意的威儀。譬如進人家門,很多人家的門口,都有一個門檻,跨門檻就要注意到,不可以踩在門檻上再跳下去,這樣顯得輕浮、不莊重。況且我們腳踩在門檻上面,如果後面是位中年婦女,她的裙子很長,她跨過門檻的時候,可能裙子就會被我們踩過的門檻給弄髒了。這些細節都是讓我們處處想到別人。

「勿跛倚」是講,站立的時候不可以東倒西歪。我們看到有的人,靠在

牆邊一隻腳站著,另外一隻腳就亂動,身體歪斜,看起來很不莊重。

「勿箕踞」,「箕踞」是講坐的樣子,像一個簸箕一樣。這個「箕」是什麼形象呢?兩腿岔開坐著,樣子很難看。特別是女孩子穿裙子的時候,如果裙子比較短,這樣就更加不莊重。

「搖髀」是講坐的時候腿搖來搖去、晃來晃去。我們常常看到一些人,一坐下來腿就拼命地搖,感覺這個人心很浮躁,很不安定。因此坐的時候,要坐得規規矩矩,最好兩條腿併攏。特別是女孩子,把雙腿併攏看起來就很端莊,大腿絕對不要搖擺。古人講「正襟危坐」,正襟危坐是背都不靠在椅背上。腰直起來,坐凳子也不坐滿凳子,坐前面一半,身體自然能夠直立,這麼一坐,人的恭敬心就提起來了。這些小的行為,都是聖賢幫助我們修養恭敬、謹慎之心的方法。

緩揭簾　勿有聲

這是講,家裡面都有窗簾,現在的人有用百葉窗或者是布簾等等的。拉窗簾的時候,要慢慢地、緩緩地拉,不可以拉出聲音。如果是心裡著急,把簾「嘩」一下拉開,聲音就很大,會吵著別人,如果剛好有人在家裡休息,就打擾到他了。而且急急忙忙拉簾子,也很容易把簾子拉斷,像百葉窗的繩子一斷,整個簾子「嘩啦」一下就掉下來了。因此「緩揭簾」是告訴我們,事情要緩緩地做,不能急躁,要按部就班,心要定,不能急。做事急躁往往不能成功。「緩揭簾」注重的是這個「緩」字。古人講「事緩則圓」,透過拉窗簾這個事情,我們要舉一反三,聞一知十,明瞭做事要緩緩地做,才能做得圓滿,急於求成往往容易敗事。古人勸我們「凡事三思而後行」,三思而後行,就是事要緩做,考慮要周詳。如果是急急躁躁,很快的要把事情做完,這種急躁的心往往會出亂子,這樣的人也不能擔負大業。特別是大事當前,古人云:「每臨大事有靜氣」,這個「靜」是安靜。心裡安定,考慮問題就比較周詳,做事就能成功。

宋朝有位大將叫宗澤，他的內心總是很安靜，每當領兵出征的時候，整個軍隊行走聲音都很小，自己也是一言不發。他曾經寫過一首詩叫《早發》，就是寫出征時候的那種情形：「傘幄垂垂馬踏沙，水長山遠路多花。眼中形勢胸中策，緩步徐行靜不嘩。」這首詩是說將領率部出征，征途上耳邊只聽到馬踏在沙上的聲音，還有馬車上傘和垂那叮叮噹當像風鈴般在搖動，卻沒有半點人聲。望著眼前的山勢、水流，胸中早已經形成了對敵之策。

古人存養的功夫，全在一個緩字。做事要緩一點。緩不是指慢慢吞吞，而是我們的心要定，心定的時候想問題就周詳。包括我們講話，也不可以太急，急容易出錯。講話一個字一個字吐音，有條不紊講得就順。例如我們講課不能講得太急，講急了意思就講不周詳，聽眾吸收的也不好，所以慢慢地講，效果才能好。

寬轉彎　勿觸棱

這句是講，我們在屋裡行走，要注意桌子、櫃子的棱角。轉彎繞過去的時候，要「寬轉彎」，不能轉得太急，靠得太近就會碰了那個角，身體也容易撞傷，物品還會碰翻，這樣就不好，要懂得愛護身體，愛護物品。

我們很多人，都有這樣的一種經驗，比如在廚房，心情急躁的時候，就像是趕時間，可能一不小心，頭碰到了油煙機，或者是碗櫃上，就會腫起一個大包，甚至會碰翻了鍋，碰翻了油，把身體都燙傷了。越是急，結果拖得時間越長，這就是「欲速則不達」。所以，古人就是從這些小事上面，教導孩子，鍛鍊孩子的耐性，培養安詳的氣質。古人教孩子，再急的事情都不准跑，一跑氣就不順，就很容易碰翻東西。懂得從小事情，鍛鍊大氣質。

「寬轉彎，勿觸棱」引申的意思，棱、棱角，也可以代表別人的痛楚。不僅是物有棱角，人也有棱角。如果一個人有痛楚，不希望人家去碰到他的痛楚，那最好就不要碰，否則會產生不愉快。或者是一個人性子很剛烈，喜好爭執，那麼這個人也是很有棱角的。我們也最好和顏悅色，不要跟他起衝

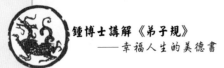
撞。說話都要委婉一點，讓他幾分，這樣就不至於「觸棱」了。要懂得厚待人，學會讓人生歡喜心。對人要寬容一點，做到寬以待人，不要跟人家結怨。

執虛器　如執盈

「執」是拿著的意思。「虛器」是指空的容器，如空杯子、空碗。我們拿空杯子、空碗的時候，就好像杯子和碗裡盛滿了水一樣，要小心謹慎地拿著，走路也要緩緩地走。如果走得很快，裝滿了水的杯子或者碗，就會灑出水來了。表示我們對任何物品，時時都要有恭敬謹慎的態度，不可以粗心草率。對物品如此，對任何事也都要有「執虛器，如執盈」的態度。

這句話用在我們求學、工作都非常適用。我們學習君子，學習聖賢，事情沒有來的時候，要謹謹慎慎，持己以恭。對待自己要恭謹、要謹慎，防範自己的過失。真正有事情來了，自然有一種豁然大度的風度透出來了。要學習古人在日用平常中，修養自己的品德，這才會成就驚天動地的偉業。

入虛室　如有人

這句是說，我們要進到一個空的房間裡，房間沒有人，在進去之前，也要當作房間裡有人一樣，先敲敲門，或者是進門前先呼叫一聲，比如說「我來了」。這些小的行為都是對人的愛護、恭敬。因為一個房間我們以為它是空的，沒有人，如果萬一有人，我們突然走進去，就會把裡面的人嚇一跳。或者是看到別人在裡面換衣服或者是做什麼事情的話，都會很尷尬。所以，我們養成一個習慣，準備進入一個房間時，先敲敲門，或者是彈一下指。

這句話引申一下講，我們自己在房間裡面的時候，也要像有人在我們旁邊一樣的謹慎，哪怕是獨自一人，也不可以放肆，這是古人講的「慎獨」的功夫。「慎獨」是養自己的品行，往往我們在眾人面前，會表現得彬彬有禮，表現得很恭謹。但是當一個人獨處，沒人看見的時候，就放肆了，甚至會起惡

念、起邪思，這就跟道相背離了，這種人不是真正學聖賢，他所學的都是皮毛，只是語言文字而已，沒有學到真實的學問。

《中庸》講，「道也者，不可須臾離也。可離，非道也。是故君子戒慎乎其所不睹，恐懼乎其所不聞，莫見乎隱，莫顯乎微，故君子慎其獨也」。這是講「道」，我們追求「道」，不能夠有片刻偏離。因為如果我們一念不善，這就是惡，一念沒有仁愛之心，這就是不仁、不義，所以「道不可以須臾離也」。我們心中常常存著聖賢的教誨，不管有沒有人在，都是一樣地懷著戒慎恐懼之心。別人沒看到、沒聽到，我們還是這樣的恭謹，這稱之為「慎其獨也」，這是《大學》裡講的誠意正心的功夫。

《菜根譚》講，「青天白日的節義，自暗室屋漏中培來。旋乾轉坤的經綸，自臨深履薄處操出」。崇高的節義，真實的道德學問，從哪裡來的呢？都是從暗室屋漏中、沒人看到的地方，謹謹慎慎、如履薄冰、如臨深淵這樣修養成功的，所以「慎獨」非常重要。

事勿忙　忙多錯

這句話是教導我們做事不要倉促、急忙。因為倉促往往容易出錯。現代的社會，好像大部分人天天都在忙。實際上仔細觀察，最主要還是自己沒有很好地管理好時間，籌畫方面做得不夠，所以遇到事情就會臨急、臨忙，不知所措。

《大學》講：「物有本末，事有終始。知其先後，則近道矣。」這是告訴我們，凡事都有開頭、結尾，都有先後順序。如果在處世接物當中，懂得先後的順序，知道什麼時候應該做什麼事，現在應該做什麼，將來應該做什麼，一切有條不紊地進行，這就近道了。近道的人，是個成功的人。

我們留心看，國家的領導人，企業、事業單位的主管，只要他是有能力、有智慧的，其實並不是很忙，甚至有時間去打高爾夫球，或者是娛樂，並不是像我們想像的那樣忙得日理萬機、不可開交，沒有。為什麼他們能將事情

處理得這麼好？因為他們懂得事情的輕重緩急。哪些事要當下做；哪些事可以暫緩一步做；哪些事不必要去做。所以臨事能夠從容不迫。

而回想我們工作、學習，實際上很多事情都在重複用功，時間花在重複的補救工作上。記得在大學裡做研究，如果事先將研究方案策劃得很仔細，定得很好，做起來就比較順。如果考慮不周到，往往做到一半就發現，很多前面的準備工作沒做好，只得再從頭開始做起，這就做了很多無用功，時間就浪費在這些補錯、補漏上。甚至錯了之後心裡會急，一急，就更加忙亂。越忙亂越做錯，錯了又更忙，進入到一個惡性循環中了。

當事情來臨之時，要懂得心要先定下來，把事情先想清楚。古人講：「三思而後行」，先想好了再動手做，這樣出錯的機率小，效率就高了，人也不那麼忙了。做事如此，我們的人生也是如此。古人講人貴立志，為什麼要先立志？因為立定志向以後，人生的方向就很清楚。凡是跟這個方向沒多大關係的事情，我們就可以把它放下，不去做。這樣我們進步快，成功也快。如果人生沒有目標、沒有方向，往往像一隻無頭蒼蠅。

每天遇到很多人、事，很多機遇不知道如何去抉擇。東搞搞，西搞搞，搞來搞去，搞到最後，樣樣都沒有成就。甚至有很多人抱怨，自己這一生已經過了大半輩子，都不知道做了些什麼。很多人從小就羨慕人家長大，長大了就可以不被人欺負了，所以小的時候就盼望著趕快長大。長大以後上了中學，羨慕別人上大學。上了大學想著趕快畢業，羨慕別人有好的工作。畢業後又急急忙忙找工作，找到工作了，又羨慕別人結婚，然後又急急地結婚，娶妻、嫁夫，生兒育女。生了孩子，一邊工作一邊帶孩子感到很累，又盼孩子趕快長大，長大以後，自己就能輕鬆一點。因為從小忽略了對孩子的教育，等孩子長大之後，又發現孩子不聽話，令自己很煩惱。工作勞累，家務多，孩子又不聽話，覺得人生怎麼這麼苦，就想著趕快退休。希望退休之後能清閒一點，結果退休以後也沒閒著。兒子長大了，娶了媳婦，生了孫子，又得去幫著兒子照顧孫子。想到自己老了會病，就真生病了，病了之後想到自己就要死了，臨到死的那天，突然想起，哎呀！我怎麼這一生沒有真正地去活，到底

一生急著做什麼呢？確實，這樣的人生過得很冤枉。

古人勸導我們要立志做聖賢，其實在每一個專業、行業上，都能做聖賢。我們要做聖賢，就要讀聖賢書，學習傳統文化，心裡有主宰，對於人生路應該怎麼走，心裡要很清楚。要活在當下，活在安詳當中，不可以太忙。

勿畏難　勿輕略

這是講，我們一生無論求學或是修道，無論做什麼事情，都要「勿畏難，勿輕略」。立定了目標就不要害怕艱難困苦，堅持不懈一直做下去就能成功。當然也不可以太輕忽，如果把事情看小了，粗心大意，所立定的目標也不可能達到。一件事情不能成功的兩大障礙，就是「畏難」和「輕略」。求學的人，都知道學習是一件艱苦的事情。孩子從上小學那天開始，一直到博士畢業，快的也要二十年，可能有的要讀二十多年。這二十多年的書，要讀下來也是很不容易的，要有堅定的信心、恒心，才能把這條路走完，所以不可以害怕艱難。如果怕難中間輟學，學業就不能完成了。也不可以把它看輕、忽略了。如果輕視它，覺得學習也沒什麼難的，這樣掉以輕心的態度也學不好。無論做任何事情都要專心、認真，不可以馬虎大意。馬虎大意之後做不好，自己的信心可能就退失了。

以一顆平常心去對待任何事情，就什麼事都不難。每一天該做什麼就做什麼，不急躁也不懶散，最終就能獲得成功。而平常心就接近於道了。平常心就是心裡有一個目標，要把這個事情做好，但是也不能夠總是被這個目標所困擾，因為如果心太急，被這個目標所困擾，就會產生很多不必要的憂慮、牽掛，這是自設障礙。

在現在社會裡，想要成就一椿善事不容易，好事多磨。例如推廣聖賢教育，推廣傳統文化教育，應該以什麼心態？明朝的俞淨意先生說過，「若有力量能行的善事，不圖報，不務名，不論大小難易，時時處處耐心行去」，這就是最好的態度。一椿事情如果是好事，我們有能力就做，沒有能力就讓別

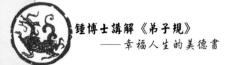

人去做,我們協助他來做。無論是自己做,或者是協助別人做,總是不圖報、不務名,不求人家的報答,甚至不求有好的果報。人家講善有善報,善報我們都不求。善事是應該做的,我們不要名、不要利。事情大小、難易都無所謂,在當下,在我們現前,能夠做的就耐心去做。老老實實、腳踏實地地把這些事情做圓滿,這是真誠心。

俞先生又說:「久久行之,自有不測效驗」,果然以這種心去行善,自自然然有我們意想不到的效果,也會發生意想不到的好事情,真的是善有善報。我們積極地去行善,沒有私心,不求名聞利養,以一個無所求的心去做,果報非常殊勝,真是不可思議的。

歷史上,孔老夫子一心一意想推行周公之道,要恢復聖人的禮樂教化。雖然他這一生有很多曲折,很多不順利,但是孔老夫子從來沒有放棄過對「大道之行也,天下為公」這個理想的追求。孔老夫子希望國家用教育來行仁政,雖然周遊列國14年,但是沒有一個國家的君主聽他的、採納他的「不用武力而推行教化」的政治主張。

直到晚年,孔老夫子才回到自己的家鄉魯國,辦私學,教化大眾。在他門下學習的弟子有三千人,真正有大成就的就有七十二賢人。儘管孔老夫子一生沒有大富大貴,可是他對聖賢教育不斷地追求、推動,沒有畏難也沒有輕略,因此他成為中國乃至世界的萬世師表。孔老夫子這位至聖先師,作為教育家、思想家名垂青史,受到萬代人的敬仰。

兩千年後,世界進入二十一世紀,孔老夫子的第八十代孫出世,仍然受到政府的重視。這是孔老夫子的福蔭,是他老人家的德行在護佑著自己的後代子孫。

宋朝的包拯,人稱包青天,也是一位大孝子。早年父母雙亡,他是由自己的長嫂撫養長大,對長嫂的恭順孝敬如對母親。包拯40歲入朝為官,他在家能盡孝,入朝就能盡忠,人稱鐵面無私的「包青天」,他成就了名垂青史、忠義剛正的典範。包拯的第二十九代孫——臺灣的船王包玉剛是位大富長者。一千多年前包青天的忠義之德,使得子孫後代依然享有這樣的福分。

正如《書經》所言:「作善,降之百祥;作不善,降之百殃。」

為善之人,天會降下無窮的福分。反過來,造惡之人,天也必定給他降下各種災殃。《易經》云:「積善之家,必有餘慶;積不善之家,必有餘殃。」

「擇善而固執之」,真正做善事能夠踏踏實實,不畏難、不輕略、不圖名、不圖報的大公無私之人,他的家族必定興旺。

鬥鬧場 絕勿近

這是講那些不健康的場所,例如賭博、吸毒、色情以及一些不健康的娛樂場所等等,都不要進入,連靠近、接近都不要,因為這些場所讓人的心會受到污染。他人在這個場所裡面爭鬥、胡鬧,雖然我們自己沒做,但是總會落下一個印象,這個印象就污染了我們的本性本善,如果不加以防備,時間久了,污染多了,可能自己不知不覺的也就跟這些人同流合污了。因此要懂得「擇善固執」,要接近善人,到善的地方去,使我們的德行學問能夠不斷得到提升。

在安徽省盧江縣湯池鎮,有一個中華文化教育中心。兩年的時間,這個中心不僅對當地的鎮民、鄉民開辦學習班,而且對全國乃至全世界華人開設短期學習班,每一期都有將近五百人來參加學習,課程由中心培訓出來的老師們講,內容是《家和萬事興》等等,還講家庭倫理教育、五倫關係、《弟子規》、禮儀、孝道以及講一些古聖先賢風範,或者講傳統文化與管理科學,或者是講健康飲食,乃至德音雅樂。這些課程都非常受當地人民和參學者的歡迎。聽了這些課程以後,大家都深受感動,他們的人生態度,得到了相當大的改變。

有一位張女士,是位家庭婦女。她在家裡,跟她的公公婆婆關係都很緊張,而且要跟丈夫鬧離婚。離婚之前,她來到了盧江教育中心聽課,課程主題是「幸福人生講座」。五天的課聽完之後,她感到十分慚愧。回家以後對她的公公婆婆開始恭敬、孝順,對自己的先生也能體貼了,簡直是判若兩

人，這是傳統文化把她的本性本善引發出來了。婆婆看到媳婦這樣的巨變，心裡很歡喜，有一天就特別召集了所有的族人一起來吃飯。在餐桌上婆婆當眾對自己的三個兒子、兒媳和一個女兒說：「你們都要去盧江文化教育中心去學習，去聽『幸福人生講座。』」

一個媳婦學習了傳統文化，回到家以後，讓老人家發現了她身上的變化，以至於讓全家乃至全族人，都對傳統文化教育產生了信心。因此去接近好的場所，會得到莫大的利益。為什麼盧江文化教育中心的課程，能夠這樣感動人？主要原因是這個中心的老師們，確確實實在身體力行聖賢的教誨，把《弟子規》落實了。

要推廣傳統文化教育，教育者自己要首先受教育，先要做到，這樣才能夠有好的教育效果。古人講，「正己化人」。自己正了才能教化別人。

當地還有人聽了「幸福人生講座」以後，深受感動，在中心旁邊開了一個很樸素的小旅館，專門接待來中心聽課的外地群眾。這個旅館的名字叫「和諧幸福之家」，他要讓來自全國各地的人們，在這裡都享受到家的溫暖。旅館客房非常的舒適乾淨，服務特別的熱情、周到。這位老闆聽了健康飲食的報告，知道肉食對身體健康不利，所以在他的這個旅館裡，專門提供素食服務，而且是物美價廉。在旅館的牆上，掛著傳統文化教育的語錄，正中央的堂上掛著孔老夫子像，他每天都要向孔老夫子像鞠躬。另外還有傳統文化的書籍，免費提供大家取閱。

有一次，來了一位客人，在中心聽了課之後非常感動，一下子把隨身帶的錢全部捐給了中心，幫助中心來辦教育。結果回到旅館之後，發現回家的路費沒有了。這位老闆知道以後，立即就把路費給他，並且告訴他說：「這錢你不用還我了。」真正把客人都當成了自己的家人。

另外一次，來了一位客人，學習期間正巧趕上自己的生日，這位老闆就特意買了一個大蛋糕，送到這位客人的房間，為他祝賀生日。當我去採訪這一位老闆的時候，老闆也很歡喜地跟我說，他是淨空老教授家鄉的人，受到了老教授創辦文化教育中心的薰陶，也切實感受到，中心不僅傳播了道德教育，

也使整個湯池鎮的衛生、治安、經濟都呈現一片繁榮景象，所以大家感激老教授的恩澤，一定要奉行《弟子規》，為家鄉爭光。

還有南京的一個企業，他們的董事長和總經理，特別帶著員工們來聽講座。公司的老闆、員工聽完「幸福人生講座」回去之後，就開始真正力行君仁臣忠，「君使臣以禮，臣事君以忠」。董事長和總經理帶頭，每天早上很早就來到公司，站在門口向每一位到來的員工鞠躬問好，感謝員工們辛勤的工作。員工們看到老闆這樣對待他們，心裡也都很感動，做事比原先更加負責任。原來在公司招待員工的食堂裡，常常會看到桌上、垃圾桶裡，有很多吃剩的飯菜，員工不珍惜企業老闆為他們提供的伙食。聽了《弟子規》、「幸福人生講座」的課程以後，大大改變了食堂過去的景象，大家能吃多少就拿多少，桌上再也看不到一點飯粒，垃圾桶裡也沒有了剩飯剩菜，漸漸地浪費越來越少，後來連那個餿水桶都被撤掉，沒用了。以往大家打飯的時候，都爭著、搶著，秩序很亂，現在都規規矩矩地排隊，按次序取飯。公司上下級也變得和樂融融，員工和上級之間能相互關心、相互體貼了。甚至這種愛心，還延伸到員工們的家屬。

從這些事例中，我們可以看到，接近善的地方，接近善人，能夠使自己品德、學問得到很大的提升。不知不覺，自己也改變氣質、轉變觀念，成了一個善人。古人云：「入芝蘭之室，久不聞其香。入鮑魚之肆，久不聞其臭」。如果進到一個充滿蘭花的房間裡，在裡面呆久了，你就聞不到蘭花的香氣。雖然聞不到，自己不覺知，但是別人能聞到你身上的香氣。如果是在賣魚的市場裡面待久了，身上也就染上了臭氣，雖然自己聞不到，但是別人卻能聞到。

「鬥鬧場」比喻不好的地方，我們不要去接近。

在美國曾經發生一起駭人聽聞的事件。這事發生在新奧爾良，有一個青年男子，到酒吧去喝酒，一會兒來了兩個姿色不錯的小姐，有說有笑地來陪這個男子喝酒。可是沒想到那個酒裡面放了迷魂藥，這個男子喝了以後，不知道什麼時候就不省人事了。等他醒來以後，發現自己被全身剝光，躺在一個酒店浴室的浴缸裡面，全身蓋著冰塊。他感到自己身體虛弱無力，勉強用手

機撥叫了員警和救護車。結果他被送到醫院裡一檢查才發現,原來他的兩個腎,都已經被切除了。在美國黑市裡,賣一個腎要十萬美金,這些犯罪集團就用這樣極其惡劣的手段來盜取人的腎。想想這位男子進入酒吧,又被色所迷,慘遭這樣的劫難,學習了這句「鬥鬧場,絕勿近」,可以幫助我們免去多少災禍。

邪僻事　絕勿問

「邪」是指不正當的,「僻」是怪僻,對於那些奇奇怪怪的事情,我們絕對要不聞不問。因為這樣做幫助我們保持心地純正,保證我們本善之心不受污染。凡是邪僻、見不得人的事情都不是好事情。

「子不語怪力亂神。」孔老夫子從來不講那些奇奇怪怪的、裝神弄鬼的怪異事情,他絕對不講,也絕對不問。現代人對這些怪力亂神的事情,還特別懷有好奇心。媒體也投其所好,偏偏喜歡報導一些邪僻的、一些奇奇怪怪的事情,來滿足人們的好奇欲望。好事卻無人問津,偏偏那些殺、盜、淫、妄、惡劣的事情,卻有很多讀者,這是把社會風氣搞亂了。要知道社會風氣的好與壞,媒體的導向作用很重要。如果常常報導好人好事,報導孝子的故事,報導道德仁義的事情,啟發人的良善之心,就會把社會帶上和諧安定的軌道。

那些殺盜淫妄、衝突邪僻的事情,那些激進的事情和言論報導多了,就會引發人們的不安定情緒。人們會偏激,會起邪思。我們自己要懂得避免污染。孔老夫子的學生顏回說:「非禮勿視,非禮勿聽,非禮勿言,非禮勿動。」凡是不符合禮的,不符合倫理道德、不正當的這些事情,我們不看、不聽,不要去講,更不會去行動。人一天到晚會接觸到很多的資訊,其實大部分的資訊,對自己都是可有可無的。假如我們不去接觸這麼多事情,也能生活得很好,心地反而更加清淨。清淨就能生智慧。

老子云:「為學日益,為道日損」。我們學習要多看多聽一些正當的、好

的事情。「為道日損」是把我們所聽到的所看到的不好的東西，從我們的腦海中刪除掉，使得我們的心境日益空明，這是「為道」。「為道」者有智慧，雖然他沒有接觸到外界，但是你問他的時候，或者把這些事情跟他一講，他馬上就能夠明瞭。你若有不懂的問題向他請教，他一聽就能回答，這是有智慧的人。

將入門　問孰存

這是講，我們進入一個房間之前，先要敲敲門，或者是先問一聲「有沒有人」，或者問「我可以進來嗎」。這些基本的禮節，從小就要教導孩子，這是對人尊重。假如我們問都不問，一下子冒然闖入，這是對主人的不恭敬。還有我們在給人打電話的時候，接通了電話，先要問對方：「您好，我是○○○，請問你現在說話方便嗎？」看他現在接電話方不方便，這也是對對方的尊重。如果他方便，就繼續說，如果不方便，那就遲一點再聯繫。這都是學會尊重別人，尊重別人也是愛心。

將上堂　聲必揚

這是講登堂入室。比如進入一間屋子，或者進入一個廳堂，或者到人家的辦公室，進門之前都要先高聲問一句：「請問裡面有人嗎？」或者說「報告主管，我能進來嗎？」等等。把聲音傳出去讓對方聽到，一是給人一個心理準備，不至於因為你的突然出現，嚇到對方，另外也是表示對對方的尊重。

人問誰　對以名　吾與我　不分明

這是說當人家問到你叫什麼名字時，要如實地把自己的名字報出來，不要說：「我，就是我。」不肯跟人家說明白。如果對方忘了你的名字，或許

他根本不認識你,就會造成尷尬的場面。特別是給對方打電話,如果對方說:「你找誰?你是誰啊?」我要是不報名字只是說一句,「是我呀,我的聲音你都聽不出來」。對方可能回答說,「我就是聽不出來呀」,這樣反而讓自己很尷尬。這句是教導我們,說話要以分明、清楚為准。說話如此,做事也要懂得分明,主次、輕重、先後都要分明。

用人物　須明求　倘不問　即為偷

這是講,要使用別人的東西,我們要明明白白地向人請求。如果不經過他人同意,就拿來用了,這等於是偷盜、偷竊。這些事情我們如果平時不注意,往往容易犯。特別是相熟的朋友之間,可能隨便就拿了別人的東西來用,用了之後如果別人找不到了,就會生煩惱。

在一個宿舍裡,幾個同學一起住,如果一個同學,穿了另外一個同學的拖鞋去上洗手間,這個同學要穿的時候,他找不到自己的拖鞋,就會罵人了。很多爭執、衝突,就是因為沒注意一些小節就引起了矛盾。如果事先問一句,或者先報告一聲,讓對方知道了你要用他的東西,一般來講他也能同意,同意了之後你再用,這樣的話,你們兩個人都會很安心。

我們在公司、單位,或者是在政府部門裡工作,很可能也會為了自己的私事,而用到公家的物品。如果要用公家的信封、筆、文具,甚至用公家的電話,都應該向自己的上級報告一句,上級同意了再用,這就不至於犯偷盜。

我們的恩師,以前跟我們講過他的老師李炳南老教授,也曾經在政府部門工作,每次要用單位的信紙寫信的時候,李教授都必定向上級徵求,經過主管同意才用。有時候主管會說:「哎呀!就一張紙,哪個人不是這樣用的,你怎麼這麼囉嗦呢?」李教授就說:「如果我要是不問您就拿來用,那我就是犯了偷盜。《弟子規》上說:『用人物,須明求,倘不問,即為偷』,我現在向您請求,您同意了,這就不算偷盜。」我們看,真正的大德對一張紙、一支筆,這麼小的東西都小心、謹慎,不在小事上虧欠一點德行。

借人物　及時還　後有急　借不難

　　這是講，向人家借東西，或者是借錢、借物品，都要及時的歸還。如果不能夠及時歸還，就會讓他人焦急，起煩惱，對我們的印象就不好，下一次再需要借的時候，可能對方就不肯借了。如果我們有借有還，並按時歸還，以後要借再多的東西，對方也能欣然同意。知道你的人品，知道你不會有貪心。要知道，有貪心，就容易犯偷盜。包括借了財物，拖延時間歸還，這都是有犯偷盜的嫌疑，因此要常常對自己的心有所警覺。財物擺在面前，有沒有貪婪，該不該獲得，不該獲得的，就不可以起貪心。《禮記》上曾經說「臨財勿苟得」，面對財物不能有貪求之心，而不義之財則更不能要。這些品行要在孩童的時候，就要懂得培養。

　　2006年2月8日，《楚天都市報》登載了一條消息：因為冬天冷，湖北省武漢市的電車上面，都放了一些棉坐墊，這樣坐起來比較舒服。這是電車公司全體員工，為廣大乘客奉上的一份愛心。結果沒想到很多人下車的時候，順手就把坐墊拿走了。根據電車公司的統計，僅僅三個月，車上丟了一百一十個坐墊。消息還報導了一個特殊的例外，有一位拿走了坐墊的乘客，又把它送回來了。事情是這樣的，有一天，一個老人家帶著一個小朋友，拿著兩個坐墊，來到電車公司，向大家道歉。因為自己的小孫子在前天下車的時候把坐墊拿到公園去坐。當天回到家裡，被爺爺發現了，爺爺批評他說：「你這樣拿了不對。你拿了之後，後來的人就沒得坐了，而且你沒有徵得電車公司人員的同意，擅自取用，那是偷盜。」於是老人家讓小孫子寫了一份悔過書，然後親自帶著小孫子，把坐墊送回了電車公司。這是一位真正有智慧的家長，能夠對孩子不好的行為及時加以制止。相信這件事會在這個孩子心中留下很深刻的印象，以後他就明瞭了這是「倘不問，即為偷」。

　　灑掃應對，人情交往，我們生活起居，這些日用平常的小事，都能夠鍛鍊我們的恭敬之心、謹慎之心。

第四篇 信

「信」是正文的第四篇。「信」這篇講了15條，它是勸導我們做人要守信，要講究誠信，同時也要有高尚的信念，立志向聖賢之道邁進。

凡出言 信為先 詐與妄 奚可焉

這一句是講，我們說話要有信用，不可以說詭詐的話，也不可以打妄語。孔老夫子曾經講過，「人而無信，不知其可也」。一個人如果沒有了信用，他一定不能在社會上立足。

現代社會，信用是非常重要的財富。我們買房子、買汽車要貸款，銀行都要查查我們的信用史。公司要借貸也要有很好的信用。人希望這一生學做聖賢，也要從誠信這裡做起。司馬光說過，這一生沒有一件事是不能跟別人說的。這是他表明他的心地非常真誠，沒有見不得人的事情，沒有隱瞞別人、欺騙別人的事情，說話、行動都有誠信。

在古代的周朝時期，吳國有一位公子名叫季箚，有一天他奉命出使魯國。在路過徐國的時候，與徐國的國君見面，徐國國君很欣賞季箚身上的佩劍，這是一把非常好的佩劍。當時季箚也看出了徐國國君的心意，心想：我應該把這把劍送給國君。但是話沒說出來，因為他想到自己現在要出使魯國，路上還要用，等自己從魯國回來，再經過徐國的時候，就把這把劍當作禮物送給徐國國君。沒想到等季箚從魯國回來的時候，徐國的國君已經去

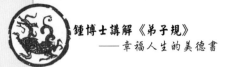

世了。於是季箚就來到了徐國國君的陵墓前，對著陵墓說，當時我的心中已
經許下了諾言，要把寶劍送給您，雖然您已經不在了，我不能因為您去世了，
就違背自己的心。說完把劍掛在了樹梢上，轉身離去。這就是歷史上著名的
「季箚掛劍」。古人是真講究信用，不僅說出的話要恪守諾言，就是心裡起了
一個念頭，也要堪對自己的良心。

話說多　不如少　惟其是　勿佞巧

　　這是講我們不可以多講話，話講得太多，可能大部分都是廢話，不如
少講幾句避免過失。講話注重的是實實在在，不要「佞巧」，「佞巧」就是花
言巧語。一句話的意思很多的裝飾，甚至是掩飾，甚至會欺瞞，這是待人沒
有真誠心。用虛偽的語言來掩飾自己，這是自欺欺人。古人常說「口是禍福
之門」，所以人在世間，說話要非常注意。往往講的人無心，聽的人有意。可
能我們講了一句話，自己不覺得什麼，但是卻刺痛了對方的心，引起了他的
怨恨，如果他懷恨在心，將來他報復的時候，我們都不知道為了什麼事而遭
殃，因此為人處事要少言，要慎行。我們講話首先要想到，我們講這一句自己
能不能做到，能不能對這句話負責。如果我們說的話能做到，能夠負責任，
這才能說。如果話說了之後不能負責任，信用也就慢慢地減少了。

　　古人對於「誠」字，用的功夫非常踏實。宋朝，有一個大臣名叫趙閱道。
他是一個非常正直的人，每天晚上下了朝回到家裡，都會在庭院當中敬上一
炷香，把自己一天的所作所為，向天稟告。如果有一件事情，向天報告的時候
不好意思，就知道這件事情是違背天理，是違背良心的，以後他就不再做。
所以說出口的話，不僅對自己要負責任，也要對得起天，絕不能自欺欺人。這
位趙閱道就用這種功夫，修養自己正直的品行。

　　趙閱道在朝為官的時候非常清廉，當時有一個地方鬧瘟疫，很多人都死
於這種傳染病，老百姓也都因此而無家可歸。趙閱道就造了一百艘船，並且
發文書給各地的州府，說如果誰家裡死了人，造成一家老小無家可回的，都

可以到趙閱道所管轄的地方來避災。

趙閱道在朝為官不畏權貴，還時常對一些貪贓枉法的人進行彈劾，因此當地百姓稱趙閱道為「鐵面禦史」。趙閱道做了大官，這是他善有善報。要知道正直的人，都有天的護佑。所做、所言都能夠不自欺，不欺騙天，完全把佞巧的心理清除乾淨。趙閱道最後也得到善終，他走的時候言語、頭腦都很清醒。這是真正「作善，降之百祥」。由此我們得知存養的功夫，都是從不自欺、不欺人做起。

奸巧語　穢汙詞　市井氣　切戒之

這是講，說話要戒掉一些不良的語言。「奸巧語」就是虛偽狡詐、花言巧語、騙人的話。「穢汙詞」就是骯髒的話，粗言爛語，罵人、猥瑣的話。「市井氣」是粗魯、俗氣的習氣。我們都要把它戒除，因為君子要文質彬彬。「文」是表面、是外形。我們的語言、神態、動作都要與我們的內心相應，內心應該是充滿了仁愛的。我們對於聖賢人充滿了憧憬嚮往。因而語言、行為都要效仿聖賢人。凡是聖賢人不說、不做的事情，我們絕對也不說、不做，久而久之，聖賢的風範，就慢慢能夠表露出來了。

見未真　勿輕言　知未的　勿輕傳

這句是講，我們講話要謹慎。如果所見到的事並不是很可靠，就不可以隨便亂說，即使這件事情你知道，但是知道的並不確定，不敢肯定，就不能亂傳，這是告誡我們不能講他人的是非。因為是非很容易傷人，很容易與人結怨，而且我們講了他人的是非，也把自己的德行敗壞了。所以，聰明的人碰到是是非非的事情，所謂流言蜚語，絕對不會去跟著傳，因為「謠言止於智者」，智者的心在道上，對於那些風吹草動，那些流言蜚語，統統都能置之不理。

事非宜　勿輕諾　苟輕諾　進退錯

這句是講，對一件事情，要先看看這件事情應不應該做，決定了之後才能夠承諾。如果事情我們還不能確定，不能保證能做好，就不可以隨意地承諾。如果那件事情不適當，甚至是非法的、不符合道義的，就更不可以承諾，因為往往承諾了以後你就會進退兩難。如果答應了卻不做，就不能夠信守諾言。但是如果做了不恰當的事，就違反道義，會很麻煩的。所以，「凡出言」都要先懂得這一句話說了以後會引起什麼樣的後果。古人講，「一言可以興邦，一言也可以喪邦」。如果話講得不謹慎，而又事關重大，它的影響力可能會很大，會帶來不堪設想的後果，尤其是身在高位的領導人。

我們也常常看到，那些身居高位的領導人，講話都非常謹慎。他們出去發言都必定帶著講稿，就怕有時候脫離講稿就講錯了。講錯一句話可能會影響到很多方面。我們做事情也要常常想到，自己在這一件事情裡處於什麼樣的角色。如果我們是這件事情的主導人，是主持這份工作的人，我們應該怎樣講話；假如不是這件事情的主導人，也不是負責人，說話更要注意分寸，不要因為你講的一句話，而讓這件事情受到阻礙。古人講，「不在其位，不謀其政」。不是我們份內的事情，我們要少管，管得事情多、話講得多往往會出亂子，會引起很多不良的後果。少說一句話，錯誤就會減少一點。古人講「多言者少信」。講話講得多的人，信用就少，因為他說的話、他的承諾常常都不能兌現，漸漸地他的信用就少了。

凡道字　重且舒　勿急疾　勿模糊

這是講，我們講話吐字要有力而清楚。說話不可以太急，要緩緩道來，講得很舒暢、很放鬆，每個字都吐得清清楚楚，讓聽的人聽得很清楚很舒服。我們對孩子，從小要幫助他養成說話吐字清楚的習慣。我們自己也要學

說話，也要懂得話要慢慢說。特別是在大庭廣眾之下，比如上課、演講等等，不可以講得太快，更不能吐字不清，這樣都會讓聽眾聽不清楚。說話的語氣能幫助我們提起正氣。如果講話聲音太小，讓人聽起來會覺得很累，一方面可能是心裡正氣不足，另一方面也可能是身體有疾病，如果是這樣就要好好地去治療。講話有剛柔相濟之氣，自然展現出內心的浩然正氣，展現出大度。

彼說長　此說短　不關己　莫閑管

這裡講的「長、短」就是是非。說張家長、李家短，講人的是非這些事，我們最好的態度就是不要管。多管閒事不僅自己的心裡會雜亂，徒生很多的妄念，而且往往會引來不愉快，會與人結怨。**古人講：「利刀割體痕易合，惡語傷人恨難消」。講人的是非，特別是講人的隱私，這個傷害，比利刃傷人更嚴重，引起的怨恨也更大。**

我們不講他人的是非，如果別人講我們的是非，甚至是惡意的誹謗，我們應該採取什麼態度？明朝的楊椒山先生，在他的遺囑上曾經對自己的後人說，「人言，某人惱你謗你。則云，他與我平日相好，豈有惱謗之理」。是說，別人要是來害你，來誹謗你，說你的是非，你應該怎麼做呢？你應該跟他說：「他與我平日很好啊，哪裡可能要惱恨我、誹謗我？這是不可能的。」這是對是非完全不放在心上，對別人的誹謗根本不在意。古德云：「莫說他人短與長，說來說去自遭殃，若能閉口深藏舌，便是修行第一方」。不論他人長短是非，就是修養自己的厚德。

見人善　即思齊　縱去遠　以漸躋

這是講，見到人家有優點，我們要馬上見賢思齊，向人家學習，即使我們與他差距很遠，也要努力地去追趕，希望有朝一日能跟他相齊，這是一

種好學的精神。孔老夫子的學生顏回，是一個非常好學的人。孔老夫子有弟子三千，但是他最讚歎的是顏回，就因為顏回好學。孔老夫子讚歎他「得一善，則拳拳服膺，而弗失之矣」。「拳拳服膺」就是心裡面總記掛著。是說顏回看到別人有一個優點、有一個善行，他的心裡就總是記掛著，要把別人的優點學到自己身上，不放棄對善的追求。

《三字經》云：「人之初，性本善，性相近，習相遠。」我們每個人本性都是善的。見到別人的善行，知道這是他的本性顯露出來了。我的本性為什麼沒有顯露出來呢？「性相近，習相遠」，這是我的習氣，不良習氣把我的本善給掩蓋了。我現在要去除那些習氣，恢復我的本善。要知道不僅本善能恢復，就是想做聖賢人，我們也能做到的。孟子云：「人皆可以為堯舜。」堯帝、舜帝是聖賢人，他們恢復本性本善了。當我們恢復本性本善之後，也就跟他們一樣了。所以「以漸躋」，我們努力地去追趕，不放鬆、不退步，自自然然有一日可以成就。

見人惡　即內省　有則改　無加警

這是講，見到人有缺點、有惡行，我們是不是去批評他、指責他，甚至攻擊他、批鬥他？不可以。我們的第一個念頭，不是在對這個惡人進行批判，而應該反省自己有沒有這種惡，如果有，趕緊改過來。如果沒有呢？我也要加強警惕，以後不可以像他那樣犯惡。孔老夫子云：「三人行必有我師焉，擇其善者而從之，其不善者而改之」。三個人一起走，不是隨隨便便三個人，講的是一個善人，一個惡人，還有一個自己，三個人走在一起，必有我的老師。其他那兩個人都是我的老師。善人是我的老師，我應該「擇其善者而從之」，學習他的善。惡人也是我的老師，他讓我警覺，讓我反省、改過，「其不善者而改之」，改誰的惡？改自己的惡。所以，見善我們思齊，如果見善不思齊，這是自暴自棄；見到別人的惡，不能內省，那是自欺。因此我們要時時刻刻都懂得反躬內省。世間的人，都是來成就我的道德學問，善人、惡人都是我的老師，

都是來幫助我成就的。即使那個惡人對我很惡，是要來陷害我、誹謗我、侮辱我的，我還是要對他恭敬、感恩，感恩他成就我的忍耐，成就我的大德。像舜王一樣，父母對他那樣惡劣，舜絕沒有對父母起一念怨恨，而是常常內省，慚愧自己沒有做好，讓父母生氣。為此舜成就了天下第一大孝，成為大賢。

唯德學 唯才藝 不如人 當自礪

這個「德」是「道德」，「學」是「學問」，「才」是「才華」，「藝」是「技藝」。我們在道德、學問、才華、技藝上不如人時，自己要認真努力去追趕。古德講，人有五德、八德。五德是「溫、良、恭、儉、讓」，也就是溫和、善良、恭敬、儉樸、禮讓，這是孔老夫子的弟子總結出的孔老夫子的五種德行。八德是「孝、悌、忠、信、禮、義、廉、恥」。

孔老夫子講，「德之不修，學之不講。聞義不能徙，不善不能改，是吾憂也」。孔老夫子憂慮的不是物質上的享受，他所憂慮的是德學，所謂的德學才藝。他說，我的道德如果不能夠提升，如果不能夠把聖賢的學問向大家宣講，知道真理而不能夠向前，自己有不善的行為不能改正，這才是我的憂慮。這是好學之人的態度。

《中庸》云：「好學近乎智，力行近乎仁，知恥近乎勇」。一個人真能好學，對德、學、才、藝能夠努力踏實地去學習，這是近乎智慧。學到之後關鍵是要力行，如何把我們的溫、良、恭、儉、讓做出來？將孝、悌、忠、信、禮、義、廉、恥，落實到我們生活當中，對父母行孝，對國家盡忠，這是力行。因此真正的仁，要有力行。只會說不會做，充其量是搞儒學，沒有學儒，這不是仁。我們有過失要改，有過失就是恥辱。知道自己有過失了，這是知恥。知恥的人，定會勇猛改過，也必定一步一步向著聖賢邁進。

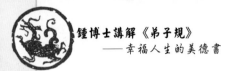
若衣服　若飲食　不如人　勿生戚

　　這句話的意思與前一句相關聯。我們應當憂慮的是我們的德學、才藝不如人，而自己的衣服、飲食，這些物質享受方面不如人，心裡不要難過。「戚」，是悲戚，心裡難過。

　　為什麼我們不應看重物質上的享受？因為物質的享受，常常會引起人的貪欲。而貪欲，是障道的一個很嚴重的煩惱。我們的本性本善不能夠開顯，往往是因為貪欲。因此，物質上的享受夠用就好，絕對不能去追求時髦、追求享受。人心裡有道，他常常想的是如何提升自己的道德學問，自然而然對於物質的欲望就會降低了。

　　以前，我有幸跟隨師長到新加坡做公開演講。在新加坡拜訪了中國駐新加坡的大使。張大使得知我是從大陸出去留學的孩子，就問起我的情況。知道我在學術上面小有成就，而且還被聘為昆士蘭大學的終身教授，又得知我因為跟師長學習傳統聖賢教育，把終身教授這個職務給辭掉了，張大使很關心我，她問我：「把工作辭掉了，生活上怎麼解決呢？」我笑著回答說：「君子謀道不謀食，憂道不憂貧。」意思是我們嚮往聖賢，所憂慮的是心裡沒有道，而不會憂慮貧窮。所謀、所慮都是要提升自己的道德學問，而並不對貧窮，甚至衣服飲食不如人，而生難過之心。張大使又繼續問我：「那你總得吃飯吧？」我回答說，我沒有擔心這個。古人講「天不生無福祿之人」。如果我在世上沒有福祿，就應該餓死，天也就不生我了，我也不可能在這世上。換句話說只要在這世上，總是有一點福祿，就不會餓死。況且我們真正全心全意要為振興中華傳統文化而做犧牲奉獻，就像古人講的「人有善願，天必佑之」，上天也會歡喜，也會支持，會保佑世上的善心人士。我們的生活降到低水準，在物質生活上就沒有壓力。實際上我們如果省吃儉用，需要的不多，一點點就足夠了。如果追求物質享受，特別是要攀比，看見人家穿的好衣服，自己也要去趕時髦。看見別人開名車、買大別墅，自己又坐不住了，又要去追求。這樣的生活很累。煩惱痛苦都是自己找的。所以有志於道、有志於聖賢學

問的人，就不會為物質的享受而憂慮。

　　孔子在《論語》中講，「士志於道，而恥惡衣惡食者，未足與議也」。「士」是讀書人。讀書人立志聖賢之道，立志做聖賢人，還會以衣食的不好為恥，這種心態就不正了。孔子說，這樣的人就不要再跟他談了，不是同道中人，有什麼好談的。**一個真正有志於道的人，他的快樂絕不是從物質享受上得到的，而是來自讀聖賢書。「學而時習之」，真正把聖賢的道理用在自己的生活中，真正體會到學習的樂趣，那種真道才是「不亦樂乎」。**他有法樂，這種法樂，這種喜悅就像泉水，汩汩地從內心中湧出來，它不是外來的。況且追求身外之物的滿足，不可能有真正的快樂。

　　《菜根譚》是明代一位隱士洪應明所作，它所講的人生哲理非常的深刻。文中講，「人知名位為樂，不知無名、無位之樂為最真」。大多數人都認為，得到功名富貴，是快樂的事情，因此拼命追求功名富貴，但是卻不知道，不要功名富貴，沒有名位，那個快樂才是真的。因為他心裡沒有牽掛，沒有憂慮，沒有煩惱，沒有壓力。這種喜樂絕對不是一個擁有功名富貴的人那種樂可以比擬的。**追求功名富貴的人，就像是追求外在的刺激的感受，滿足了他的欲望他就樂。**可是這種樂是短暫的，就如同人抽鴉片，抽的時候很樂，鴉片癮犯的時候就苦了。人得到功名富貴的時候樂，當功名富貴失去了的時候就苦了。所以，有智慧的人，為了求道什麼都可以捨棄。

　　《菜根譚》中又說，「知饑寒為憂，不知不饑不寒之憂，為更甚」。人都知道，沒有衣食饑寒的痛苦，但是卻不瞭解，不饑不寒的人在安樂的生活當中，往往會墮落，也有可能會玩物喪志。孟子云：「生於憂患，死於安樂」。這個憂患和安樂都是對物質生活享受方面來說的。在所謂安樂的生活裡面已經麻木的人，不知道進取，被一個君子看到了，反而覺得非常地憂慮。君子所憂慮的是自己道業不能增長，而不是饑寒。能夠讓道業提升，寧願去忍受饑寒。一個有志於道的人，對世間的榮辱、得失、貴賤、貧富、是非、利害這些境界，不再分別。他的心住在聖賢的教誨中，他的境界是一般凡人不能夠理解的。他所住的是樂土，因為清淨的心，就生在清淨的樂土裡。

聞過怒 聞譽樂 損友來 益友卻

　　這是講，人家說我的過失，我就生氣了，甚至要跟對方辯論，氣急敗壞，忍受不了別人的批評；而當聽到別人讚譽的時候，心裡就沾沾自喜，驕傲自大起來。這種人的結果就是「損友來，益友卻」。「損友」，就是損害他的朋友，都來了，讓他墮落。真正有益於他，幫助他提升道德學問的朋友，卻都漸漸在遠離他，不願與他為伍了。因為他不能接受朋友的勸諫，自己常懷著傲氣，驕傲自滿，看不起別人。這樣的人誰還願意勸諫他呢，一定是避而遠之。要知道我們求學的路上，特別是在學習聖賢教育的路上，老師和善友都是最重要的。老師帶領我們進門，指導我們學習。而真正能夠提升，必須要有志同道合的善友，在一起互相切磋、琢磨，互相批評、指正。

　　如果我們希望得到善友的幫助，那麼引誘我們墮落的那些朋友，就要絕對地避免接觸。我們修善因，有因必有果。因在哪裡？因還在自己。有善友來，不是說我運氣特別好，所以就有善友。當然這也是要有個緣分，而緣分能不能成熟，關鍵是看有沒有違犯「聞過怒，聞譽樂」。如果是「聞過怒，聞譽樂」的人，絕對不可能有善友。

　　古人云：「聞過則喜」，聽到別人講我的過失，我就非常歡喜，這種人必定有很多善友。因為自己的過失，往往自己看不到，看人家的過失很容易，回頭看自己的卻很難。古詩講，「不識廬山真面目，只緣身在此山中」。自己往往看不到自己的真面目，因為不能跳出我執的圈子，這就需要有善友來提攜。我們每個人的一生中，除了父母和老師以外，能有幾個可以真心批評、指正我們的人呢？真心批評、指正我們的人，真的是我們的善友、大善知識，我們不但要感恩，還要歡喜接受。因為我知道了自己的錯誤就可以改過，那麼我的進步就快了。如果沒有他的批評、指正，我就看不到自己的問題，所以我感恩都來不及，怎麼可以聞過之後發怒呢？況且發怒對人的身體健康有大不利。現在的人脾氣都很大，動不動就來氣了。要知道生氣的人，傷害的是

自己。

美國生理學家艾爾瑪研究，人在發怒的時候出現的生理狀況。他用一根盛著零度冰水混合物的試管，讓發怒的人向管子裡吹氣，結果就發現水中竟然出現了紫色的沉澱物，這很可怕！要知道，我們身體裡百分之七十的成份是水。假如我們常常生氣，產生出這種紫色沉澱物，各種病都會出現。現在人得腫瘤、尿毒症、肝硬化，這些病症，很可能都是與他的壞脾氣有關。因為腎是排毒的，肝是解毒的，如果常常發脾氣，毒素就積澱在血液裡，使得腎排毒排不及，肝解毒也解不及，這時就會產生病變。**愛生氣及脾氣大的人都短命，我們知道《三國演義》裡諸葛亮氣死周瑜的故事，如果周瑜脾氣沒有那麼大，絕對不會被氣死。**

這位美國的生理學家，又把一個發了脾氣的人吹過氣的水，注射到小白鼠的身上，過了沒多久小白鼠就死掉了。這足以證明這個水裡面含的毒素有多大。發一頓脾氣，那個毒素可以把一個小生命給害死。

有一位婦女，她的小孩正在哺乳期，因為跟她的先生吵了一架，很生氣，結果孩子喝了她的奶，沒多久就死掉了。這是因為她一發脾氣，身上就產生了毒素，致使奶裡面也有了毒素，就把這個孩子給毒死了。發脾氣對身體有太大的損傷，所以不可以發脾氣，即使是別人批評我們，批評錯了也不能發脾氣。他批評我批評錯了，是他自己錯，為什麼要以他的錯來懲罰自己，跟自己過不去呢？如果他說對了，那就應該感恩，更沒有發脾氣的理由。當遇到別人讚譽的時候，要想想別人對我們的讚譽是不是真的，對自己會不會過譽了。如果自己沒有這樣的德行學問，而是別人稱讚得過火了，那要生恐懼心，因為自己的德行不夠，承擔不起別人這樣的讚譽。即使是真有這樣的德行，也要懂得謙卑。對待別人的讚譽要有一種受寵若驚的感覺，絕不可以沾沾自喜。沾沾自喜的人謙虛的心就沒有了，就已經承擔不起這樣的美譽了。他的結果必定是「損友來，益友卻」。

何謂損友？何謂益友？孔子在《論語》中給損友和益友都下了個定義。孔子曰：「益者三友，損者三友。友直、友諒、友多聞，益矣。友便辟、友善柔、

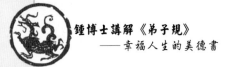

友便佞,損矣。」這裡講益友的定義是友直、友諒、友多聞。何謂友直?正直的人,正人君子。他與你做朋友,一定可以幫助提升你的道德學問。友諒,是誠實、寬容。友多聞,是博學多聞,很有學問。具有這三種品格的朋友是益友。

損友的定義。便辟,是善於奉承巴結的人。善柔,是很會獻媚,很會討好,用一些花言巧語把你說得心花怒放的人。便佞,是講善於說話,很善辯,很有口才,而且這些口才都是歪才,可以把是說成非,把惡講成善,一切他都能顛倒著說。這些人是損友。這些人與你在一起,就會把你拖下水,使你不知不覺就同他一樣,也成了小人了。所以我們想避免這種結果,必定要在因上注意,常常有種戒慎恐懼的心理,有種受寵若驚的心態,如此,良師益友才能跟我們在一起。

聞譽恐　聞過欣　直諒士　漸相親

這是講,當我們聽到別人的讚譽反而恐懼,聽到別人講我們的過失我們就很歡喜如此,自然就和正直、誠實、講信用的益友走在一起了。這對我們的道業、學業、事業,都會有莫大的幫助。

孔子的學生子路說,聽到別人說自己的過失就歡喜,這樣的人是君子。真正的大德,必定有大的涵養和度量。而涵養、度量就可以從「聞譽恐,聞過欣」上來看。如果聽到別人講他的錯,馬上就坐不住,要與人反駁,這個人的度量、涵養一定不夠。

唐太宗李世民,他就善於接納大臣魏徵的直諫。魏徵給他的勸諫很不客氣,但是唐太宗都能接受,也因此他成為歷史上一代名君。唐朝之所以成為盛世,正因為皇帝有大度的德行。做一個領導人,要能真正有所作為,有所成就,要有一個很好的修養,善於聽取別人的意見、勸諫。對自己的不足絕對不隱瞞,歡喜改過,他一定事業有成。

歷史上的蘇東坡,他在年輕的時候,已經有相當的名氣了,但早期也犯

了「聞過怒，聞譽樂」的毛病。與他一起學佛的一位佛印禪師，比他的修行好，但是蘇東坡的文采很好。有一次蘇東坡做了一首詩，詩是這樣寫的，「稽首天中天，毫光照大千，八風吹不動，端坐紫金蓮。」這首詩表面上是形容佛像的莊嚴，「稽首天中天」就是向佛頂禮，「天中天」是佛。「毫光照大千」，佛的毫光遍照大千世界。「八風吹不動，端坐紫金蓮」，八方風都吹他不動，端坐在紫金蓮上。這八風是利、衰、毀、譽、稱、譏、苦、樂，總共講了四對。一個是正面，一個是負面。利衰一對，毀譽一對，稱譏一對，苦樂一對。也就是說人在順境、逆境裡都不動心，形容八風都吹不動。詩寫好之後，蘇東坡托人將詩帶給佛印禪師。禪師看了之後一句話也沒說，寫了一個字「屁」，然後叫人再送給蘇東坡。本來蘇東坡滿心歡喜，希望佛印禪師對他的詩有個印證，看看自己的功夫是不是到家了。他有點吹捧自己，以為自己也已經達到了八風吹不動的境界。

　　結果蘇東坡接到佛印禪師的批字，看到一個「屁」字，一肚子火就起來了，趕緊過江來找佛印禪師。當船快靠岸的時候，看到佛印禪師已經在岸邊等候自己了。下了船之後，蘇東坡面紅耳赤，要跟禪師論理。禪師在那裡就哈哈大笑，說了一句「八風吹不動，一屁打過江」。蘇東坡一聽很慚愧，自己確實功夫差遠了，人家的一點譭謗、譏笑，就動了心了，怎麼能說八風吹不動？原來佛印禪師是在考他的功夫。蘇東坡這個人也了不起，他聞過則改，回去好好反省。

　　過了一些日子，他又來找禪師，這一次表現得很謙虛的樣子。說前些日子弟子有一些洋洋自得了，後來虛心檢討了，經過一段日子的修行，現在可能真的可以做到八風吹不動了。佛印禪師聽他這麼一說就已經明白了，這個人還是傲氣沒放下，還說自己八風吹不動。於是禪師就給他的小徒弟遞了個眼色，小徒弟很聰明，馬上滿臉賠笑來到蘇東坡面前，給他倒茶說，東坡大居士，我們師父經常在我們面前誇獎你，說你真不愧是大學士，佛理再深對你都不難，你能真的一聞千悟。今天又看到你這麼氣虛意下，謙光動人，果然是不同凡響，讓我們大開眼界了。

蘇東坡聽了這句讚美,馬上又洋洋自得起來了,喜形於色說「是啊,是啊」。這個時候,禪師在旁邊把臉一沉說:「東坡居士,我們這個小沙彌、小徒弟,給你幾句讚美的話,就把你捧上天了,證明你還不能夠八風吹不動。」此時的蘇東坡知道自己又失態了。

所以,真正做到八風吹不動,對待順境、逆境,好、壞,都不動心非常不容易。只有心住在道上的人,對順境、逆境,不分別,不執著,才能做到。只有把名利的念頭放下,才能在順境、逆境前面都不動心。

無心非　名為錯　有心非　名為惡

這是講,人如果犯的是無心的過失,稱之為錯誤;如果是存心犯的過失,稱之為過惡。正如我們過去沒有學習過聖賢教育,不懂得孝、悌、忠、信、禮、義、廉、恥,不知道怎麼做人。沒學過《弟子規》做了很多錯事,心裡想到過去那種行徑,很後悔。現在學習了《弟子規》,要做一個好人,做一個有德的君子,甚至發願要做一個聖賢,不能再錯了。有過失就一定要改過來。「人非聖賢,孰能無過」,沒有一個人天生就完全沒有過失。既然不能做到生下來就沒有過失,一定有錯誤的地方,但是能夠把錯誤改過來,就是「善莫大焉」。聖賢之所以能成聖賢,就是因為他天天改過。假如我們學習了聖賢學問以後,還是我行我素,明知自己做錯了也不肯改過,這就是「有心非」了。故意不改,就是「名為惡」,我們就是行惡。知過不肯改,知善不肯為,就是惡人。這一條為我們敲響了警鐘:過去做了錯事有藉口,沒學過;現在就沒有藉口了,不能不改了。

過能改　歸於無　倘掩飾　增一辜

這是講,有過失不怕,怕的是不肯改。能夠把過失改正過來,就歸於無了。如果不肯改,甚至還要處處替自己開脫、掩飾,這是過上加過,罪加一

等。「辜」，就是過錯。所以有過失沒關係，能承認、能改過就是好人。《菜根譚》有一句話，「彌天罪過，都當不得一個悔字」。人造再大的過失，天大的過失，只要能夠悔過，能夠懺悔，他就有救。只要這一口氣沒斷，能夠痛改前非，還是個善人。再大的過失，也能夠歸於無了。因為當善心生起的時候，過去的過惡，都煙消雲散了。如果我們不肯改，哪怕是小小的過失，我們不肯改，還不能稱為善人。還要為自己掩飾，這就是自暴自棄。不肯做君子，不肯做聖人，不願意恢復自己本性的本善，就是自甘墮落。對於改過，要痛下決心。

明朝袁了凡先生，是一位進士。他曾經寫過一篇家訓，傳給他的後代。了凡先生在年輕的時候，遇到一位算命高手——孔先生。孔先生把了凡先生的一生都算定了。幾歲考第幾名，哪一年考上秀才，做一個小官，拿多少俸祿，命中無子，53歲壽終正寢。一生沒有功名，就是沒有舉人和進士的命，只能當個秀才，等於我們現在的學士學位。古人的三個學位，秀才、舉人、進士。秀才相當於學士，舉人相當於碩士，進士相當於博士。以後他的命運完全是按照孔先生算定的來走，直到有一天，他遇到了一位雲谷禪師。

了凡先生考上了秀才以後，到南京國子監去進修。國子監是國家辦的大學。在南京，他拜訪了棲霞山雲谷禪師，和禪師打坐，對坐了三天三夜。禪師就問他說：「你這功夫很了不起，凡人之所以不能夠成聖，就是因為有妄念。現在看你三天三夜不起一個妄念，你用的是什麼功夫呢？」了凡先生也很老實，就對雲谷禪師說：「我實際上沒什麼功夫，就是我的命給算定了，反正一切都是命，也沒什麼好想的了。」雲谷禪師是開了悟的大德，聽到了凡先生這麼一說，哈哈大笑說：「我原來以為你是個英雄，結果你還是一個凡夫。」了凡先生一聽，忙問：「此話怎講？」雲谷禪師就說了：「你的命運給孔先生算定了，你這幾十年也都沒有改一改。既然都被陰陽所束縛了，你不就是凡夫嗎？」

了凡先生一聽，就問禪師：「難道命運能改嗎？」「當然可以改。命自我立，福自己求。**命運掌控在自己手中，不是宿命論**。自己的福分要靠自己去

求。」了凡先生一聽就又問:「如何改?」禪師就告訴他:「改過遷善,就能改造命運。難道《易經》上說,『積善之家必有餘慶,積不善之家必有餘殃』;《書經》上講,『作善降之百祥,作不善降之百殃』你沒讀過嗎?」了凡先生都讀過,經禪師一點,他明白了。然後雲谷禪師繼續啟發他:「你想想,你命裡面為什麼沒有科第?你自己反省一下,這是果,因在哪裡?」了凡先生思考了很久,點頭說:「我真不該有科第。」「為什麼?」雲谷禪師問。他說:「因為我不能夠積功累行,以積厚福,兼不耐煩劇,不能容人。時或以才智蓋人,直心直行,輕言妄談。凡此皆薄福之相也。豈宜科第哉?」

　　了凡先生反省自己的過失,凡事都有原因。君子行有不得,反求諸己。為什麼我考不上功名?因為我不能夠積功累行,不能夠積德。積德就是積福;德薄,就是福薄。再加上不耐煩,很急躁,包容心、涵養沒有,別人有過失我總是嚴厲地批評,很是看不順眼。很多人,很多事看不順眼,就要去指責、批評。而且又常常以自己的才華、能力壓人、蓋人,這是輕薄的表現。有德的人,懂得韜光養晦。即使是有才華,有能力,也要含蓄三分,不能夠露盡。怎麼可以用自己的才華、能力去壓人、蓋人?自己直心直行,輕言妄談。此地這個直不是正直,是心裡想到什麼就說什麼,不能夠三思而後行,很輕率,很愛發表意見,凡此種種都是薄福之相。所以怎麼可能考上功名?

　　禪師又啟發他:「你想想,為什麼你命中不該有子呢?」了凡先生又反省了六條說:「余好潔,宜無子者一。和氣能育萬物,余善怒,宜無子者二。」他說,我很愛乾淨,愛清潔,有潔癖。要知道,水太清了就沒有魚,所以人太好清潔就很難生養。這裡的潔是一點髒的東西都忍受不了;一點他人的過失、毛病,看到就不順眼。沒有大度包容的心量,怎麼能夠生養萬物呢?更何況,和氣能育萬物。和氣像春風,和風得以孕育萬物。我很愛發脾氣,和氣少了,當然就難以生育。

　　了凡先生又講:「愛為生生之本,忍為不育之根。余矜惜名節,常不能捨己救人,宜無子者三。」這是說,讀書人都明理,都知道仁愛之心是生育萬物的根本。愛心是根本,殘忍是不育之根,因此殘忍的人沒有後代。我為了自

己的名節，看見別人有難往往不肯去幫助。一般人看到別人有難，有一種不忍之心，會伸手幫助，但是了凡先生礙於面子，不肯去幫助他人。這是沒有兒女的第三個原因。

了凡先生繼續講：「多言耗氣，宜無子者四。」他愛講話，耗氣。把自己的身體元氣耗散出去了。「喜飲鑠精，宜無子者五。」自己愛喝酒。酒喝多了，會損傷精神，精力就被損掉了。「好徹夜長坐，而不知保元毓神。宜無子者六。其餘過惡尚多不能悉數。」了凡先生晚上很晚都不睡覺，愛徹夜長坐。**要知道睡眠幫助人恢復精神是最好的。**

人，經歷一天就像經歷四季一樣，春生、夏長、秋收、冬藏。晚上就是一天的冬天，要藏。如何藏呢？睡眠就是藏。晚上如果沒藏好，第二天早上就沒精神。冬天不藏，春天就不生了。這都是自然之道。所以晚上早睡，第二天早起，這是補養身體的一個最好的方式，這是天補。太陽起你就起。太陽落，你也該休息了。跟著太陽行動，這是與天同步。保養精神，精氣神才能足。

了凡先生反省，原來沒有兒女過失在自己，不能怨天尤人，不能埋怨命運不公平。其他有很多過惡，不能一一道出來。在這裡了凡先生為我們做出一個榜樣，勇於承認過失。所以他拜別了禪師回去之後，認真地改過自新，力行善事，來改造命運。剛開始改起來也不容易，但是咬緊牙關。「過能改」就是「歸於無」，不再縱容自己，不再苟且因循。他後來說：「從此而後，終日兢兢便覺與前不同。前日只是悠悠放任，到此自有戰兢惕厲景象。在暗室屋漏中，常恐得罪天地鬼神。遇人憎我毀我，自能恬然容受。」這是講他改過以後的心得。一個真正認真改過的人，自然有一種兢兢業業的景象，與以前不同。以前是放任自流，現在常懷戰戰兢兢，戒慎恐懼的心態。哪怕是一個人在暗室屋漏裡面，也有如天地鬼神在旁邊監察而不敢放肆。遇到有人誹謗、憎恨，他也能夠包容，也能夠忍受。福就開始增加了。

這期間，了凡先生給自己做了一個功過格，做了善事寫上去，做了惡事、犯的過失也寫上去。他發了三次願，第一次做三千件善事，十年完成。第二次發願做三千善事，三年完成。最後發願做一萬件善事，結果後來一念就完

成了。為什麼？他的命運改過來了。原來沒有功名，後來考上了舉人，考上了進士。中了進士以後，朝廷命他做寶坻知縣，做個大縣的縣官，結果為那個縣減糧，晚上睡夢神人來告訴他說，你這減糧（就是我們現在說的減農業稅）這件事，利於萬民，所以就這一件事就已經足以抵得過萬善了。更何況，了凡先生用後半生努力改過遷善，最後，念念都是善，念念都為人，念念都充滿了仁愛之心。

經過一萬六千條圓滿的善事，了凡先生的命運改得很好。原本命中沒有功名，後來有了功名。命中無子，他太太生了兩個兒子。命中應該活到53歲，他活到73歲，多活了20年。古人學道，進德修業，勤勤懇懇，腳踏實地，終身奉行，最終成為大德、君子，成為大丈夫，成為豪傑。在本性上我們與他是一樣的本性本善，只是現在有很多不良的習性，要把這些習性改過來。了凡先生能改，我們為什麼不能改？了凡先生透過改過自新，斷惡修善，成了名垂青史的賢人。他現在第十幾代的子孫依舊家門隆盛，後福無窮。我們要立即起而效法，不要輕薄了自己。

了凡先生在家訓裡提醒我們：「務要日日知非，日日改過。一日不知非，即一日安於自是。」天天改過，首先要知過。如何知過呢？透過讀聖賢書。讀了聖賢書以後，對照自己的心行，才瞭解自己確實有過失。假如沒有發現過失，無過可改，那是「安於自是」。這就是自以為是，自甘墮落。人不是聖賢人，這天下只有兩種人沒過失，一種是聖賢人，他的過失統統改了，徹底回歸本性、本善。另外一種人自己覺得沒過失，其實滿身的過失，這種沒救的人，自以為是，最後必然墮落。

我們學習《弟子規》，就要用《弟子規》來天天檢點自己，改過自新，不能浪費自己的生命，縱容自己的過失，否則到臨終的時候，留下的就是悔恨。了凡先生說：「天下聰明俊秀不少，所以德不加修，業不加廣者，只為因循二字耽擱一生。」了凡先生說得很中肯，這個世間確實很多人很聰明、很伶俐，知識也很不錯，為什麼他這一生沒有建樹，沒有成就呢？就是因為他「德不加修，業不加廣」，不肯努力改過自新，進德修業。馬馬虎虎，平平常

常度過這一生。最後因循苟且，耽擱了這一輩子。本來是可以成就聖賢君子的，但沒有成就；本來可以得到幸福美滿的人生、成功的事業，沒有得到。這都是因為「因循」二字耽擱了這一生。

　　我們有幸遇到了傳統文化，雖然年紀也不小了，但是能遇到，這就是大幸，要趕緊亡羊補牢，努力改過自新，也不算晚。人如果有過不改，甚至好面子常常掩飾自己的過失，這種人其實是最被人看不起的。

　　清末民初，袁世凱篡位，當了83天的皇帝。對於袁世凱篡位，舉國上下都罵他。只有當時的文壇泰斗章太炎不罵他。章太炎說，他不值得我罵。這個話被袁世凱聽到了，就把章太炎給關了一個月，罪名是他不罵袁世凱。

　　做人竟然不值得人罵了，真的是大恥辱。因此有過千萬不能掩飾，越掩飾，自己過失反而越多，留下的恥辱也就越多。

　　古聖先賢，不僅是有過失勇於承認，甚至別人的過失，他都心生慚愧，歸過於己。商朝的聖王商湯曾經講過：「萬方有罪，罪在朕躬。」萬方，是指天下的老百姓。百姓如果有過失、有罪，罪在朕的身上。朕，是湯王自稱。為什麼？老百姓有過失，是因為我這個當天子的沒有好好教他們，導致他們不辨是非善惡，才有這樣的過失。誰的過失呢？我自己的過失，歸過於己。真正好的領導人，他有這樣的品德，下屬犯了過失，他絕對不會去苛刻地責備下級，反而會說，這個事情做不好，我有責任。是不是真有責任呢？是真有責任。最起碼是我用人不當，我不知道他的能力，做這個事情可能會做不好，或者是我沒有教好他，我不能夠把他教得很有能力，或者我的德行不能夠感化他，讓他能夠負責任，身為領導者要承擔這個過失。這樣好的領導者，必定得到下級的愛戴、擁護。

　　我們師長講了他的老師李炳南老教授的一個故事。有一次學生犯了過失很慚愧，拿著教鞭來到老師面前，跪在老師跟前，請老師懲罰他。李炳南老教授看到學生這樣子，知道學生是真誠來懺悔的，就拿起了教鞭，往自己身上打。然後對學生說：「這個事情我沒教好你，是我的過錯，我要先懲罰自己。」此情此景令在場的學生都流下了感動的淚。這是真正做老師的聖

德。這樣的尊師當學生的哪能不尊敬？哪裡還敢再犯過失，辜負老師的教誨呢？

　　「倘掩飾，增一辜」。所以，我們有錯不僅不掩飾，還要盡量地把過失攤出來，不要怕別人看到我們的過失，這樣才真正進步的快。如果別人講我的過失，講錯了怎麼辦？講錯了也沒關係，也樂於接受。因為他講我，甚至我承受了他的批評，或者是把過歸己，表面看是吃虧了，要知道吃虧是福，別人的批評甚至是譏嫌、誹謗，都是幫我們快速進德修業的方法，這樣一想心就平了。

　　第四章「信」，教我們如何做一個誠信的人。做一個誠實守信的人，都要在小事上去認真落實。

第五篇 泛愛眾

第五篇「泛愛眾」。這一篇是講廣泛的來愛護所有的人。前面的四章孝、弟、謹、信，是讓我們修養自己的德行。「泛愛眾」是讓我們要對一切人要有仁愛。一個是對己，一個是對人。

凡是人　皆須愛　天同覆　地同載

第一句是總說。凡是人我們都要對他有仁愛之心。「泛」，是廣泛，這個愛是無私沒有條件的愛，只要他是人，我就愛，這是博愛。因為「天同覆，地同載」，這種愛心是一體的觀念。

宇宙萬物是一體，這是道。老子說，這個道生養萬物，天地之始是萬物之根，這個道就表現在愛。整個宇宙是一體，所以愛整個宇宙就是愛自己。宇宙裡的一切眾生，所有的人、所有的物，無論是有生命還是沒生命，動物、植物、山河大地、土石、礦產、自然環境我們都要愛，愛心沒有邊際。

這種愛的原點在哪裡？五倫關係講，「父子有親」。這個父子有親就是愛的原點。因為父母和子女的愛是天性。所謂天性的愛，就是本來、本性的愛。父母愛兒女沒有條件，可以為兒女做出一切犧牲，甚至獻上自己的生命。而兒女愛父母，也本來是這樣。

最近美國有一則報導，一個6歲小女孩和她母親在街上，遇到了歹徒。歹徒要對她母親開槍，結果這個6歲的女孩就撲上前去，用身體擋住了歹徒

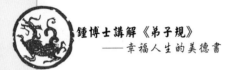

的槍口，歹徒對著女孩開了6槍。她用身體保護了母親，真的蒼天都憐憫這個大孝的孩子，醫院把這個女孩救活過來了。女孩在救母親的時候，那個孝心是沒有經過思考的，那是她本性的自然流露。她那個動作沒有經過研究分析，「我該不該上去跟歹徒搏鬥，我要不要保護我的母親」，沒有這些比較分別，一個念頭也沒有就上前了。當一個人一個念頭都沒有的那個狀態，就是本性自然的顯露，是本性本善的全體起用。

能把父子有親的愛擴大開，不僅愛我們父母、愛我們子女，而愛一切人，愛長者如同愛父母，愛幼者如同愛自己的兒女一樣，這就是博愛，這也是本性本善的起用。如果再擴大，不僅是人，一切動物、植物都愛，所謂「昆蟲草木猶不可傷」。如果我們任意地去糟蹋、去砍伐、去破壞自然生態，就會嘗到自己種下的苦果。對山河大地、江河湖海，自然界的一切現象，我們都愛。我們就能與地球環境和諧相處。和諧從愛心來，真正的大愛，聖人之愛是愛整個宇宙，一切萬事萬物。

我們達不到聖人的境界，我們就從對人做起。對一切人我們要學會愛。何謂愛？正體字裡面，愛是受字中間有個心字，從心、從受，也就是說用心去感受別人的需要，稱之為愛。看到別人有需要了，我們立即去幫助他，這是愛心的流露。古人云：「君子成人之美」。這就是愛，這種愛一定是無私的。如果是有私心、有所圖的愛，這就不是真愛。比如希望別人回報我才去愛人，才對他人好，那不是真愛，那是交易。我對他好，換他對我好，這等於做買賣。大愛是無條件的。父母愛子女無條件、無所求；子女對父母也是這樣，要對父母孝順、孝敬，沒有條件。當我們有私欲的時候，愛心就被蒙蔽了，本性本善就顯發不出來了。

比如我要討好上司，好讓上司對我重視，讓我升官，給我漲薪資，這是心裡已經有了私心雜念，這個時候對上司的那種熱誠，不是愛的表現，那是一種功利的追求。又比如一位青年看到一位女士，被她的姿色所迷，然後就追求這個女士，心裡想著，「希望她嫁給我，希望得到她」。這是內心裡已經有私欲了，這種愛不是真的，真正的愛心被他的私欲蒙蔽了。

我在美國留學的時候，有一次大學裡組織捐血活動。當時美國很多醫院血庫比較緊缺，需要人去義務捐血，就來到校園裡徵集，我當時也跑去義務捐血。有些人就說，你怎麼給美國人捐血？要知道人都是一樣的，我們對美國人、對歐洲人、對任何人都要有平等的愛心。《弟子規》講，「凡是人，皆須愛」。雖然我們當時很窮，沒辦法用其他東西奉獻，但是還有一腔熱血。我記得在美國曾兩次捐血。祖先告誡我們，對一切人要有大的心量，對一切人要平等的愛敬。

媒體曾經刊載了一個感人的例子，這是一位到西藏去服務的內地幹部，名叫孔繁森。80年代他被調到西藏赴任地委書記。他是一個漢人，去為藏民服務。孔書記來到西藏冬天異常寒冷的阿里地區，常常去養老院探望老人。雖然他是地委書記，但是一點官架子都沒有。有一次，在養老院看到一位老人沒有穿棉靴，腳被凍了，孔書記二話沒說，就把老人的腳放在自己的懷裡暖著，用自己的體溫去溫暖老人的雙腳。第二天，又派人把新棉靴送到老人手裡。

又有一次他下鄉到牧區，當時零下三十多度，雪花在凜冽的寒風中狂飛亂舞，一會兒工夫，大家都變成了雪人。人們穿著大衣，還是感到陣陣發冷，臉、手和腳都被凍得失去了知覺。孔繁森看到一位藏族老阿媽把外衣脫給了在風雪中哀嚎的小羊羔，自己卻在零下三十多度的嚴寒中凍得瑟瑟發抖，他的眼睛濕潤了，他用手摀住臉，強忍著不讓淚水流出來，猛地轉身回到越野車上脫下自己的一套毛衣毛褲，遞到那位老阿媽的手上。老阿媽伸出已經凍僵的雙手，接過那還帶著體溫的毛衣，嘴唇顫抖著久久說不出一句話。

孔繁森早年在部隊醫院當過兵，粗通醫術。每次下鄉都隨身攜帶一個小藥箱，走村串戶，慰問受災群眾，給凍傷的牧民們看病。來西藏工作後，為了解決當地缺醫少藥的困難，每次下鄉前，他都要買上幾百塊錢的藥，為農牧民看病治病。一次，有位70多歲的藏族老人肺病發作，濃痰堵塞了咽喉，危在旦夕。當時，沒有其他醫療器械可用，孔書記就將聽診器的膠管拆下來，一頭伸進老人嘴裡，自己口對著膠管的另一頭將痰一口一口地吸出來，然

後又為老人打針服藥,直到轉危為安。

　　1994年11月29日,孔繁森書記在返回阿里途中,不幸發生車禍,以身殉職,時年50歲。他犧牲後,江澤民總書記於1995年4月29日親筆題詞「向孔繁森同志學習」,時任國務院總理的李鵬也題詞「學習孔繁森同志熱愛人民、無私奉獻的精神」。

　　孔繁森書記是「凡是人,皆須愛,天同覆,地同載」的楷模。要知道聖人的愛心是無條件的。如同左手癢了痛了,右手馬上去撫摸,因為都是一體的。聖人把一切人、一切物看成是自己。因此,不僅是愛人,也愛一切物。孟子講「親親而仁民,仁民而愛物」。他的愛從孝心的原點生發起來,再將孝順心、愛心對待萬民,這就是仁民。透過愛人推展到愛物,當這個愛心充滿了地球,溫室效應、海嘯、地震,這些災害統統都能夠避免。

　　有的人問:「凡是人,皆須愛」,難道壞人我也愛?「惡人」,那些無惡不作的人,也愛嗎?像希特勒,他的暴行是空前絕後的,發動第二次世界大戰,讓千百萬的人民死於戰爭,這種人我們還愛他嗎?《弟子規》講,「凡是人,皆須愛」,《三字經》講,「人之初,性本善」,這裡沒有說善人、惡人,只說人。只要是人,我們都要愛,我們的愛不是感情的,是慈悲。因為他的本性是善。為什麼他會變成惡人?「性相近,習相遠」,是後天不良的習性把他給污染了,所以他變壞了、變惡了。我曾經看到一個小孩,對他媽媽說:「媽媽,你不要踩地上的青草,你踩了之後小草會痛的。」兒童對草木的愛心,就是本性。當後天那些不良的教育、污染,讓他增長了惡習性,增長了自私自利,增長了對名利、欲望的追求,他本善的本性就被覆蓋住了。

　　我們愛這些「惡人」,是因為他本性是善的。聖人看人,是看他本性,不看他的習性,知道習性不是本來的面目,只要把習性去除了,他的本性就能顯現。怎麼樣明他本性顯現?透過聖賢的教育,幫助這些「惡人」改過自新,恢復本性。他就變成好人了。因此只有從本性上看,我們才能真正做到「凡是人,皆須愛,天同覆,地同載」。

　　這裡面也有一個引申的意思,天地包容萬物,世間萬物無一不在天的覆

蓋之下，沒有一樣不是地所承載的。天地沒有分別心，它對一切人、一切事、一切物，平等地覆蓋和承載。而聖人所效仿的就是天地的這種廣博大愛，我們能夠把天地的這種博愛、平等學習到了，也就是聖人了。

行高者　名自高　人所重　非貌高

這是講，一個人如果他的品行好，自自然然就有很高的名望。名望是水到渠成，所謂實至名歸，不是求來的，是自然而然得到的。人們所敬重的是他品行的高潔，不是外表的那種高大。孔子一生力行「仁道」，將聖賢教誨宣揚給天下人，所以他才有這麼大的名氣，成為萬世師表，為百姓所敬仰。這都是因為他的德行學問高，而不是自己在那裡自吹自擂。大家的眼睛是雪亮的，如果你沒有真正的德行，人們就不可能真正對你敬仰，所以我們要修養真實的德行學問。

才大者　望自大　人所服　非言大

這句是講，一個人的名望要與他的才華相稱。才華大，名望自然就大。人們所佩服的是他的才華，並非佩服他的大話。這是講，當一個人有真才實學，自然就有讓人信服他的言語。

在春秋戰國時代，趙國有一位賢士名叫藺相如。出身平凡的藺相如，經人推薦來到了趙國的國君身邊。

當時秦國的國君，知道趙國有一塊和氏璧，秦王對這塊稀世的珍寶已然垂涎很久了，很想得到這塊和氏璧。趙國是小國，秦國是大國，秦王的幕僚們想了一個主意，謊稱秦國要以15個城池來換和氏璧。實際上秦王是想把和氏璧騙到手。趙國國君和大臣們商量，趙王說：「如果我們不去交換，就顯得趙國理虧。如果去交換，恐怕秦王故意設陷阱。怎麼辦？」藺相如說：「請王允許我帶著和氏璧去見秦王，如果秦王真願意交換，我們就跟他交換。」

如果秦王是設的圈套，我一定讓這塊和氏璧完璧歸趙。於是趙王就派藺相如出使秦國。

藺相如把大話說在前面，是因為他真有才華，「才大」所以言也大。藺相如帶著幾個隨從，攜著這塊價值連城的玉璧出使秦國，見到秦國國君後，獻上了寶玉。秦王越看越歡喜，之後又讓自己的大臣和婢女們輪流來看。藺相如看出了秦王根本就沒有想要用城池換玉璧的意思。於是就對秦王說：「大王，這塊和氏璧上有一個污點，我來指給您看」。秦王說：「是嗎？」就把寶玉趕快遞給藺相如。藺相如接到寶玉之後，立即退到大堂的柱子旁邊，厲聲對秦王說：「秦王，今天你讓我們過來，是想用15個城池換和氏璧。趙國是守信的，趙王特地齋戒五日之後，命我把這塊和氏璧送到貴國。如果你們有誠意，想要用城池交換美玉，秦王也應該齋戒五天之後才能接受。如果你是設圈套來騙取這塊玉璧的，我現在就連同我的人頭，與這塊玉璧一起撞碎在柱子上。」

藺相如的這種威武不屈的氣勢，令秦王和大臣們異常震服，秦王馬上賠笑說：「不要這樣，我們是想要跟你換，我們也齋戒五天吧。」藺相如回到了客棧，他知道秦王確實不想換，於是就連夜派自己的隨從，喬裝打扮成貧民的樣子，帶著這塊和氏璧偷偷地回到了趙國。五天以後秦王又召見藺相如說：「我們現在可以來交換了。」藺相如說：「秦王，您這個國家的國君此前好幾代都有背棄信義的行為，今天你們想要用15座城池換和氏璧，我們知道你們並沒有誠意，我已經把和氏璧派人送回趙國了。如果你們真正想要以和氏璧來換，你們要與我們的國君簽訂條約，如果我們趙國的國君棄約，作為大國的秦國可以來打我們。假如你們沒有誠意，現在想要把我殺掉，也沒有關係。」藺相如這番話令秦王覺得非常懊惱，和氏璧已然回到了趙國，不要再落一個小人的惡名，想想就算了吧。於是就把藺相如放回了趙國。和氏璧果然是完璧歸趙。

不久，秦王假借為自己慶賀生日，邀請趙王到邊界上，舉行慶典。藺相如陪同趙王一起赴宴，另外派了趙國的大將廉頗將軍率重兵悄悄地鎮守在邊

疆，準備若出事就反擊。藺相如陪著趙王來赴宴。宴會上，秦王故意對趙王說：「聽說國君你很懂彈琴，今天是我的生日，請您為我彈奏一曲。」無可奈何之下，趙王只好彈奏了一曲。秦王馬上命自己的史官說：「記下來，某年某月某日趙王為秦王彈琴。」此舉顯然是一種羞辱。此時藺相如拿起了一個瓦缶（就是瓦盆），來到了秦王旁邊跪下說：「聽說秦王很會敲瓦器，現在請秦王為我們趙國國君敲瓦器來祝興。」秦王聽了大怒，拒絕。藺相如走前兩步，拿著瓦器怒氣衝衝地對秦王說：「我們現在就近在咫尺，我要用我的頸血與你一起同歸於盡。」秦王被藺相如的舉動嚇得不敢動，旁邊的軍士也不敢輕舉妄動，怕傷害了秦國國君。在這種形勢下，秦王無可奈何地敲了那個瓦器幾下。藺相如馬上對史官說：「請你們記下來某年某月某日，秦王為趙王擊缶。」雖然堂上秦國的大臣們躍躍欲試想要動手，但是，知道廉頗將軍帶著重兵把守在邊界，宴會也就不了了之，散去了。

藺相如以他的機智勇敢，令趙國國君沒有被秦王羞辱，趙王非常高興。回到趙國後，就將藺相如任命為上卿，位置在廉頗將軍之右。廉頗將軍說，「我為趙國出生入死，這個藺相如就光憑著幾句話，竟然騎到了我的頭上」，就很不服氣，揚言要羞辱藺相如。藺相如知道以後就處處躲避廉頗，甚至託病不上朝，不要同廉頗將軍見面，以免發生不愉快。

有一天，藺相如和門客坐車出去，迎面看到廉頗將軍的馬隊來了。藺相如趕緊就掉回頭，結果門客們很不服氣說：「我們來投靠你，是仰慕你的機智、勇敢、正義。怎麼你見到廉頗，反而變得膽小如鼠？」藺相如就對門客們說：「你們說廉頗將軍與秦王比起來哪個更厲害？」門客說：「當然秦王更加厲害」。藺相如就說：「秦王我都不怕，怎麼會怕廉頗將軍？我避讓他是因為趙國不能夠沒有廉頗將軍和我，我們一文一武才能使趙國不被大國欺負。如果我們兩個人鬥起來，龍虎相爭就會兩敗俱傷，其結果必定使國家處於危難之中，所以我一定要以和為貴。」

這番話，後來傳到了廉頗將軍那裡。廉頗也是一個有見識的人，他聽了藺相如這番話非常慚愧，知道自己錯了。自己嫉妒人家的才華，嫉妒人家的

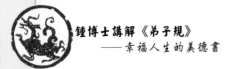
名望，把個人的恩怨擺在了國家利益之上，這是私心。他決定向藺相如懺悔。廉頗將軍脫掉上衣光著脊背，背著一束荊棘，來到了藺相如的府上，向藺相如請罪。這就是有名的「負荊請罪」。此後，廉頗與藺相如成為生死之交，互相尊敬，聯手輔佐趙國。

從這個歷史故事我們看到，一個人真有才華、有見識、有德行，不要怕別人不服。不服是因為他暫時對我們不瞭解，我們的心是坦然的。等到有一天他瞭解了我們，他也會服的，不必用語言來辯駁。這就是藺相如德行高於平常人之所在。這句話也告訴我們，當人家比我們能力才華都高的時候，我們要對他尊重。知道他是名副其實的，我們不能有嫉妒心，嫉妒的心是對自己心理最大的傷害。嫉妒不僅傷害自己而且傷害別人。如果傷害國家和人民的利益，可能會導致國家甚至世界的動亂，特別是有一定地位、身份的人。這些要非常的小心謹慎。

嫉妒心強的人往往總是在找別人的毛病。看到別人才華高、名望大心裡不服，於是千方百計地來刁難他，用各種難聽的語言來侮辱他。這種行為反而會導致自己身敗名裂，是自食其果。如果那個人真正有德、有才，不會因為我們的嫉妒而讓他的德行、才華降低，因此對他的傷害並不大，而對我們自己的傷害則非常嚴重。所以當看到別人有優秀的地方，我們應該懂得讚歎，懂得向他學習，為他高興，這就是隨喜。

《朱子治家格言》說：「人有喜慶不可生嫉妒心，人有禍患不可生喜幸心」。看見別人有好的地方，我們不能嫉妒。看到別人有災禍，我們不能歡喜，應該同情、憐憫他，還要幫助他，這是養自己的厚德。當我們把私心放下的時候，嫉妒心就沒有了；同情、憐憫、仁愛別人之心就能生起來了。見到人的好會生歡喜心，見到人不好會生同情心，這是本性的本善。這種歡喜心，不是裝出來的。不是學了《弟子規》這一條，看到別人好，就說幾句恭維的話，讚嘆讚嘆他，而心裡並沒有真正由衷地去歡喜，這還是虛偽，還是心中有自私自利的惡念在作怪，不能生起與人同體，與人同樂、同悲的心。

己有能　勿自私　人所能　勿輕訾

　　這是講，自己若有能力不可以自私，要把這種能力和大家分享。只要有人來學習，我們就樂意去教導他。別人有能力，能力比我強的，我要生歡喜心。他的能力就好比自己的能力一樣，替他高興，不可以去輕賤他、輕視他，甚至找機會去指責他、侮辱他。因為人的愛心是與一切人一體的心，自己的能力一定跟大眾來分享，絕對不吝嗇，別人有能力也如同自己的能力一樣。

　　有的人心量窄小，自己有能力不肯傳授給別人。有很好的學問不肯全盤教導別人，總要留一手。師傅教徒弟，想著教會了徒弟就餓死了師傅，這就是自私的觀念。哪怕是一點點私心還在，就障礙我們本性、本善的流露，所以能力肯定不圓滿。**一個大公無私的人能力是圓滿的，因為能力是本性中本有的，只是在我們這個本性的寶藏裡面沒有開發出來。真正將自私自利放下，我們本性中的才華能力就像泉水一樣汩汩地湧出來，沒有障礙。**

　　見到有人講傳統文化講得很好，心裡就很不舒服。古人講「同行相輕，文人相輕」，是說互相輕賤，不懂得尊重別人。大張旗鼓地去批評別人，從他講的內容裡面找毛病，一字一句都不放過，稍微有一點錯漏，立即抓住不放，這是吹毛求疵，目的是要把他的信心打垮。打垮了他之後，他就不能講了，就不會超過我了，顯得自己在這方面比他高明，「我能夠對他樣樣都瞭解，可以對他進行批評」，這就是輕訾別人。要知道，如果是對國家、對世界帶來利益的好事，就不可以去隨便地批評，應該多鼓勵，多扶持別人，讓這個社會、這個世界多一些人來替人民做好事，這種心才是仁愛的心。一個慈悲的人，即使是批評別人的缺點、錯漏都是非常委婉的。

勿諂富　勿驕貧

　　這是講，看到富貴的人，我們不要生阿諛奉承、諂媚巴結的心。看見貧賤的人，不可以生驕慢、驕態之心。諂媚巴結和驕慢，這都是很重的習氣，

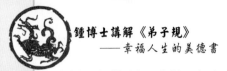

這種習氣障礙了本性。人人本性本善，是平等而沒有高下的。從一個人的身分、外象來講，確實是有高下、有貧富、有好運的、有不好運的，但是不可以被這些表象迷惑，讓自己的本性受到障礙。

《朱子治家格言》說，「見富貴而生諂容者最可恥，遇貧窮而做驕態者賤莫甚」。看見富貴的人，就生諂媚巴結，這種人其實是最可恥的。一個君子注重自己的人格，絕對不會做出這樣的事情。看見貧窮的人，就生起驕慢之心，看不起別人，這種人反而是最貧賤的。所以，**一個人的貴賤，不是看他擁有多少財富，而是看他的品格是否高尚。**

《中庸》云：「君子素其位而行，不願乎其外。素富貴，行乎富貴。素貧賤，行乎貧賤」。君子安分守己，自己是什麼樣的地位，就做什麼樣的事情，絕對不貪慕自己地位以外的事情，這是真正的德行涵養。因為貪慕自己地位以外的事，就往往會自取其辱。

「素富貴，行乎富貴」，出身富貴，就做好富貴人本分的事情。富貴的人能夠好禮，講禮貌，懂禮節，懂得恭敬人，明辨是非善惡，能夠擇善而行，於富貴人中，做君子，做聖賢。「素貧賤」，就「行乎貧賤」，出身貧賤，就做好貧賤人本分的事情。貧賤的人，如果好學，不以貧賤為恥，安分守己，順應天時，順應自己的緣分，在自己的位置上進德修業，依然能成為君子，成為聖賢。因此聖賢不分富貴貧賤。

孔子的學生，富有的人如子貢，貧賤的人如顏回。顏回是簞食瓢飲，吃飯沒有飯碗，用竹簍盛飯，喝水用葫蘆瓢，雖然生活非常貧窮，他卻不改其樂。因為他於自己的本分上，行聖賢之道。所以，無論處在什麼樣的身份地位，都能夠成就完美的品德。

勿厭故　勿喜新

這是講，不可以喜新厭舊。喜新厭舊是現代人一個非常嚴重的毛病。在生活物品上喜新厭舊，會造成很多的浪費。例如衣服，很多人追求時髦，追

求潮流,每年都換多少衣服。春夏秋冬都在趕潮流,去年買的衣服沒穿過幾次,今年又換新的。家裡的衣服堆積起來都發黴、生蟲了,造成很大的浪費。要知道我們現在有很好的衣服穿,可是地球上依然有很多人掙扎在貧困生死線上,怎麼可以奢侈浪費。一件衣服好好的保管,穿十年都沒問題。因此,我們要在物質上節約,養自己的厚德。

我們師長的老師李炳南老教授,一生守住節儉。他的收入很豐厚,既是大學教授,又是很高明的中醫,同時還在政府部門擔任官職。他辦醫院、辦老人院、辦傳統文化的講堂,自己的收入都拿來捐獻給公益事業、教育事業,而自己生活真的是節儉到不能再節儉的程度。他一天只吃一餐飯,省下錢來幫助別人。他穿的衣服,外衣總是中山裝,從沒見到他換新的。他老人家走了以後,弟子們把他的物品拿出來整理,發現他的內衣、內褲甚至襪子,都是打了很多補釘的,而且是老人自己補。老人家當年居住的地方,現在作為紀念館了,我前年去參訪,看到老人家當年用的物品,那樣的簡單樸素,令我們非常感動。真正的大德,珍惜自己的福報,把自己的福省下來供養一切大眾。

當一個人在物質上常常喜新厭舊,那麼人的道義就越來越稀薄,最後變得人與人的交往也喜新厭舊,不注重道義、恩義、情義。當今社會上最明顯的是離婚率年年在攀升。為什麼離婚率越來越高?喜新厭舊是主要的一個原因。根據2004年的統計,每年在臺灣有13萬對新人結婚,同年離婚的有6.2萬對。13萬相比於6.2萬,也就是說將近有一半的人離婚,離婚率高達百分之五十。這個悲劇是因為大部分的現代人,都存在這種喜新厭舊的問題。

東漢光武帝時期,有一個大臣名叫宋弘。光武帝的姐姐湖陽公主的夫婿剛剛去世,公主看上了宋弘,就請光武帝為她做媒。光武帝來到宋弘家裡說,「我聽諺語說,人富貴以後就要換朋友,就要換妻子,這是不是人情呢?」宋弘聽光武帝這麼一說,馬上就知道來意了。因為宋弘已經有妻室,他對光武帝說,「貧賤之交不可忘,糟糠之妻不下堂」。在貧賤的時候、患難的時候,那個朋友不能忘記,那種友情是最真摯的。與我們一起共患難、一起創立家

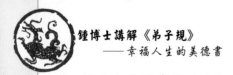

業,輔助我成就事業的這個太太,所謂糟糠之妻,是絕對不能換的,一定要白頭偕老。宋弘此言一出,光武帝就知道這門親事是談不成的。

宋弘不攀權貴,光武帝親自來說媒,請他做皇親國戚他都不要,這是真正念舊、念恩的厚德君子。當時朝廷上下知道了宋弘所行的道義、恩義、情義之舉,非常的敬佩。朝野上下都講求道義,宋弘的清白、忠義就影響到了整個朝廷,影響了社會。這就是古人講的修身、齊家、治國、平天下。

當然,現前社會裡面,也有念舊、念恩的道義夫妻,他們令我們也很感動。

據新聞報導,在中國有一對夫婦,他23年前,結婚以後,丈夫就發現妻子很怕冷,體質很弱。此後,先生23年如一日,每天為妻子搓腳、搓腿,幫助她的身體得到溫暖。可是儘管如此,在1990年,妻子還是站不起來了,她得的是股骨頭壞死的病症。先生一如既往地伺候妻子,幫助妻子樹立生活的信心。因為妻子無法工作,家裡生活很窮困,工作、養家的重擔就壓在丈夫一人的肩上了。而且丈夫對妻子發了願說,要背著妻子走遍中國的大中城市,他們計畫用三年時間把中國走完。如今,他們已經在走了,而且邊走邊把他們23年夫妻共患難,互相幫助的事情向大家宣講。這位先生希望用自己的愛心,讓妻子重新站起來。

報紙上刊載,河南鄭州的一個男子,因為車禍變成了植物人,他的妻子三年在他床前伺候他。雖然這個植物人一點動作都沒有,昏迷不醒,甚至用針扎他的腿都沒有知覺,妻子仍每天守在床前,為丈夫翻身、擦洗,為丈夫唱歌,跟他聊家常。每兩個小時就幫助他翻一次身,三年如一日。醫生感歎地說:「這三年的時間,一個全沒有意識,毫沒有活動能力的人,身上竟然沒有生瘡,皮膚還很好,這樣的情況,我們醫生都很吃驚。」這位妻子剛來醫院的時候還很胖,三年下來,瘦了三十多斤。這位妻子說:「夫妻夫妻,禍福共擔才叫夫妻。做人要講良心,他已經這樣了,而且醫院又主動給我們減免了醫療費用。我如果一走了之不管不問,還配做人嗎!」這位妻子語氣很堅決,真的是念著道義、恩義、情義。在配偶最困難、最需要幫助的時候,守在了他

的身邊。結果奇蹟出現了，三年以後她的丈夫竟然甦醒了，他睜開眼睛，用手指著自己的女兒，開心地說：「這是我的女兒嗎？」

鄭州市第一人民醫院腦外科主治醫生張雲鶴說：「這是愛心堅持救治創造的醫學奇蹟。」這個感人至深的念舊、念恩的故事，就發生在今天。一個不講道義、不講恩義、不講情義的人，就如這位妻子所說，「還配做人嗎」？

人不閑　勿事攪

這是講，我們處處要有仁愛之心，要時時提起關心、愛護別人的念頭。當人家沒空正在忙，或者他沒有得到充分的休息，這個時候，我們不要去跟人家談事情，不要去打擾別人，這是真正的關心他人。又比如我們打電話，電話接通，先問對方：「請問您現在說話方便嗎？」對方聽到你這句話，就會感覺到你對他的關懷，心裡就感覺很溫暖了。他如果方便，我們再繼續說下去；他如果不方便我們再約時間談。我們在生活點滴中，要培養愛護別人、恭敬別人的心，這就是本善。

人不安　勿話擾

這是講，當我們看到別人心神不安的時候，就不要去打擾他，不要同他講話。因為他可能心裡正難過，或者是心有憂慮，不願意同別人談話。此時，我們如果能靜靜地給他遞上一杯茶，或者在宿舍裡面給他鋪好床褥讓他休息，以這樣的方式安慰他，我們就可以去做。如果一個人需要安慰，也不妨用輕聲的話語去安慰他。這都是根據不同的情況，表示對他的關愛，總之就是讓對方得到安寧，從不安的精神狀態中解脫出來。

能常常安慰別人，讓別人的心神安寧，我們自己也能得到心神安寧。有其因，必有其果。因此，我們要懂得察言觀色，察言觀色的目的是為了更好地關懷別人。《論語》裡有一段對話，子張問孔子說：「士何如，斯可謂之達

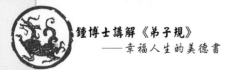

矣？」「士」，是讀書人；「達」，通達事理。怎麼樣做才是通情達理？孔子回答說，「夫達也者，質直而好義，察言而觀色，慮以下人」。這是講，真正通達事理的人，他正直，而且愛好正義，懂得察言觀色，能夠謙卑地對待別人。這種人就稱得上是通達事理的人。聖人教導我們存心要善良，要懂得常常看到別人的需要。察言觀色，不要等別人說，我們就能夠看出他需要什麼，不需要什麼。常常替別人著想，謙虛恭敬別人，這樣的人才能受人歡迎。

人有短　切莫揭

這是講，當別人有短處的時候，我們千萬不可以去揭發他，給別人留面子，是愛護他。每個人都有自尊，都有面子，我們不想自己的自尊、面子受到侮辱，我們就不能夠這樣對待別人。因此看到別人有短處，要懂得包容，甚至幫助他。在沒有人的情況下，用很柔和的方式跟他講，請他改過。不可以當眾揭發他的短處，這樣做不但與人結怨，自己的德行也敗壞了。我們不僅不能揭發別人的短處，而且心裡不要去想著別人的短處，想著別人的短處，那是把別人的缺點、錯誤放在了自己的心上。本來是一個本善的心，變成了裝著別人短處的垃圾桶。把別人的那些垃圾、缺點全部裝在自己的心裡，這對不起自己。況且我們眼中看到的別人的短處，也未必是真實的，可能我們瞭解的並不全面，如果一知半解，道聽塗說，向別人大肆宣揚、揭發，這不僅與他結怨，更將自己的德行敗壞了。

古人有一個比喻說，看到別人的短處，實際上就好像自己的臉上、鼻頭，有一個污點，去照鏡子，發現鏡子裡面的那個人怎麼鼻頭上有個污點呢？就去說他：「你怎麼長得這麼難看，鼻子上這麼髒」。批評對方實際上是批評自己。所以，**當揭人家短的時候，就是揭自己的短。講別人的缺點、錯誤，正顯得自己是一個好說是非的小人。**一個真正有智慧的人，對那些流言蜚語不聞不問。古人講「流言止於智者」，一個智慧的人，從來不去傳流言蜚語，好說是非者，必是是非人。

人有私　切莫說

這是講，人如果有隱私，我們千萬不能說。如果把別人的隱私揭露出來了，往往與人結怨、傷和氣，有失厚道，折損自己的陰德。折損陰德就折損壽命，所以這種事情，有智慧的人怎麼會去做呢？

古人講「凡一事而關人終身，縱然確見實聞，不可搬上口邊」。關係別人終身大事的隱私，即使是你真見到了，親眼所見，親耳所聞，都不可以去講。「凡一語而傷我厚道，雖然閒談酒謔，應謹慎不要流出口」，凡是講話有傷厚道、有傷體面的，即使是閒聊，都不可以隨便講。像男女關係的事情，事關人終身的清白，這絕不能亂說，說了就傷厚道。有關人名節、有關人家終身大計，或者是企業、國家裡面的機密，這些都不可以亂說。這不僅是對人、對團體、對國家的尊重，同時也是避免造成對他人、團體以至國家的傷害。

道人善　即是善　人知之　愈思勉

這是講，如果別人的善行我們看到了，應該讚歎他。讚歎他，你得到的也是善。因為被你讚歎的人知道了，他受到你的鼓舞，會更加努力向上，使他的善更加得到提升。另外，其他的人聽到你的讚歎，他也會效法這位善人，對所有的人都是好事。因此能夠常常看別人的優點、長處、善行，這本身也是善行，是對大眾的勉勵，希望大眾見賢思齊。

當然，善的標準必定是與本性相應，這是真的善。《三字經》講「人之初，性本善」。與本性相應的就是善，與本性違背的就是惡。可以說我們現在都迷失了本性，要對照聖賢人所說的標準，檢點自己的言行。因為聖賢人恢復了本善，所以他們講的是正確的，是符合宇宙人生真相的。如我們中國傳統的儒釋道三家的聖人都是見到本性，恢復了本善的，所以用他們的教誨作為依憑，幫助我們瞭解何為善，何為不善。

現代人不要說去道人善，就連什麼是善都不甚瞭解。原因是近百年來，中國的傳統文化、聖賢教育被嚴重破壞了。現在如果能夠把傳統文化教育復興起來，這就是最大的善，稱之為善中之善。傳統文化能夠幫助人認識本善，修學恢復本善，這是功德無量的事業。要恢復傳統文化教育，最關鍵的是要有人才、師資。孔子說「人能弘道，非道弘人」，傳統文化教育要靠人來弘揚光大，人要把這個教育做出來，真正把老祖宗聖賢人的教誨落實、表演出來，他才能夠真正弘道。現在師資人才實在是少之又少，因此如果有年輕人能夠立志走聖賢教育之路，來發揚光大中華文化，這個人真的是大善人。

胡錦濤主席在中共十七大的報告中提到，「中華文化是中華民族生生不息、團結奮進的不竭動力」。中華文化使我們中華民族能幾千年保持大一統，生生不息，具有頑強的生命力，歷久彌新。這個文化不僅是屬於中國人的，也是屬於世界的，要向世界去推廣，幫助構建和諧世界，讓整個地球的人類能夠真正和諧、團結、生生不息。因此這項工作是聖賢的工作。

我們跟著師長學習了這麼多年，也瞭解了弘揚中華文化的意義，就生起了使命感，作為一個中國人，作為一個炎黃子孫，應該承擔起弘揚中華傳統文化的使命，因此我就將我在昆士蘭大學的終身教授工作辭掉了。當時很多人不理解，「這個工作大家都很羨慕，在同齡人裡面你也算是佼佼者了，事業正是要走向如日中天的時候，三十幾歲正可以在事業上有所建樹，為什麼放棄掉了，要重新開始？」那是因為我明白了，**要拯救這個世界，要復興我們的民族**，最關鍵的還是要靠傳統文化儒釋道三家的教育。這個世界要和諧，現在人才最缺乏，真正急需的不是所謂的金融教授，是聖賢教育的師資。所以我立志辭掉原來的工作，換一個工作，學習中華傳統文化，透過自身學習，透過力行，能夠得到真正的體驗，邊學的同時還可以邊向大眾介紹。

「道人善」，道誰的善？古聖先賢的善。孔子、孟子、老莊、釋迦牟尼佛，他們都是聖人，我們把他們的教誨道出來，這是道人善，這是真善。這種善，真正可以幫助和諧社會、和諧世界。因為和諧要從心來構建。有了和諧的心態，心裡真正放下對一切人、一切事、一切物的對立、衝突，心裡就和諧了。

自心和諧了，對外界的人、事、物自然就和諧了，當社會達到和諧之時，世界隨之漸漸也和諧了。和諧從哪裡做起？從心做起。從誰的心做起？從我的心做起。怎樣做？用教育。**教育可以轉化人心，這是善中之善。**

揚人惡　即是惡　疾之甚　禍且作

　　這是講，假如我們講人家的惡，宣揚人家的過失，這種行為就是惡，這是自己最大的過失。這種過失如果嚴重了，「疾」是病。常常造口業的病，講人家的過失，講人家的是非，這些毛病如果越來越厲害，「甚」就是越來越厲害，到最後「禍且作」，災禍就會臨頭。古人講，三寸之舌為禍福之門。一個人如果自己的言語不謹慎，往往會種下禍根，與人結怨。所以常常講人家的過失，去張揚人家不善的這種行為，最開始可能是因為一念私心，要把別人打倒，要把別人貶低，到處跟別人講那個人怎樣怎樣壞，要把那個人說臭，這是私心作祟。久而久之習慣了，動不動就說人家的過失，可能在談笑之間，自己都沒有能夠覺察自己在造惡，就與很多人結了怨，當別人報復的時候，自己還不知道什麼原因。

　　要懂得，對待別人的惡，我們要存有包容的心量。他如果能改，我們就勸導他。他如果不能改，我們就不聞不問，敬而遠之就好了。千萬不可以去張揚他的惡，與他結怨。歷史上與人結怨，導致殺身滅門的災禍很多很多。

　　《菜根譚》說：「攻人之惡毋太嚴，要思其堪受。教人以善毋過高，當使其可從」。「攻」，指謫別人的錯誤，攻人之短。這是講，指摘、批評別人的惡，不可以太嚴格，要看他能不能接受。他能接受，我們才可以批評；不能接受，我們就不可以。而且即使是批評，都要用非常溫和委婉的言語。教導人行善，也不能將善的標準提得過高，要看他能不能做到。不能做到，說出來就是對他的羞辱。「疾之甚，禍且作」，這是講不要與你所批評、攻擊的人結怨，造成災禍。

　　除此之外還有更大的災禍，是我們揚人、揚社會的醜陋面。比如，現在

新聞媒體就很喜歡報導那些負面、醜惡的事情。這是揚人惡，這就很不好。因為如果新聞報導裡，常常都講這些惡人惡事，就讓老百姓看到社會風氣怎麼這麼糟糕，常常有這些惡人、惡事，逐漸逐漸的，大家對於善良的社會風氣，就會喪失信心，大家不願意行善了，好像各個人都在造惡，我行善自己就不好意思，於是也就同流合污去了。那些造了惡的人看到，新聞報導裡面都講了這麼多惡人、惡事，我做了這麼一點惡，算不了什麼，他就肆無忌憚地造惡了，因為他覺得山外有山，惡裡頭還有更惡的，他就不肯改惡行善，改過自新了。結果是造成了社會風氣愈加地敗壞。人們變得沒有羞恥之心，這個災禍多麼嚴重。

2006年1月份，我代表師長去參加聯合國教科文組織在印尼巴厘島召開的國際和平會議。探討的主題就是，如何將媒體改造成促進社會和諧、世界和平的工具。大家都知道，現在的媒體，都過分地渲染那些負面的東西。暴力、衝突、惡人惡事，成為媒體報導的焦點，這個問題很嚴重。在會議中，我們遇到了一位來自伊拉克的參會者。他批評國際上發達國家的媒體，報導美國與伊拉克的衝突，過分地渲染、報導種族、宗教之間的衝突。事實上伊拉克和平的地方很多，人們還是過著比較安定的生活的。但經過這些媒體的渲染，使伊拉克國民和外國人人心惶惶，都認為衝突非常嚴重，致使衝突不斷升級。這個衝突怎麼來的？媒體製造出來的。這就是「揚人惡，即是惡，疾之甚，禍且作」，這樣下去，最後可能導致世界大戰。

我們師長常常提到，「世界上有兩種人，可以拯救世界，也可以毀滅世界。第一種是政府的領導人，第二種就是媒體」。媒體的主持人、記者，他們如果報導正面的內容，把善人善事、倫理道德、聖賢教育廣泛地進行宣揚，這就是「道人善，即是善。人知之，愈思勉」。這樣的宣傳，可以帶動良好的社會風氣，能創建一個和諧的、互助互愛、互相幫助、共存共榮的社會秩序。如果常常報導負面的、暴力的惡人惡事、衝突，那就是「揚人惡，即是惡，疾之甚，禍且作」，最後導致世界大亂。會議中，師長讓我代他發表的一個論文，呼籲媒體成為和平的天使，這是媒體能做到的。關鍵是媒體工作者們能

不能意識到這一點，報導正面的善人善事，把民眾導向道德正義，使媒體成為和平天使。

在西方大學裡都有新聞系。新聞系有一種很可怕的哲學理念，英文叫作「Bad news is good news」，有壞消息就是好消息。因為有壞消息，有暴力衝突的事情，媒體就有新聞點了，對媒體是好消息，那麼問題就嚴重到全社會充斥的都是壞消息，人們真的是生活在水深火熱當中，這就不得了了。《弟子規》這句「道人善，即是善」，「揚人惡，即是惡」，是真正的哲學，我們如果真正會用，可以救世。

善相勸　德皆建

這是講，要懂得互相勸善，互相鼓勵，提升德行。我們在傳統文化教育方面想要學習，想要真正努力落實，能提升自己，大家要互相以善相勸，互相鼓勵，共同提高，這個「德」就建立起來了。最好的方式就是，每天都有傳統文化教育課程。師長現在讓我們每天都在攝影棚裡講課，把這個課程透過網路傳播到全世界，與全世界有緣的同學一起「善相勸，德皆建」，這是非常好的事情。一起來學習的都是對聖賢教育有興趣的好學之人。我們志同道合，在聖賢教育的道路上，一起攜手共進。我相信孔子如果現在在世，他也會很高興的。

講到善，講到德，根本在於聖賢教育的基礎，而這個基礎，儒家是《弟子規》，道家是《太上感應篇》，佛家有《十善業道經》。十善業，就是不殺生、不偷盜、不邪淫、不妄語、不兩舌、不惡口、不綺語、不貪、不瞋、不癡，是與本性相應的善。這三門是基礎課，共同的在基礎上落實，稱之為「德皆建」。

我們每天在攝影棚裡講課，有不少的同學，寄來講課的素材，善人善事的例子和一些遠方朋友的來信，或者是一張卡片給予鼓勵。我們接到之後覺得很安慰，知道在修學聖賢教育的道路上，並不是孤獨的。雖然很多人我們沒有見過面，可能是他在網路的另一端來收看，常常也把他的一些心得、體

會,甚至對我們的指正,用電子郵件或者信函傳真傳過來,這都是「善相勸,德皆建」,我們感到非常的安慰和感動。

善、德,古人曾經講「孝為百善之先」,「孝者,德之本也」。因此孝道是善之先、德之本。勸善、勸德,從哪裡下手?從勸孝開始,這一點孔夫子他老人家2500年前就講過。《孝經》講「夫孝,德之本也,教之所由生也」,道德的根本在孝道,所以教育要從教孝開始。而孝道,孔老夫子說,它是先王的至德要道,能夠令天下和順,上下無怨,民用和睦。用我們現代話來講,就是能夠構建和諧社會,構建和諧世界。當今社會媒體如果能夠常常播放孝的故事,無論是古代的,還是現代的,就是對民眾「善相勸」,對於構建和諧社會將會是非常有力的支持,這便是「德皆建」。

山東電視臺有一個《天下父母》的專欄節目,播放過不少現代的孝子、孝女、父子有親的感人事例。今天,很多地方也在評選十大孝子。2007年4月,我被邀請參加在中國西安舉辦的國際《道德經》論壇,論壇的主題是「和諧社會以道相通」。我發表了一個演講,演講的題目與主題相應,是「和諧之道以孝貫通」,這句話是孔老夫子說的。和諧社會最好是用孝道。兩千年前,孔子見到老子,得到了老子的真傳。《孝經》就講到,「教民親愛,莫善於孝」,讓大眾相親、相愛、和諧,最好的方法就是孝道。我在演講最後提出三條建議,後來,這三條建議刊登在《西安晚報》上。會議總結的時候,主持人也特別把這三條建議再次重申,並且得到了大家的一致認同。

第一條建議:希望中國從中央到地方,各級政府每年都能夠舉辦評選十大孝子的活動。媒體進行廣泛地傳播,「教民親愛,莫善於孝」,一定能夠使社會和諧。大家看到現前,身邊發生這樣的孝子案例,都能夠把善心生起來,懂得孝順父母,自然懂得忠於國家,懂得服務人民。

第二條建議:希望國家能夠提倡祭祖的活動,把清明節、冬至節(就是祭祀祖先的日子)作為法定假日,而且能夠由國家領導人、各地政府領導人共同來祭祀祖先。1937年,毛澤東主席就曾經率領中共中央所有的官員祭祀黃帝。古人講「慎終追遠,民德歸厚」,祭祀祖先,能夠提高民族的凝聚

力，能夠使社會風氣淳厚，這是孝道。

第三條建議：希望能夠建立文化教育中心這樣的教育機構。民辦也好，政府辦的也好，全國建立這樣辦班教學的點，啟發大家的善心。這就是將「善相勸，德皆建」發揚光大。

這三條建議，都是我們師長的理念，如今在社會上得到了一些回應。不少地方也願意去做，比如評選十大孝子的活動，辦教育中心，推廣傳統文化的教學，我們看到這些都非常欣慰。

過不規　道兩虧

這是講，與朋友相處的時候，應該互相提升。見到對方有過失，就應該真誠地規勸。特別是在聖賢教育道路上攜手共進的這些善友們，如果看到對方有過失，而不能夠去規勸，眼見他德行墮落，不能幫助他提升，這樣既使朋友不能夠改過自新，自己在德行上也有了虧欠。這就是「道兩虧」，對人、對己都不好。真正的朋友就應該真誠，相互幫助使德學有所長進，這樣的朋友才是真正的朋友。

《孝經》云：「士有諍友，則身不離於令名」。諍友，就是能夠對我直言相勸，讓我能夠少犯過失的人。這句話講讀書人如果有一個諍友，能夠令我的名節不會受汙損，那是一個莫大的福分，我們應該對他非常感恩。朋友的相勸，如果是正確的，我們應該立即改正自己的過失；如果朋友的規勸不妥當，我們也應該心存感恩，感恩他能有這樣的熱忱來幫助我提升。我們身邊到底有沒有這樣的諍友？如果有，我們一定進步得很快，這是很值得慶幸的一件事情。

如果我們身邊沒有人對我們直言規勸，那是不是就怨老天爺，怎麼不安排一個諍友給我，為什麼這些人都不能對我直言相勸？在那裡怨天尤人。古人講「行有不得，反求諸己」，沒有諍友，怨誰？應該怨自己，檢點一下自己是不是一個能聽得進規勸的人。別人勸導我們，我們聽到別人說我們的缺

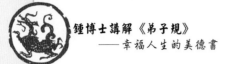
點、過失，馬上就面紅耳赤，與他辯駁，不能接受。這樣的態度，人家最多給你提第一次，絕對不可能提第二次了，因為知道給你提意見你不能接受，不能接受，還再提就與你結怨了。所以有智慧的人，懂得察言觀色，看見你不能接受意見，他以後再也不會開口，對你都是客客氣氣，大家沒必要結怨嘛。我們這樣的做法就把諍友趕跑了。

首先，我們要心存納諫的謙卑態度，對待任何人給我們提的意見，我們都應該歡喜接受。孔子的弟子子路，聞過則喜，聽到別人講他的過失，子路都很歡喜，絕對不會批駁對方，跟對方辯駁，甚至會怨恨對方，這樣的人沒福。什麼人有福？能夠受諫的人。因為自己看自己的過失很難，但是別人看我們的過失很清楚。如果聽到別人的規勸，能馬上改過來，這種人就有福。因此，對待朋友的第一個態度，是應該有謙卑的聽得進諫言的心態。第二個態度，是有過則改。朋友給我們的規勸，我們聽到了應該馬上改過。

孔子的學生顏回，是孔子最讚賞的弟子，因為顏回能做到「不二過」，同樣的過失，他不犯第二次。我們如果能真正「不二過」，過失只犯一次，善友看到我們能夠改過，他會歡喜繼續規勸。如果看到我們聽到規勸，雖然也很客氣，表現出也很謙卑恭敬的態度，但是就不肯改，提第二次你還不改，第三次他可能就不提了，知道提了也沒用了，何必為難你。所以真正有修養的人，都進退有度。人如果一天能夠聽得進一個勸告，改正一個過失。一年三百六十五天，三年一千日就能改一千個過失，恭喜你，你將是一個真正的聖賢了。

我們對別人、對朋友規勸過失，也要注意藝術和分寸。不要看到這一條「過不規，道兩虧」，見到朋友有過失，馬上就批評他，甚至當眾就把他的過失給說出來，這種方式會使他很難堪，這是心不夠仁慈。仁慈的人給人留面子，看到朋友有過失，希望他能改過，而不是借助這樣的機會去刁難他，或者是借著這個機會，來顯示自己眼光很厲害，我一下子把他的過失給看到了、抓住了，這種存心就不良了。

與朋友交往的關鍵，是我們有沒有真誠仁愛的心態。有這樣的存心，對

朋友規勸的時候，就一定會注重方式，尊重對方。一定是在兩個人的時候，沒有別人知道的時候對他講。當有其他人在場時絕對不講，這是尊重對方，這樣，朋友會感恩你，樂意接受你的規勸，他就能改。所以，我們規勸的目的，是為了朋友改過，為朋友好。如果不注意方式，達不到規勸的效果，他不肯改，甚至還會起抵制、逆反的心理，甚至懷恨在心，這樣就是適得其反了。因此，與人交往的分寸、態度非常重要，不可不慎重。

凡取與 貴分曉 與宜多 取宜少

這是講，凡是與人交往，都會有互相饋贈禮品的時候，在互相往來的時候，最好清楚對方給我的禮物是多少，我應該回報他多少。所以當別人送給我們禮物時，不能很不經意，沒把人家的禮物當作一回事。甚至別人送給我們什麼東西都忘掉，這就不好。哪怕他送給我再小的東西，我都非常鄭重地接受，這是對對方的尊重。禮物大小並不重要，關鍵是情意，禮輕情意重。因此當我有機會回饋他的時候，不但不能少，一定還要多一點。「與宜多，取宜少」，給別人的多，向別人索取的要少，這是中國人的厚道。古人接受對方的禮，必定是把對方的禮物記錄下來，等到有機會回禮的時候，在他禮物的基礎上，再多加一點送還給他。禮尚往來，是厚道的存心。別人給我們的恩德，我們絕對不能忘記。要報恩，一定要加倍。

古人云：「滴水之恩，當湧泉相報」。這是講，要知恩報恩。人懂得恩義，常常把別人的恩記在心裡，念念都要報恩，這是有福之人。天道好還。天的道理也是自然之道，要酬償，要報恩。懂得報恩，就與天道相應，就是隨順自然。

「與宜多，取宜少」另一層意思，是我們為人處事要懂得，給予別人的多，向別人索取的少，而且最好是不向人索取，不要求人。古人講「登天難，求人更難」。人情有時候很薄，向人家索取，人家未必會理，你自己就生煩惱了，甚至會喪失了生活的信心。苦惱怎麼來的？向外攀求就會有苦惱，一個

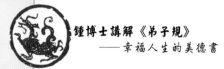

人真正能做到與人無爭、與世無求,就得大自在了。

古人講得好,「人到無求品自高」。觀察一個人的品格修養,就看他有沒有「求」的心。真正君子,淡泊名利,於功名富貴一無所求,所求的是道。「君子憂道不憂貧,謀道不謀食。」所憂的是自己的道德學問不能增長,不能為社會奉獻,不能夠幫助社會推廣聖賢教育,來達到安定和諧。憂國、憂民、憂道,是君子所憂的。取的少,欲望很少,沒有攀緣的心,品格高尚,因此他就剛強。古人云:「無欲則剛」。毅力、志氣很剛強,無論遇到什麼樣的曲折、困難、誘惑都難不倒他,都不能夠阻礙他的志向。

「與宜多」是我們向社會、向大眾佈施的要多。看到別人有需要了,一定是毫不猶豫地伸出援手,哪怕是傾家蕩產也會幫助別人,所懷的是一片仁愛之心。正如范仲淹先生身居宰相高位,常常將所得的俸祿都拿去佈施,興辦義學、周濟貧寒的讀書人。自己兒女上街,連一套像樣的衣服都沒有。范公去世的時候,家人連一口好的棺材都買不起,這是聖賢的風範。聖賢常心懷愛人、敬人的心,心裡沒有自己,完全都是為大眾著想,大公無私,所做都是「與宜多,取宜少」。

凡人念念都想著自己,聚斂財物不肯佈施。財物是自己的嗎?**從古到今多少大富大貴的人,哪一個人臨命終時能把他的財物帶走?真的是「萬般將不去,唯有業隨身」,兩手一攤還是赤條條地走。**能帶走的是他放不下的苦惱。而且越有財富的人就越放不下,反而不如一個貧賤的人。貧賤的人走的時候能做到安然、自在,因為他沒東西,所以能放得下,他的走反而是一種解脫。富貴的人,被榮華富貴所牽連,走的時候,反而最苦惱。

古人講,人是不是真有福,還要看他最後臨命終時。民間講五福,五福是「富貴、康寧、長壽、好德、善終」。善終是一福。什麼人真正得善終?放得下的人得善終。走的時候放得下,必定是平時把財物就看得開,一定是好善樂施的人。因為他懂得種福,佈施是種福。福,如同銀行裡的存款,越積越多。享福,就把錢給用了,只享福不種福,如同銀行裡的存款越用越少,用到最後福沒了,何來善終?

有智慧的人，勇於佈施。在物欲橫流的今天，有一些大富之人，也懂這個道理。例如，世界首富比爾•蓋茲，他是微軟的創建人、總裁，也是樂於佈施的人。他曾說，在有生之年，將百分之九十五的財產，全部捐獻給社會。他主要捐獻的項目是少兒的醫療以及教育。他已經捐助了三百億美元以上的財物，大約是他財富的百分之四十，離他的目標還有一段路程，但是他有這樣的計畫已經很難得。他說，絕對不給自己的兒女留下很多財富，要把百分之九十五的財產都佈施出去，換句話說，只留給兒女百分之五。這種人是智慧的人。

司馬光說，「積金以遺子孫，子孫未必能守」。給兒女留下財產，他如果沒有福分享用，財產很快就會消失殆盡：或者天災人禍給消耗掉，或者兒女沒有德行是敗家子，財產再多都給你敗完。又說「積書以遺子孫，子孫未必能讀，不如積陰德於冥冥之中，以為子孫長久之計」。積陰德給子孫，這才是真正替子孫著想。如何積陰德？就是「與宜多」，多奉獻他人，多回饋社會。當今社會，人們最需要的就是心靈的回歸，幫助人最好的做法，就是弘揚聖賢教育。因為現在社會動亂已經是全球的問題，每一個國家，都面臨著倫理道德衰微的景象。原因就是，沒有聖賢教育。聖賢教育，是仁慈博愛的教育。大家接受了這種教育之後，才懂得自愛，才懂得愛人。社會才能夠安定、和諧。如果能夠在這方面幫助社會，功德最大。

一個人的財富佈施出去了，是不是就沒有了？不是的。諺語講得好「命裡有時終須有，命裡無時莫強求」。你命裡真正有財富，你把它佈施出去，它還會再來。就像把錢存到銀行裡，到時候還有利息，來得更多。中國人想要發財，民間都拜財神。但是要明瞭財神是誰，他為什麼會發財，瞭解這個，拜才不是迷信。財神就是春秋戰國時代的范蠡。

越王勾踐，他的越國被吳國滅了。勾踐臥薪嘗膽三年，勵精圖治，艱苦奮鬥，滅了吳國，雪恨了，越國得到復興。勾踐的兩位大臣，一位是文種，一位是范蠡，倆人是好朋友，一同輔助勾踐滅了吳國。范蠡知道勾踐這個人，可以共患難，不能共富貴，於是就勸文種一起逃離越國。范蠡告訴文種「狡兔

死，獵狗烹，飛鳥盡，良弓藏，敵國破，謀臣亡」。我們已經輔佐勾踐，幫他成就了這個事業，現在趕緊走，不走可能引來殺身之禍。結果，文種沒有聽范蠡的勸告，范蠡只好一個人離開了越國。

文種果然被勾踐賜死。范蠡逃到了齊國，隱姓埋名經營一個小生意維持生計。因為他有智慧，所以很快就賺到很多錢。當時有的國家仰慕他的賢能，請他去做宰相。范蠡淡泊名利，他知道家裡富貴，而且身居高位不是好事情。古人都懂求缺，富貴到了極點，往往有不祥出現，就像月亮到了滿月之後，就開始虧損，都是同樣的道理。因此，范蠡又辭別了齊國，把財產全部佈施給貧窮人，自己又到了另外一個叫陶的地方，來到陶之後，他又改姓朱了。然後又白手起家，開始經營生意，很快又變成大富，然後又佈施出去。他一生三聚三散，他善發財，更懂得散財。知道財散得越多，來得越多。後人稱他陶朱公，尊為財神。

神，意思是有智慧、有能力的人。我們說某某人都神了，意思就是說他非常有智慧、有能力。范蠡能賺會花，一點不執著，執著就被財所轉，就不是人賺錢，是錢轉人了。稱范蠡為財神很有道理，教導我們如何發財，「與宜多」，多奉獻就發財，天道好還。

《大學》說，「財聚則民散，財散則民聚」。聚斂財富不肯佈施的人，他一定不得民心，會招人深惡痛絕。因為這種人為富不仁，只知道自己聚斂財富，對他人有難視而不見，終究會引起民怨。如果有一天，他家裡著了大火了，百姓不但不會幫他救火，說不定還會在旁邊看熱鬧說，「燒得好，就該燒他家」。因此，真正有智慧的人，用財富來幫助民眾，一定會受到民眾的愛戴。

戰國時代有一位孟嘗君，家中養了三千食客。這個人很重視人才，其中有一位食客，來了以後，什麼事都沒做，但孟嘗君依然很厚待他。這位食客姓馮名諼。馮諼有見識、有智慧，只是沒有機會顯露自己的才華。孟嘗君因為家裡養了很多食客，開支也很大。他把家中的田地都租給了百姓，靠收田租來維持家業。有一年，孟嘗君找人去收租，有人推薦馮諼，於是馮諼就領命去

收租。臨走之前，就問孟嘗君：「我現在代您去收租，您想要我從鄉裡買些什麼東西回來？」孟嘗君當時沒想到要買什麼，就說：「你看我們家缺什麼，就買什麼吧。」馮諼來到孟嘗君的家鄉之後，大擺宴席，把所有的佃戶全部招來，然後一一檢查佃戶們的租金和他們償還的能力。佃戶們來吃飯也很高興，飯桌上馮諼就說：「凡是窮戶，沒有能力繳租的人，全部免租，有能力償還的就償還。」說完之後就把這些佃戶分成貧富兩類，把窮戶們的租契、契約全部當眾燒掉了，此舉令當地老百姓歡呼、感恩。

　　馮諼回到孟嘗君那裡，孟嘗君問：「你這次去給我買了什麼？」馮諼就告訴他：「我把所有窮佃戶的契約都燒掉了。」孟嘗君一聽，非常生氣：「什麼？你怎麼可以把我的這些契約燒掉，我家裡養了這麼多食客，支出從何而來？」馮諼就告訴他：「這些窮佃戶，他交不起田租，你要逼他還，可能逼得他背井離鄉，你也會因此落得一個為富不仁的惡名。我現在把這些田租的契約燒掉，就是給你買回一個『義』字，買回了民心。」孟嘗君一聽，覺得有道理，儘管心裡還不能完全服氣，想想也就只能算了。後來孟嘗君因為國家政治的變故，離開了國都，回到了家鄉。結果，發現家鄉的老百姓，拖男帶女走到很遠的城外，來迎接孟嘗君。此時的孟嘗君點頭說：「我這個時候才知道民心的寶貴。」所以「財聚則民散，財散則民聚」。

　　《大學》說，「與其有聚斂之臣，寧有盜臣，此謂國不以利為利，以義為利也」。臣，是部屬、員工、國家的政府官員。這是說，與其有懂得聚斂錢財，懂得振興經濟，增加稅收，充實國庫的人，不如有盜臣。這話說得很厲害，盜臣是偷盜國家財產的人。因為國家應該有的是賢臣，以愛民為己任，心裡有老百姓，把老百姓當作自己的家人、兒女這樣去愛護，這種人稱為賢臣，他們首先想的是如何幫助百姓，因為國以民為本。然而，光是為了充實國庫，充實自己單位的財庫，卻不管老百姓的生活狀況，這種人是聚斂之臣，稱之為小人。他這麼做，很可能是為了得到上級的歡心，用業績來表現他的能幹，而沒有把百姓看成是自己的親人，這種人真的不如盜臣。因為他有盜心，他用自己的職權，來表現所謂的能幹，來讓自己的仕途順利，將來能夠升官發

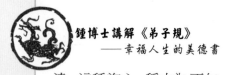
達。這種盜心，稱之為不仁。

　　一個有智慧的國家領導人，要識別這兩種人，用賢臣，是真心真意為人民服務的，而不用聚斂錢財之盜臣。兩種人不同的是，一個為公，一個為私。身為國家領導人，不要以聚斂財物，充實國庫為目標，應該以民生為目標。真正為百姓服務，讓百姓過上好日子，這是仁君。有仁慈的領導人，必定就會用賢臣。不仁之君，必定是用小人，用聚斂之臣。

　　國家如是，企業也如是。企業的領導人要處處關懷自己的員工，部門經理要用什麼人呢？真正愛護員工的賢臣。不能只圖企業增加經濟效益，令員工有很多怨言，這樣的企業不能長久。因此，治國也好，管理企業也好，不外乎就兩樁事情，一個是用人，一個是理財。人用好了，財也就理好了，這個團體，這個國家必定能治理好。

　　《大學》云：「是故君子先慎乎德」。君子先要修德，為什麼要修德？「有德此有人，有人此有土，有土此有財，有財此有用，德者本也，財者末也。」這是告訴我們，要治理好一個國家，或者治理好一個企業，乃至一個家庭，都是先以德為本，有德行自然有人，人家就服你，就願意跟你一起做一番事業，你就有忠臣、有良將。「有人此有土」，「土」是指你的資產，因為資產是人創造的。有資產就有財，就是現在所說的有資金。有現金流量了，你才能夠有所用，來達到你的目標。企業應以什麼為目標？應以服務社會為目標，不應該以賺錢為目標。以服務社會為目標，這就是有德，有德就有財。就像一棵大樹，地下樹根很牢固，樹就高，枝葉就茂盛，那個根就是德，財富就是枝葉，必定先有德才有財，「德者本也，財者末也」。

　　君子慎乎德，「德」之根本在於孝道，「孝，德之本也」。世間很多富貴之人都是孝子。如華人首富李嘉誠，讀他的傳記，知道他也出身貧寒。他是潮州人，抗戰期間全家從潮州流亡到了香港。他的父親過世時，李嘉誠弟弟、妹妹還小，14歲的李嘉誠就出去謀生，擔負起養家糊口的責任。儘管生活很艱難，但是他有孝心，一心一意為了母親，為了弟弟、妹妹，他工作非常努力，因此激發出智慧，人的才華能力都是激發出來的。慢慢的企業越來越

大，發達起來了，李嘉誠成為了華人的首富。他之所以有這樣的成就，根本還是因為有孝德，「德者，本也」。要知道枝葉必定有根，沒有根的枝葉，不能長久。

前段時間，中國有一位富商，因為操縱證券市場而鋃鐺入獄。所以，如果沒有德行，只注重錢財而不注重道義，無視法規，這樣的富貴不能長久。**有不少大富大貴的人，都沒有到老就離世了，這是因為他的德不夠厚。**

「凡取與，貴分曉」，這裡面還有一層意思，就是告訴我們經營要有正道。凡是不義之財就不能取，得到財富，要看來路正不正，得到的方式合不合法。不合乎道義的財富，我們絕對不能要，這是護我們的德。

一個真正有道德之人，自然有一種長久的眼光。他不會謀不義之財，不會投機只謀眼前的蠅頭小利，所以他能夠經營長久。做短期投機行為的人，最後只會落得個身敗名裂的下場。亦如美國第七大能源公司安然公司，多少年的基業毀於一旦，而且就毀在公司的CEO那幾個人的手裡。那些總裁為了謀取自己的利益，做出一系列的詐騙行為。而他們的下場，有的自殺，有的被判二百多年的終身監禁。其中一個主犯面臨著275年的監禁。這一輩子坐不完的牢，下一輩子、再下輩子還要繼續坐。

因此《大學》告誡我們，「是故君子先慎乎德」。治國、治企業、治家，在用人和理財兩個方面要有好德。

將加人　先問己　己不欲　即速己

這是待人之道。這是世界上所有的宗教，所有的傳統文化，都認同的一個原則，因此稱為黃金法則。你要加在別人頭上，先問問自己願不願意接受，不願意別人加給我，我也不能夠把它加給別人。所以黃金法則的英文是，Golden rule：Treat others as you would like to be treated.也就是「己所不欲，勿施於人」。這是世界所有宗教乃至聯合國都承認的。

中國幾千年前，孔子提倡「仁」，仁道、仁愛。「仁」，人字邊一個二，是

代表兩個人，兩個人為一體，一個是自己，一個是代表所有的人，自他一體，是「仁」。如果自己與別人還有分別，甚至還會起利益上的衝突，起摩擦、對立，就沒有仁了。仁沒有了，一體就被破壞了。仁，代表了宇宙的真相，宇宙本來是一體的，這是「道」。道本來是沒有形象的。用這個「仁」字作為代表。因此真正懂得仁，懂得自他一體、自他不二，這樣的人必然能做到「己所不欲，勿施於人」。

孔子在《論語》裡至少三次講到「仁」。第一次，「仲弓問仁」。仲弓是孔子的學生，問仁的意思。「子曰，出門如見大賓，使民如承大祭，己所不欲，勿施於人。在邦無怨，在家無怨。」仲弓曰，「雍雖不敏，請事斯語矣」。孔子說，出門「如見大賓」，這是指出外。無論是做事還是會客，亦或出差，都要有至誠恭敬的態度，如同會見重要的客人一樣。使用民眾，例如老闆在企業裡雇用的員工，要「如承大祭」。也就是說，對待員工如同在做一個大祭祀的典禮那樣的鄭重，這是對人的恭敬。對人、事的恭敬心是一樣的，是平等的。做事恭敬，對員工也是同樣的恭敬，這樣，員工對老闆必定忠誠。人人都希望被人恭敬，希望自己被人恭敬，就要用同樣的恭敬心對待別人。不希望別人不恭敬我，我也不可以不恭敬別人，「己所不欲，勿施於人」，這樣方能做到「在邦無怨，在家無怨」。「在邦」是指在政府、在機關團體、在企業，無論是在外面為社會服務，還是在家裡工作，為家人服務，都沒有怨恨。因為你恭敬人，絕對不會輕賤別人。

仲弓聽到這句話馬上說，「雍雖不敏」，「雍」是他自稱，仲弓名「冉雍」。他說，雖然自己並不聰明，但是願意努力落實夫子的教誨。這是真正求學的態度，儒家的學問不是用來談，不是掛在嘴皮上，而是真正落實要去做的。仲弓的態度是真正在學儒，而不只是在死讀書。死讀書的人寫論文可以，講課滔滔不絕，但是聖賢人的教誨，沒有變成自己的生活行為，那樣的學問得不到聖賢之樂。因此一定要學習仲弓「請事斯語矣」。

有一個大公司的老闆，帶領員工一同學習《弟子規》，他對員工很仁慈，把員工當作兒女一樣看待，不僅提供他們好的待遇，而且教導他們如何做

人。這樣，員工的父母都很感動，為兒女能在這個公司上班感到高興，知道這是個好老闆。公司有一位員工的老父親生了病，是癌症。因為當時他們沒上醫療保險，因此醫藥費都要自己出，致使家庭負擔很重。這位員工很忠誠於老闆，家裡有事情不忍說出來，怕說出來之後，老闆一定會慷慨解囊，他不忍心讓老闆承擔這個負擔。結果這位員工的父親瞞著自己的兒子，給老闆寫了信，傾訴了家裡的困難。老闆知道以後馬上撥出錢，派人送到他們家，幫他們解決了醫藥費，這是真正好的老闆，「使民如承大祭」，對員工都非常愛護、珍惜。不願意自己家裡人有困難，他也不忍心看到員工家裡有困難，「己所不欲，勿施於人」，因此他在企業無怨，不僅是無怨，大家上下一心。他的這個企業做得很好，因為老闆有德。《大學》云：「有德此有人」，你有德行，大家就會死心塌地為你工作，忠心耿耿，即使是公司出現了低潮、困難，員工也不會背棄老闆，這是管理方面的高境界，所用就是一個「仁」字。

古人云：「君仁則臣忠」。君就是老闆，老闆仁慈，對下屬仁愛，下屬對老闆、對上級自然就忠誠。有什麼因，就得什麼果。英文講得好，What goes around comes around。「種如是因，就得如是果。」種善因，就得善果。種不善之因，必定得惡果。《尚書》云：「作善降之百祥，作不善降之百殃」。一個人行善好施，就很吉祥，很有福氣，這是自然的召感。行不善，自然有災殃，這是天道。

《論語》中第二次提到「仁」，「子貢問曰：有一言而可以終身行之者乎？」子貢是孔子的學生，他問：「老師，有沒有一個字，可以讓我們能夠終身奉行？」把這個字做好，成聖成賢都有份。孔子說，「其恕乎，己所不欲，勿施於人」。孔子說「恕」，寬恕、饒恕的恕。上面一個如，下面一個心，如其心。意思是別人心裡想什麼，你與他想的一樣，這是如其心。「恕」的意思與「仁」的意思是一樣的，整個人類都如一心。「仁」是自他同體；「恕」是自他同心。同一個心性，沒有二心，同一心源。這個心我們稱它靈知心，也稱為良心，也就是《三字經》裡講的本性。

世界、宇宙如何來的？都是同一個心性所變現的，佛法講「萬法唯心

所現」。萬法就是宇宙一切的現象,都是同一個心源變現出來的,所以一切眾生就是同一個心。如果我們能夠如其心,以眾生之心為心,這就是聖賢。范仲淹所說的「先天下之憂而憂,後天下之樂而樂」,雖然他講的沒有佛法深,已經有點兒意思。佛教講,佛菩薩能夠應眾生心現所知量。眾生喜歡什麼,他就變現什麼來幫助眾生,佛教稱之為慈悲,這是如其心,是「恕」,是「仁」。這是夫子教給子貢的心要,這種境界是聖賢的境界。

孔子說「堯舜猶病諸」。堯舜是聖賢,他們都在為自己沒有達到圓滿的仁道而憂患。所以這是聖賢追求的最高境界。這就是自他一體,就是證入眾生同一的心源。佛法叫作明心見性,見性就成佛了。佛是最高的,成佛是什麼?就是見性了,就是明心了,徹悟本源了。這是《論語》第二次講「仁」。

第三次還是子貢問,「子貢曰,我不欲人之加諸我,吾亦欲無加諸人」。子貢很好學,夫子講恕道「己所不欲,勿施於人」,子貢就真正去奉行。這句話是他的學習心得報告,他說,「我不希望別人加諸我,我也不能夠把我不願意的加給別人」。孔子聽了子貢的話說,「賜也,非爾所及也」。孔子說得非常不客氣。「賜」是子貢的名——端木賜。孔子說,「端木賜,這種境界你還沒達到,這不是你能夠達得到的」。這種境界就是仁的境界、恕的境界,也就是聖賢自他一體,宇宙萬物與我一體的境界——我們學習的最高目標,能夠真正進入了一體的境界,那就是聖賢。

恩欲報　怨欲忘　抱怨短　報恩長

這是講,別人的恩我們要常常記在心裡,要常常想著報恩。別人如果對不起我,怨恨不可以記在心裡,要把它忘掉。抱怨的時間短,報恩的時間長。短和長推到極處,就是不能夠抱怨,應該報恩。滴水之恩,都要以湧泉相報。心裡面只有恩義,沒有怨恨,這種心境是大自在,海闊天空的境界。一個不知道恩義的人,說嚴苛一些,真的是還不如禽獸。而報恩,要知道誰對我們的恩最大?是我們的父母。父母的恩都不報,還能報誰的恩?

新聞報導裡講到警察學校的一位同學，他的母親患了尿毒症，而且要換腎。因為家裡很窮困，這位22歲的警校學員，要把自己的腎捐出一個給他母親，但是手術的費用也很大，家裡依然付不起。於是，這位同學就在報紙上登了一個賣身的廣告。如果有人能夠為他的母親負擔醫藥費，他願意為他打10年工，為他服務10年。大家看了這則廣告之後，都非常感動，紛紛伸出援手幫助這位警校的學員。貧困家庭的人懂得父母恩德，懂得知恩報恩，富貴家庭的人更應該懂得對父母的恩德。

在四川省成都市，曾經報導了一則消息。一個19歲的孩子，因為家庭很富有，出門有私家車，還有人為他開車，所以，從來沒有擠過公共汽車，也從來沒有在街上買過一個飯盒，都是家裡人做好飯菜，而且幾乎每天都是宴會。有一天，不經意間，他看到自己的父親頭髮已經花白了，他感到心裡一陣酸楚。突然想到父母把我養大很不容易，付出了多少的艱辛，現在父母頭髮都白了，突然良心發現。於是他就不再坐私家車，開始去擠公車。中午在街上就買五塊錢的便當吃，買最便宜的飲料喝，他不願意去浪費父母的錢。而且他為了體驗生活的艱辛，決定做一天的乞丐。身為富家子弟他去乞討，體驗一下生活的艱辛。人，只有經受過苦，才懂得報恩。從此，這個富家子改掉了花錢大手大腳的壞毛病，改掉了驕奢淫逸的作風。並且他呼籲青少年要珍惜父母的血汗錢，不要亂花錢，要常常想到父母的恩義、恩德，不要沉迷於網路、吸菸等不良的生活習慣。這位同學的翻然悔悟，是值得我們讚嘆和效法的。

「怨欲忘」，別人做對不起我的事要把它忘記，不要耿耿於懷。耿耿於懷其實是對不起自己，是糟蹋自己，何苦來？不能寬容別人，對別人不好，對自己更不好。

網路上有一則故事，講到一對夫妻。這對夫妻，先生出生在一個窮苦農民家裡，女方是當地政府要員的千金小姐，兩個人在大學裡相愛，後來結成夫妻，這真有點像現代版的七仙女下凡。女方下嫁到男方工作的地區，一起生活也很恩愛。先生很能奮鬥，很快就平步青雲，當上了年輕的縣長。有了名利，人就容易變節。本來夫妻恩愛，妻子也非常體貼丈夫，是一個賢妻良母，

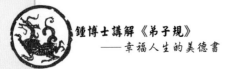
先生原來也很忠誠。但是做官後，就有一位更年輕美貌的小姐追求他，最後這兩個人就越走越近。有一天，當妻子回到家裡，就發現這兩個人在做不宜的行為，那個小姐滿臉羞愧，但是這個妻子修養很好，並沒有去責怪她，反而很平淡地放她走了。

　　但是，從此之後，這個妻子就對丈夫不再說一句話了。先生非常地慚愧，痛心地懺悔，知道自己對不起妻子，真的是忘恩負義。每天向她跪下來懺悔，但是妻子不原諒他。有客人來了，就裝出一副很和諧的樣子，夫敬婦和。兩個人在家的時候，妻子從不理會丈夫。如此過了12年。結果有一天，這位妻子對她丈夫講，這是十幾年第一次開口，主動向她丈夫說話。她說：「我得了乳腺癌，已經是晚期了。」這位先生聽了之後非常震撼，抱住妻子失聲痛哭，「為什麼你不早說出來，為什麼你糟蹋自己，我們可以早點兒治療啊……」後來這位妻子就去世了，臨死之前她對丈夫說：「我這12年對你一直沒有原諒，現在想起來也不對，不應該這樣。我走了以後，你可以再娶一個。」她丈夫聽了之後，更加悲痛，更加內疚。妻子死了以後，丈夫又得了胃癌，沒過多久也過世了。過世之前，他對自己的女兒說了一句話，令女兒莫名其妙，他對女兒說：「我最大的欣慰就是，你母親最後原諒了我。」後來醫生告訴他們的女兒，說她父母兩個人患癌症，都是因為長期以來內心抑鬱、憂鬱所致。

　　一對本來很恩愛的夫妻，男方因為被欲所迷，做出了忘恩負義的事情，固然是可惡。但是他後來悔改了，知錯能改，不錯了。可惜這位女士沒有原諒他，不能以寬恕的心對待丈夫，導致最後兩個人都因長期憂鬱患上了癌症。「怨要忘」，要能寬恕別人。如果沒有寬恕的愛，也要能夠互相原諒對方的過失。夫妻的愛，當然首先要懂得互相報恩，要有恩義，否則在一起就是互相折磨。「恕」是聖人的境界。

　　老子在《道德經》中說，「和大怨，必有餘怨。安可以為善？是以聖人執左契，而不責於人」。這是講，要和解大的怨恨，應從什麼地方化解？要從心上化解。如果不能從心上化解，表面上雖然好像互相也客客氣氣還在一起，

大的怨看起來沒有了，還有餘怨。餘怨在心，這就不能叫作善了。善是什麼？幸福圓滿稱之為善。因此聖人是「執左契，而不責於人」，聖人是只管自己這一半，就是負責自己這一邊的事情。樣樣都管好自己，不要責怪別人，盡自己的義務不要求別人，這是聖人的境界，這是恕道。

要知道，怨恨從何而來？從情執而來。師長曾經講過「怨生於情執，情執生於迷失自性」。為什麼有怨，因為有情執，當情執得不到滿足就有怨。情執生於什麼？生於迷失自性。就是說，我們迷失了心源，迷失了本性。而自性本無迷妄。自性本覺、本善，何來迷妄？既然自性裡沒有迷妄、沒有情執，也就沒有怨。怨從哪來？怨來自虛妄，是自己放不下妄念，放下了就沒有了，就得大自在。不肯放下，雖然是虛妄，但是它能起作用，起作用就麻煩了。所以，家庭、國家、種族、宗教、世界各地的衝突，為什麼天天不斷？因為有怨。

我經常有幸跟隨師長參加聯合國的和平會議，聽到師長把衝突的根源指點出來，真的是高明。師長說，衝突的根源在哪裡？在我們內心。要解決世界的衝突，必須要放下內心對一切人、事、物的對立。內心放下了這些對立、衝突、矛盾，外在的衝突就沒有了。

古人云：「仁者無敵」。真正仁慈的人，心目中沒有敵人。因為仁愛之人，只有愛人的心，沒有敵對的心，沒有怨恨，因此他無敵，真正能得到心地的解脫自在。

待婢僕　身貴端　雖貴端　慈而寬

這是講對下屬之道。奴僕、婢女統稱僕人。現在可以解釋為下屬、下級，或者是晚輩，或者是我們的學生。總之，身分、地位都比我們低的這一類人。對待這些人我們要「身貴端」。我們的言行舉止要端正。我們每一個人在社會中，都應該扮演三種角色，一是君、二是親、三是師，這就是古人所謂的「君、親、師」。「君」是主管、上級，他的責任是領導下級、下屬，帶領他們；

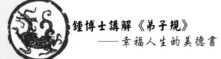

「親」是父母家長，把下級、下屬當作兒女一樣看待；「師」是老師，就是為下級、下屬做一個好榜樣，教導他們做好人。我們要教導他們，我們必須自己要行得正。這就是「身貴端」。

一個企業的領導者，他要領導好這個企業，首先自己要有良好的品行。所謂「己身正不令而從」，領導者做得正，下屬看到了，必定要向領導者學習。如果我們自己沒做到，心口不一或者是言行不一，這樣就很難服眾。不僅對下屬如此，我們每一個人都承擔著君、親、師的責任。比如一個企業的員工，他就可以做君、親、師。這個職務裡，他用道德帶領大家，這是做君。他對自己的同事關懷、照顧、很有愛心，這就是做親。常常用聖賢之道，把做人的道理為人演說，「演」就是表演，做好榜樣，「說」就是把它介紹給大家，這就是做師。因此無論你是在哪一個行業、哪一個職位，都可以也都應該做君、親、師。

身為上級、師長，待下屬「雖貴端」，還要「慈而寬」。慈是仁慈，寬是寬厚。對待下屬晚輩，不可以太過苛刻，應該以德服人、以禮服人。

有一個公司的董事長和總經理，曾經聽過「幸福人生講座」。聽完之後很感動，馬上讓下屬、員工都來聽課，並且決定要在企業中落實君仁、臣忠。所謂「君使臣以禮，臣事君以忠」，就是上級對下屬要禮敬，要愛護他們，這樣下屬必定會對上級忠誠。董事長和總經理決定，每天早上，在這公司門口，向每一位員工鞠躬，迎接他們到公司工作。上行下效的結果是，員工也就變得彬彬有禮，互相之間也能鞠躬。當我們身子彎下去的時候，那禮敬人的心，就油然而生了。這是形體動作幫助我們生起了這顆謙恭的心。

上級對員工關懷了，員工們也就越來越體貼上級。往常，公司飯堂裡吃飯總會有大家擁擠的情況，不太講禮貌和謙讓。而且還很浪費，幾乎每一位員工吃飯都會剩一些飯菜，致使餿水桶裡裝滿了剩飯剩菜。不知道應該愛惜企業的財富，不知道應該愛惜糧食。大家學習《弟子規》以後，員工在打飯的時候自覺排隊，整齊規矩，而且互相禮讓，絕不搶隊。吃飯之前也都念感恩詞，感恩父母養育之恩，感恩上級的恩德。飯後碗裡乾乾淨淨，浪費的

現象完全沒有了。漸漸地餿水桶的剩飯菜越來越少，最後連餿水桶都撤掉了。

從這個例子我們看到，公司主管必須自己身體力行，傳統文化是要我們去做的，我們做到了，才能夠感化別人，感化自己的下屬。現在這個公司真的是和樂融融，主管關心員工，員工們關心主管。甚至員工之間，都能互相關心他人的家屬，家和萬事興。這是學習《弟子規》以後，公司上下得到了最大利益。

勢服人　心不然　理服人　方無言

這是講，我們對人要講理，不能以勢壓人。如果是仗著自己的權勢，仗著自己家裡有錢、有地位來壓服人。雖然表面上他被你的威勢所壓倒，但是心裡並不服。如何才能讓他信服？一定要把道理擺明，曉之以理，這樣他才能做到心服口服，達到「方無言」。

在海南省海口監獄，監獄的主管們認識到，傳統文化對改造服刑人員會起到很好的教育效果。於是海南省司法廳的副廳長兼監獄局局長張發同志，就率先學習《弟子規》。之後，單位就要求獄警們都學習《弟子規》，不僅會念、會背，而且要求條條做到。獄警們首先做到，再用《弟子規》去教導服刑人員，尤其強調注重孝道。監獄裡面的服刑人員當讀到《弟子規》「入則孝」這章時，聽了老師講的課，個個都感動得淚流滿面，知道對不起父母，決心重新做人。

在監獄裡，有一位自願來教學的張老師。張老師為了能和服刑人員更好地互動，就住進了監房裡，與服刑人員一起作息、一起生活。一邊自願「坐牢」，一邊在監獄裡給服刑人員講課。張老師對服刑人員非常禮敬，像對待自己的兄弟姐妹那樣有愛心。有一天他講課的時候，座下有兩個服刑人員因為一些矛盾，竟然在課室裡吵起來，甚至要動手了，旁邊站著的獄警正準備上前制服他們。這個時候，張老師馬上向獄警和全體的服刑人員鞠躬、道

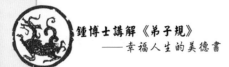
歉,他說:「這都是我自己課講得不好,才讓他們不專心聽課,起了衝突,也讓大家受了影響。」「行有不得,反求諸己」,張老師向大家道歉的行為,立即引得課室裡所有服刑人員鼓起掌來,大家被張老師的這種真誠所感動,非常佩服。

後來,張老師的父親患了重病,而且已是病危,張老師要離開監獄,回去照顧父親。大家知道張老師是義務為大家來講課,沒有收入,所以服刑人員們都主動自發地為張老師捐款,有的人捐幾十塊,有的人捐幾塊、幾毛,這樣集湊了幾萬塊錢,寄給張老師的父親。張老師的父親接到這些服刑人員的捐款,非常感動。當我們用愛心、用真誠來對待服刑人員,他們會被感動。人,都有好善、好德之心,他們可能因為從小缺乏倫理道德的教育,又加上一時糊塗,做錯了事情,如果能夠透過聖賢教育,是可以把他們教好,可以把他們變成好人的。

很多監獄的主管們常常抱怨說,服刑人員非常難改造,而且當他們刑滿之後,回到社會上很有可能再度犯罪,又會被關進監獄。因此教育者一定要懂得以理服人,而不是以勢服人。用強制的手段,很難發揮好的教育效果。真正把傳統文化道理講清楚,而且像海南監獄的主管、獄警們那樣,首先自己學,自己身體力行,再去講這些道理,服刑人員真正會心服口服。如果說服刑人員是社會上最難教化的人群,那麼連他們都能教化好,還有什麼人不能教好?

第六篇 親仁

　　第六篇「親仁」。這一篇，是講要親近仁德之人，親近有智慧的聖賢君子。我們這一生希望能夠得到幸福的人生、成功的事業，甚至進德修業，成就聖賢的人品，親仁就非常重要了。我們在學習的道路上必須要有良師益友。

同是人　類不齊　流俗眾　仁者希

　　這是講，我們都是人，因為每個人的習氣不一樣，所以類別也就不齊了。總是凡夫俗子居多，而真正仁德君子很少。要知道這裡講的「類不齊」，不是講本性，而是講習性。《三字經》講，「人之初，性本善，性相近，習相遠」。人本來本性相同，與聖賢沒有兩樣，但是習性不一樣，因此「類不齊」是從習性上來講的。

　　孟子說：「人皆可以為堯舜」。孟子講性善，說每個人都可以成為堯、舜那樣的聖賢。既然本性上我們與堯舜聖賢沒有兩樣，為什麼又會有類不齊的現象？原因就在於我們後天所受的教育不同。《三字經》講「苟不教，性乃遷」，一個人如果沒有接受良好的聖賢教育，原來的本性就會被蒙蔽，不良的習性就會增長。我們瞭解了這個狀況，就要有信心做聖賢。只要透過學習，改造自己，把不良的習性放下，放下之後本性現前，那就是聖賢。

　　在現代社會，聖賢教育非常衰微，倫理道德大家都不講求，因此人們受

的污染就非常嚴重,造成的結果就是「流俗眾,仁者希」。「流俗眾」是指一般凡夫俗子,心無大志,每天都是為著一己私利而活著的飲食男女,稱為流俗。「仁者」是誰?仁者是沒有私心,真正大公無私的人,他把一切人一切眾生看成是自己,這是仁者。這是我們本來的面目。自私自利的觀念是錯誤的,有了這種錯誤的妄念,必然人生就會痛苦,就會有諸多不順。當今社會,一般大眾真的都是生活在痛苦煩惱之中。仁者完全沒有私心,他與宇宙萬物同體,他樂。孔子云:「樂以忘憂」。很可惜因為我們沒有受到教育,造成了觀念錯誤,讓我們很冤枉去受這些苦惱,所以就不能不學習聖賢教育。我們非常感恩古來的聖賢為我們開顯本性本善,告訴我們這條恢復本性的道路。所以,我們要親仁,要親近聖賢,向聖賢學習。

想一想,自己是仁者,還是流俗之人?如果還有自私自利,還一天到晚為自己打算,那就是流俗之人。想當仁者,不難。孔子說,「仁遠乎哉?我欲仁,斯仁至矣」。孔子說:「仁遠嗎,我要當一個仁者難嗎?」不難。我想要當仁者,我想要行仁道,仁道就在眼前。觀念一改,就從流俗之人變成仁者。關鍵是我們要放下錯誤的觀念和執見,常常提起聖賢的教訓,仁就在眼前。

比如在路上,剛想吐痰的時候,痰到了嘴邊馬上提起正念,不可以隨地吐痰,要愛護環境,就把痰吐到紙巾上,這就是「斯仁至矣」。想行仁,就在這一剎那,你就是仁者。又比如,走在路上看到廣告的畫面不夠雅觀,或者在家裡,看到網路上都是污穢的畫面,馬上就停止,不看也不去想,這就是「斯仁至矣」。又比如剛剛想發脾氣、想罵人,話到了嘴邊,馬上把它咽下去,這就轉變了。看到了不義之財,不應該要的錢,剛起一個貪念,立即把它壓下去,這就是行仁道。甚至小到我們坐在椅子上,如果身體坐姿不正,腳在那兒晃動,或者想把腳放在凳子上,正想用腳把凳子勾過來,突然意識到不可以這樣做,要坐有坐相。想到這裡,立即就把姿勢放正,這就是行仁道。在我們日常生活中,時時刻刻提起正念,這是「欲仁」。想要行仁道,仁就不遙遠。

何謂仁?孔子的學生顏回曾經問孔子,「顏淵問仁」。什麼是仁?「子

曰，克己復禮為仁。」何謂仁？把自己的壞毛病、壞習氣克制住，不讓它現行，而且遵守古聖先賢的教誨，恢復自己的本性本善，這就是仁。孔子接著說：「一日克己復禮，天下歸仁焉。為仁由己，而由仁乎哉。」說得好，我們自己每天能夠做到克己復禮，能夠遵守聖賢教誨，我們從自身開始，使家人受到感化，繼而使單位的人受感化，漸漸地影響到社區、國家，最終使世界都能受感化，則「天下歸仁」，我們就能夠影響天下人。古人教導我們，治國平天下要從修身開始，身修才能家齊國治天下平，方能「天下歸仁」。行仁道，是自己的事，「為仁由己」，不靠他人，靠自己。

「顏淵曰：請問其目」。請問老師我要行仁道，綱領是什麼？要注意什麼？如何行法？夫子回答，「非禮勿視，非禮勿聽，非禮勿言，非禮勿動」。原來，行仁如何行？有四條。不符合禮的，與善不相應的，與聖賢教誨不相應的，我們不看、不聽、不說，更不可以做，這是克己復禮。非禮是指我們的習氣，我們要把它克制住，克制住非禮，自然與禮相應，也就是複禮了。

即使一個人的時候，在暗室屋漏中，也要克己復禮，這是真正的仁。孔子講：「為仁由己」，這是自己的事情，別人在場不在場，是否有人看到我，我都一樣。在暗室中，也不愧對自己的良心。「非禮勿動」，不僅是身不動，心也不能動。那些貪、淫、瞋恚、怨恨、嫉妒、高下、傲慢、對聖教懷疑，種種惡念都不能動，這方能稱為「非禮勿動」。真正能夠這樣做，就與聖賢不遠了。「仁遠乎哉？」不遠矣。

顏回聽了善言後，立即行動。「顏淵曰：回雖不敏，請事斯語矣。」「回」，這是顏淵自稱，我顏回並不聰明，但是我一定要按夫子的教誨去做。

果仁者　人多畏　言不諱　色不媚

這是講，果然是一個真正的仁者，有聖賢品格，一般人看了反而會敬畏他，甚至會害怕他。一般人、流俗之人為什麼會敬怕他？因為他「言不諱，色

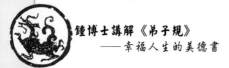
不媚」。他言語決不會講客套、忌諱，或者是講阿諛奉承的話，也不會講花言巧語，花言巧語稱綺語。他一是一，二是二，說話實實在在，不會打妄語、故作掩飾，不會說心口不一的話，有時候講起話來直言不諱。他的臉色、容貌不卑不亢，絕對不會顯示出諂媚巴結，或者奉承的樣子。

仁者的行為為什麼會這樣呢？因為仁者的心清淨，與人無爭、與世無求，所說的都是利益大眾的話，利益大眾的話不一定好聽，古人云：「忠言逆耳利於行，良藥苦口利於病」，真正忠言可能不好聽，但是聽了之後能夠接受、能夠照做就有好處。因此一般人與仁者在一起受不了，覺得仁者這個人，怎麼這麼難相處，都不懂得客氣，對仁者也就敬而遠之。但是要知道，不敢親近仁者，就不能得到提升。我們必須要親近仁者，這樣我們的品德學問才能夠提升。

能親仁　無限好　德日進　過日少

親近仁者，親近我們的良師益友，必定使我們得到很多的好處。「德日進，過日少」，道德學問一天天的進步，自己的過失越來越少，能得到無限的利益，讓我們這一生過上幸福美滿的生活。幸福美滿的生活不一定是富貴的生活，但一定是快樂的生活。快樂從何而來？從德。顏回貧窮到極點，他依然是「不改其樂」，因為他有德。我們怎麼樣才能夠親近良師益友？就是說與良師益友相處，應持有什麼樣的態度？要至誠、恭敬。所謂「一分誠敬，得一分利益。十分誠敬，得十分利益」，有恭敬心才能夠受教。中國傳統文化儒釋道三家都強調恭敬心。佛門有一部《阿難問事佛吉凶經》，就告訴我們應該如何對待老師。經文講，「為人弟子，不可輕慢其師，惡意向道德人，當視之如佛」。這是講，作為弟子、學生，不可以對老師輕慢。何謂輕慢老師？不是說對老師言語態度上輕慢，而是表面對老師很恭敬，行禮作揖、端茶倒水都很殷勤，但是老師的教誨不能依教奉行，那就是「輕慢其師」。因為老師代表道業，我們如果不重道，就是不尊師。而對於老師所講的聖賢之道，我

們要每天反省，努力修學，這樣才對得起老師。

對於道德之人不可以有惡意。何為惡意？誹謗的念頭，瞧不起他、批評他，或者是嫉妒他，甚至陷害他，這是大錯特錯。應該把老師、有道德的人看成佛一樣。在佛門中，弟子將佛奉為最尊，老師與佛的地位平等，這是對老師的恭敬心。更重要的是，恭敬一定是表現在好學，勇猛的改過遷善上，而不是表面的客氣、殷勤。

有智慧真才幹的人，老師能看得出來。你不是真學，老師也就不會教你。我們想親仁，親近有道德、有學問的老師，必定是把老師的教誨不折不扣地去落實，這才能讓老師常住在這裡，否則老師不求名不求利，你又不是真學，他住在這裡有什麼用？他就走了。這是事師之道。侍奉老師，最重要的就是有恭敬心，有好學的心。

我們如何選擇老師，要聽其言，觀其行。我們想要成就道業，就要選擇一個有真才實學、有道德學問的老師。選擇老師，一定要用聖賢教誨去觀察，看他是不是真做到。如果只會說，不會做，那只可以學習他說的聖賢之道，因為說得沒錯，也可以幫助我們。當然不如找一位能說又能行的老師。一旦找到了我們由衷佩服的人做老師，我們就要對老師有堅定的信心，因為信心非常重要。我們能不能夠成就，關鍵是在於對老師有信心，對自己有信心。如果我們對他不佩服，說明他跟你沒有緣分，你也不可能對他的話不折不扣地去落實。

對老師有信心，對自己有信心，就是相信自己本來與堯舜一樣，也是可以成聖、成賢的，那麼學問道德就一定能成就。老師看到學生真正有恭敬心，他就會把他畢生的學問毫無保留地教給學生。

而在老師傳法之前，必定是要考驗這個學生的，看他能不能夠接受這種道和法。戰國末期，有個年輕人名叫張良。張良是韓國宰相的兒子，出身貴族。韓國被秦國滅了之後，張良就很想報復。年輕人氣盛，想要去行刺，但是沒能成功。結果就逃跑，到了現在江蘇省。有一天，張良在橋上遇到了一位老者，這老者是個高人，看到張良來了，故意把鞋踢到了橋下的水裡，然後

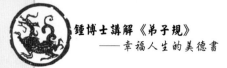
對張良很不客氣地說：「年輕人，你來幫我把鞋子撿上來。」張良聽到這位老者這樣說話，雖然不太情願，但也很同情他，心想：「哎呀，一個老人，他讓我做什麼，我就做什麼吧。」古人因為有孝道的根基，他就能尊敬老人。於是張良就下到了河邊，把鞋子從水裡撿上來。撿上來以後，老人又把腳一伸說：「你給我穿上。」張良一看，這老人家真夠跋扈的，又想想，對老人要有恭敬心，不要見怪，於是就給他耐心地穿上了鞋子。結果，老人看到張良這樣的舉動，很滿意地笑了。他說，「孺子可教也」。這個年輕人還是可以受教的。於是老者就對張良說：「我有一個大法傳給你，五天以後天亮的時候，你在這個橋上等候。」

五天以後，天剛亮張良就來到了橋邊，卻發現老人已經在橋上了。老人很生氣地對張良說，你怎麼跟老人家約會都遲到，今天不能夠傳給你，五天以後，咱們再在這個橋上見面。於是五天以後，張良天沒亮就來了，來了以後一看，老人家又已經在橋上了，結果老人家又把他攆回去，說五天以後你再來。結果第五天夜裡，張良乾脆就不睡覺了，半夜就到了橋邊，等了一段時間，天沒有亮老人來了，這個時候，老人家點頭說：「好吧，我現在就傳一部《太公兵法》給你。你讀了這本書以後，將來可以推翻秦朝，定國安邦。」

張良接受了這部姜太公的兵法以後，回去認真地學習，後來輔佐劉邦推翻了秦始皇的殘暴統治，建立了漢朝大一統的格局，也為自己的國家、人民雪了恥。由此可見，恭敬心、信心、謙卑的心才是受教的心。

「親仁」不僅是親近仁德的人，也包括親近聖賢教育。「仁」也代表仁道。孔子說：「君子無終食之間違仁，造次必於是，顛沛必於是。」這是講，一個君子，哪怕是在衣食住行、日用平常之間都不能違反「仁」。時時刻刻都不違背仁道，這是真正親仁。「造次」就是在急促、匆忙的時候；「顛沛」就是困苦受挫折流離失所的時候。這些時候都能夠不違背仁道，這是真正行仁道的君子。孔子說：「苟志於仁矣，無惡也。」立志行仁道的人，不會做壞事。如果還有做壞事的時候，還有起惡念的時候，就是還沒有真正行仁。所以我們要檢查自己有沒有真正生起親仁的志願，如果真正有志於仁，立志行仁，那麼時時刻刻都會檢點，都會反

省，用聖賢教育來反省自己。

不親仁　無限害　小人進　百事壞

　　如果不親近仁德的人，不親近聖賢教育，就會有很多害處。古人講「三日不讀聖賢書，面目可憎」。那是古人，現在一日不讀聖賢書就面目可憎了。一天如果不學習討論聖賢的教育，煩惱習氣就會起來，就又會造惡了。因此良師益友不可以遠離，聖賢的經教不可以不學習。我們慶幸有高科技，有網路設備，我們在自己的電腦螢幕前，就可以一起學習討論如何進德修業，切磋琢磨。即使是在這樣的一種污染的社會裡，我們也能夠得到聖賢教育的喜樂。

　　如果不學習，不親近良師益友，就會出現「小人進，百事壞」。何為小人？追求世間名聞利養，自私自利，胸無大志，對聖賢教育不想學習，這是小人。「小」是心量小，他的心量只有他自己。大人呢？心量大，心懷天下。心裡裝著宇宙一切的眾生，沒有自己，這樣的大人是仁者。《易經》講「方以類聚，物以群分」。我們如果不親近仁者，則必定就在親近小人了。人都是同類相聚的，我們如果不好學，不肯深入學習聖教，就與仁者越來越遠，就會與小人相聚了，時間長了，自己不知不覺也成為小人了。我們要很警覺，親近仁者還是親近小人全在自己，這是從因上講。

　　從果上講，親近仁者必定能夠得到幸福人生，必定有成功事業，最後必定做聖、做賢。親近小人則會懊惱，做人做得很失敗，最後就墮落，結果是痛苦人生。所以第六章雖然很短，但是也非常重要，告訴我們不可一日遠離良師益友，不可一日不讀聖賢書。

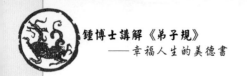

第七篇 學文

　　第七篇「學文」，就是《論語》中的「餘力學文」。《弟子規》前面「孝、悌、謹、信、愛眾、親仁」這六個方面的內容，都是讓我們努力去落實，以達到提升自己，是力行方面。學文，就是要學習聖賢經典。學習了聖賢經典，我們力行就能有正確的方向，並不是有餘力才學文，沒有餘力不學文也沒有關係，不是這樣講。餘力學文，是強調力行重要，而學文是幫助我們力行，因此文不可不學。

　　《朱子治家格言》講，「子孫雖愚，經書不可不讀」。這是說自己的兒孫雖然愚鈍，但是也要讓他們學習聖賢經典。力行幫助我們學文，學文幫助我們力行。我們用聖賢教育，指導我們生活、工作、處事、待人、接物，這是在力行；真正力行了，就會對聖賢的教誨又有新的悟處，又有更深入的體驗。因此，學文和力行是相輔相成缺一不可的。力行是行門，學文是解門，解行並重。

　　學文，何謂「文」？《論語》裡子貢曾經問孔子，「孔文子何以謂之『文』也」。子貢問孔子，孔文子為什麼有文這個諡號？子曰，「敏而好學，不恥下問，是以謂之文也」。我們要明瞭什麼是「文」，孔子說是「敏而好學，不恥下問」。敏是聰明，資質很好。資質很好的人容易傲慢，許多人因聰明卻不好學，認為自己了不起，不肯學習。聰明的人若能好學，孔子說，這是「文」。好學，對每一個人都重要。不恥下問是謙卑的態度，即使是學問道德比我們低下，或者是地位比我們低下的人，我們都能夠虛心地向他們請教，有不恥下

問謙卑好學的態度,才配稱為文。如果只力行,不肯學文,最後是「任己見,昧理真」,自以為是,就違背了真道。

《中庸》講,「好學近乎智,力行近乎仁,知恥近乎勇」。智,聰明智慧。好學的人就與智慧相近。力行的人,就與仁者相近。「知恥近乎勇」,知道羞恥就與勇於改過相差不遠了。所以,好學幫助我們知恥,力行幫助我們改過。孔子講,「十室之邑,必有忠信如丘者焉,不如丘之好學也」。孔子是聖人,聖人跟凡人不同的地方在哪裡?孔子說,一個小城即使只有十個家庭(小城是邑),必定會有在忠信這方面品行如孔子的人(丘是孔子的名字),但是,不如孔子好學。如果有人像孔子那樣忠信,力行得很好,但是不好學,也不能成為聖人。

不力行　但學文　長浮華　成何人

這是講,如果我們對聖賢的教育不去力行,而只是學文章中的詞句,甚至講得頭頭是道,但是自己做不到,那就是「長浮華,成何人」。這句話批評得很不客氣,只學文不力行,增長的不是道德學問,而是浮華之氣。就會變得傲慢,變得誇誇其談,古人批評這樣的人是偽君子。

現在很多家長,就是只注重孩子學校的成績分數,沒有注重孩子的品行教育。結果孩子成績越好,傲慢越重,浮華之氣越嚴重,他的品德越虧缺。菲律賓一家華人報紙曾經報導過一個例子,一個華人孩子,讀書成績非常優秀,老師也很喜歡他。可是有一天,當這位老師走到校門口,看到這個學生正對著一位年長的婦女,在那裡大聲吼叫,上前一問才知道,原來這位年長的婦女是這個學生的母親。這位母親知道孩子在學校得了感冒,特地送藥來,結果這個學生竟然對他母親大吼大叫。事後老師問他為什麼要這麼做,學生老實承認,說因為怕自己母親來學校,同學看見了會笑話他:「你家老奶奶怎麼來了?」因為他母親看起來比較衰老,他不願意讓他母親被人看見,覺得這樣會丟面子。只有好的學習成績而沒有優秀人格,就會有這樣的浮華

之氣。

一個人，孝都沒有了，他何以成人？《孟子》講「與禽獸何異」？品德的提升比什麼都重要，不可以只學文，不力行。學文，如今的學校也都不注重傳統的教育，連學文都沒有了，只學點科技常識，我們的下一代怎麼可能成為對社會有用的人？因此恢復傳統文化教育，恢復倫理道德教育，這是當務之急。

但力行　不學文　任己見　昧理真

這是講，如果只力行，而不去學習聖賢教誨，就會變得自以為是。執著自己的見解，就違背了真道、真理。「昧」，是頭腦不清楚、糊塗。子曰，「我非生而知之者。好古，敏以求之者也」。孔子說，「我不是生而知之，不是天生下來就懂得聖賢教育的，是因為我學習古人的教誨，而且能夠很快速地學習」。

讀書法　有三到　心眼口　信皆要

這是講，讀書要三到，心到、眼到、口到。這是告訴我們學習要集中精神，不可以開小差，要專注。專注才能夠深入領會經文的意思。古人從小培養孩子專注的方法，就是讓孩子背書，背書精神就集中。現在的孩子看電視、玩電腦、打遊戲，精神不專注，讀書怎麼能好？讀書的時候，眼睛看著，口念著，這樣讀書才能夠入心，才有效果。「信皆要」，「信」，是要有信心，有信心，成聖成賢。有了信心，也會有耐心學習。

方讀此　勿慕彼　此未終　彼勿起

這是講，學習一定要按部就班，一本書要從頭到尾讀完，再開始第二本。不要看著這本想著那本，這樣就會搞亂。能夠注重方法來學習，他成功就快。我讀了《弟子規》這一段，就用在我的教學當中，我在昆士蘭大學帶

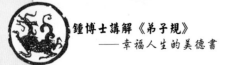

博士生只有兩個,因為貴精不貴多,要選擇真正好學的人。跟我學習的博士生,我規定說:「我給你的這些論文資料,規定讀的你就讀,沒有規定你讀的,你不要去看。讀一篇論文,要把它讀透。」我要求他們讀一篇論文,要讀十遍,不僅真正讀懂,而且給你這些金融資料,你要能夠完全照著論文所說的方法把它重新做出來。要有這種領會的深度,才算把這篇文章讀懂了。因此我給他們選擇一個領域,讓他們就讀這個領域裡主要的論文,他們把這些論文讀懂了以後,其他的就能觸類旁通,一通百通,效果很好。曾經有一個學生,跟了我半年,寫了一篇論文,發表在亞洲金融會議上面,獲得了會議的最佳論文獎,效果真不錯。

很多博士生讀讀這篇,讀讀那篇,讀的論文很多,知道得很多,但是篇篇都不通、不透。功夫不扎實,學問就比較淺,因此我要求我的博士生一篇論文,讀懂了之後,才開第二篇。這些古聖先賢的教誨,對於我們學習現代的科技,也是很值得借鑒的。至於讀聖賢書,更應該如此。

寬為限　緊用功　工夫到　滯塞通

這是講,我們讀書不要把期限限得太緊,要「寬為限」。雖然心裡沒有壓力,但是工夫要用得緊,要努力,真正用工夫了,我們對於聖賢教誨的很多問題就會迎刃而解。我有一次去見師長,師長雖然是82歲了,也每天都讀書,而且不會少於四個小時。

有一次,我到了他住的地方,從書架上拿了一本《宗鏡錄》。這本書很厚,我翻開來,就發現師長在書上做了一些眉注,還有一些劃線的重點部分,甚至有一些是用螢光筆劃的,並且在書的上下左右的邊頁,都寫了一些心得。讀書讀得這麼認真,我就請教師長說:「像您這樣讀這麼厚的書,要多少時間?」師長笑著說:「慢慢看吧。每天都去看,關鍵是要去領悟。」「寬為限,緊用功」,朱熹曾經說過「讀書千遍,其義自見」。一本書反覆地看,反覆地用功,其中的意思就能夠漸漸明瞭。

心有疑　隨劄記　就人問　求確義

這是講，讀書的時候，心裡如果有疑惑，要馬上把問題記下來，求教於人，這是認真學習的態度。

房室清　牆壁淨　幾案潔　筆硯正

這是講，我們的房間，書房、臥房，都要保持清潔，要整齊乾淨。房間要常常打掃，常常擦擦灰塵，給自己創造一個良好的讀書環境。茶几、書桌，都要乾淨。桌面上的筆墨紙硯、文房四寶要擺放整齊，這是培養我們的恭敬心。如果我們心恭敬，自然房室、牆壁、文具都會正。看到有擺放不正的物品，我們自自然然把它扶正，要從一點一滴的小事上來培養自己的恭敬心態。

墨磨偏　心不端　字不敬　心先病

古人寫字是用毛筆，磨墨，如果磨偏了，那是心不在焉，心不正。如果字寫得不工整，就是心有病了，不敬的病。這是從我們日常的行為當中，看我們自己的心態。因此心要正，心要淨。古人講「修身從正心開始」，學問也是從正心開始。《大學》講，「所謂修身在正其心者。身有所忿懥，則不得其正；有所恐懼，則不得其正；有所好樂，則不得其正；有所憂患，則不得其正」。心一定要空明，要清淨。如果心裡面很多複雜的念頭，比如憤恨、恐懼、貪愛、憂患等等，這些念頭積郁在心裡，這個心就不正了。心不正就不專注，因此才會有所謂「墨磨偏」、「字不敬」這些毛病出現。要修正我們的行為，首先要從修正自己的心開始。要把妄念統統放下，把自己的心空出來，接受聖賢的教誨。

列典籍　有定處　讀看畢　還原處

這是講，書要擺在一定的位置，我們看完了必定把它放回原處，不能亂放。很多人讀書，讀完了，隨便就把它放在一處，結果東一本西一本，到處都擺滿了書，他很難學到東西。因為他的心亂，心不靜，就很難接受大法。曾國藩先生曾經說「案頭不可多書，心中不可少書」。桌面的書不可以多，看哪一本就放哪一本，不看的我們要把它放在書架上，放在原位，整整齊齊，恭恭敬敬，這才是治學的態度。心中有書，學問就多了。

雖有急　卷束齊

即使在有急事的時候，也要養成看完書，順手把它合上，放回書架的習慣。這種習慣養成了，其實耽誤不了什麼時間，而且更能夠幫助你收到好的效果。因為樣樣都有位置，都很整齊，一旦要什麼書，馬上知道從哪裡拿，不會亂，其實更省時間。而且更重要的是培養安詳的態度，安詳的態度少出錯誤，也省時間。呂近溪先生就曾經說過，「一切言動，都要安詳，十差九錯只為慌張」。如果心不安詳，行動慌慌張張，急急忙忙，就會出錯。《弟子規》講「事勿忙，忙多錯」。一個有深厚學問的人，行為態度都安詳，這是平時練就的功夫。

有缺壞　就補之

這是講對書的愛護。古代印刷術不發達，一本書來之不易。如果書有缺損，就一定把損壞的地方補好，這是對書的恭敬。對書的恭敬，就是對聖賢教育的恭敬，尊師重道。這句話引申的意思，不僅要愛護有形的書，也要愛護無形的書。何謂無形的書？聖賢的教誨，是書中所載的道理。我們有沒有

愛護聖賢教育,首先看看自己是不是依教奉行了?有沒有按照聖賢的教誨,常常反省自己、檢點自己,改過遷善?如果自己有不足,「就補之」,就馬上把它改正過來。聖賢書籍是用來對照我們心行的,哪一點不符合聖賢教育,馬上要把它改過來,這叫補過。自己能夠力行聖賢教誨,就能感化別人。如果能夠去弘揚,為人講演聖賢教育,那就更好,真的是為現代社會補上缺漏。聖賢教育現在到了極其衰微的程度,大眾又極需要,那我們就要補上,馬上「就補之」,方法就是自行化他,自己力行,教化別人。

非聖書　屏勿視　蔽聰明　壞心志

　　這是講,不是聖賢的典籍我們不要看。包括一切不善的書,那些教我們殺盜淫妄的小說、報章、雜誌,那些不良的內容,不健康的東西,還有電視的節目,現在網路的內容、畫面,所有不是幫助我們進德修業的,都是「非聖書」,統統都摒棄不看。因為那些東西會蒙蔽我們的智慧,會把我們的心志都弄壞了。

　　有識之士應該大聲疾呼,發動一切力量,尤其是政府,來管理這些主導思想意識形態的陣地。那些暴力、色情等等不健康的書籍、節目、電影、電視都應該制止。保護百姓的心志,這個「屏」字很重要。目前只有自己要懂得去「屏」,我們自己不去接觸那些東西,存好心,說好話,行好事,做好人。

勿自暴　勿自棄　聖與賢　可馴致

　　這是全文的小結和勸導。「孟子道性善,言必稱堯舜。」孟子是聖人,他對我們講人性本善,常常用堯舜來做例子,告訴我們「人皆可以為堯舜」,也就是說,人人本有本善。本善,孟子說了四個方面,他講,「惻隱之心人皆有之,羞惡之心人皆有之,恭敬之心人皆有之,是非之心人皆有之」。這惻隱之心,就是仁愛之心的開端。他又講,「無惻隱之心,非人也;無羞惡之心,非

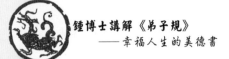

人也；無辭讓之心，非人也；無是非之心，非人也」。說明凡為人，必定會有這些德行，這些德行是本性中自然而然就有的。惻隱之心是「仁之端也」，羞惡之心是義之端，辭讓之心是禮之端，是非之心是「智之端也」。「人之有是四端也，猶其有四體也。」

　　這四端，惻隱心、羞恥心、辭讓心、是非心，是人的四個本善的開端。就像四肢一樣，「有是四端而自謂不能者，自賊者也」。這就講得很清楚，我們本性本善就有，但是卻說自己不能夠做出善行，這是自暴自棄。因為本性上我們與聖賢無二無別，所以有信心，要發願做聖賢。「理可頓悟，事須漸修。」明白道理之後，要慢慢按部就班地去做，就是「可馴致」。「馴」，是慢慢地改造自己，把自己不良的行為、習氣、煩惱統統改過來，最後都改掉了，就成為聖賢了。

　　《弟子規》教導我們的，如果我們真正能去落實，那麼幸福的人生、成功的事業，甚至做聖、做賢都可以成就。

附錄

《弟子規》溯源

中華民族有著悠久的歷史，五千年中華文化博大精深，堪稱人類智慧菁華。

《弟子規》正像一位五千歲的老人，向後世子孫們娓娓講述著祖先源遠流長的文明。

《弟子規》的綱目淵源，很容易追溯到《論語‧學而》第六條：「弟子入則孝，出則弟，謹而信，泛愛眾，而親仁，行有餘力，則以學文。」

我們追本溯源，《弟子規》可以一直上溯到《禮記》。

周公制禮做樂，立君臣之道，以德治國，教化天下，不僅使周朝綿延八百年不衰，更自周公後禮樂大興，後世人得以定尊卑，明天理、人理、物理，從此天下教育有了參證準繩，孔老夫子以及其後的歷代尊儒尚儒者，樹立了學聖希賢的行持規範，更為當今倫理德行教育奠定了堅實的基石。

孔老夫子當年最仰慕的人，是聖哲周公，所以孔老夫子述而不作，以古聖先賢行誼為範，刪述六經：《詩》、《書》、《禮》、《樂》、《易》、《春秋》，其中的《禮記》，充分論述了禮的本質，以及禮的運用，字裡行間，都折射著先哲的人文關懷，時時處處蘊涵著祖先的深厚恩德。

其實，我們現在所學習的《弟子規》中，有許多內容源於《禮記》。例如：

1.《禮記‧曲禮上》中說「凡為人子之禮，冬溫而夏凊；所游必有常，所習必有業」，這與《弟子規》的「冬則溫，夏則凊」相應。

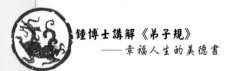
2.《禮記·內則》裡說：「父母有過，下氣怡色，柔聲以諫，諫若不入，起敬起孝；說則複諫，不說，與其得罪於鄉黨州閭，寧孰諫。父母怒，不悅，而撻之流血，不敢疾怨，起敬起孝」這與《弟子規》的「親有過，諫使更；諫不入，說複諫；號泣隨，撻無怨」相應。

3.《禮記·問喪》說：「哭泣無時，服勤三年，思慕之心，孝子之志世，人情之實也。」這與《弟子規》的「喪三年，常悲咽，居處變，酒肉絕」相應。

4.《禮記·祭義》中說「所謂事死如事生，事亡如事存」這與《弟子規》的「喪盡禮，祭盡誠；事死者，如事生」相應。

5.《禮記·曲禮上》中說「立必正方，不傾聽」這與《弟子規》的「步從容，立端正」相應……

毋庸置言了，《弟子規》與《禮記》是同本一源，是我們儒家聖哲人，代代承傳下來的生活規則，它們的本質都是一個恭敬。誠如歷代先賢對《禮記》的注解中所說：「禮者，理也」；「禮者，履也」。是說禮是一種成文的規則，是讓我們去履行實踐的，也就是讓我們拿來做的。

《禮記·曲禮上》開篇第一句話「毋不敬」，而整本《弟子規》句句通人的心性，孝也好，敬也好，都無非是講人的心境，所以《弟子規》從頭至尾講的是孝敬、有禮。小而言之，是我們建立人和的立身處世態度，大而言之，是社會和諧的基礎。

《弟子規》說：「父母呼，應勿緩；父母命，行勿懶。父母教，須敬聽；父母責，須順承。」從孝敬自己的父母開始，以孝道為原點，進而做到「長者先，幼者後」；「尊長前，聲要低」尊敬所有的師長，……再把仁愛之心，推及到萬事萬物，達到「泛愛眾」。正所謂「親親而仁民，仁民而愛物。」人與人要和諧，人與自然也要和諧，整個世界都要和諧，和諧來自我們禮敬的心。中華民族幾千年來被譽為禮儀之邦，那是內在和諧的外在展現。

當我們按照《弟子規》做到了孝順父母，友愛兄弟姐妹，那麼在一切日常言語行為中，自然會小心謹慎，講信修睦，和大眾相處時平等、博愛，時時親近有仁德的人，向他們學習，這些做人方面的應對進退都學到、做好了，有

多餘的時間才去學習其他有益的學問。

　　所以《弟子規》是拿來做的，不是拿來背的，要解行相應。「不力行，但學文；長浮華，成何人」；「但力行，不學文；任己見，昧理真」，所謂「學而時習之，不亦說乎？」學一句，做一句，做到了，才能夠更深刻地感受老祖宗留給我們的智慧有多麼深遠，才能夠體會祖宗的深恩厚澤，進而圓滿自己的學業、家業、事業、道業。

　　時至今日，已經有越來越多的人認識到中國傳統文化歷久彌新，它是我們人生幸福的金鑰匙。一九八八年，七十五位諾貝爾獎得主在巴黎發表聯合宣言說，二十一世紀的人類要生存，必須從兩千年前的中國孔老夫子那裡汲取智慧；二十世紀七十年代，英國大哲學家湯恩比教授說，要解決二十一世紀的人類的社會問題，只有孔孟學說和大乘佛法。

　　這些世界頂尖級的人物，懂得我們中華先祖留下的文化是安身立命、修身、齊家、治國、平天下的智慧與大道，而我們卻棄之已久，慚愧之至。

　　中華民族，古來崇尚教育，並堅信教育應從幼兒開始，教育孩子「如何做人，如何做好自己的本分，一切從落實《弟子規》開始。」當今大德仁人，也一再呼籲要樹立「學為人師，行為世範」的人生理念，做社會大眾的示範；因此，《弟子規》是儒學根本，要承傳先志，繼往開來，就要從《弟子規》做起，其他經典是枝葉花果，紮根的教育要做好。

　　讓我們以誠敬的心學習《弟子規》，親近這位五千歲的老人，在生活中學《弟子規》，做《弟子規》，演繹《弟子規》，真正的學習是力行，教育的本質是以身作則，正己化人是圓滿的教育，所謂「贊天地之化育」，效法天地之德以教化天下民眾，唯此，才可以承繼宏傳祖宗的智慧德能，才無愧於聖賢弟子、炎黃子孫，無愧於與天地並稱之三才。

　　人無倫外之人，學無倫外之學。倫理道德能夠規範成文，流傳至今，使得我們乃至後世子子孫孫言而有則，行而有法，動而有道，這是中華之幸，萬世生民之幸！

　　今以溯源《弟子規》為緣，感念祖恩，願我輩學子仁人勿負聖哲先賢苦

心，盡發殷重真心，讀誦受持此修德立業之根基，於敦倫盡分中漸入聖賢之域，為中華文化源遠流長、為世界乃至法界和恬盡一己之力。

—— 編者謹呈

《弟子規》原文

　　《弟子規》（原名《訓蒙文》）是中國傳統的啟蒙教材之一，作者是清朝康熙年間的秀才李毓秀。後經賈存仁修訂改編而成為弟子規。其內容取自《論語•學而篇》中的第六條：「弟子入則孝，出則弟，謹而信，泛愛眾，而親仁，行有餘力，則以學文。」

　　《弟子規》是以三字一句，兩句一韻的文體方式編纂而成。然後再以《總敘》、《入則孝》、《出則弟》、《謹》、《信》、《泛愛眾》、《親仁》和《餘力學文》等部份來加以演述。列舉為人子弟在家、外出、待人接物、求學等應有的禮儀和規範，特別講求家庭教育和生活教育。

總敘

1.　弟子規　聖人訓　首孝悌　次謹信
2.　泛愛眾　而親仁　有餘力　則學文

入則孝

3.　父母呼　應勿緩　父母命　行勿懶
4.　父母教　須敬聽　父母責　須順承
5.　冬則溫　夏則清　晨則省　昏則定
6.　出必告　反必面　居有常　業無變

7.　事雖小　勿擅為　苟擅為　子道虧
8.　物雖小　勿私藏　苟私藏　親心傷
9.　親所好　力為具　親所惡　謹為去
10.　身有傷　貽親憂　德有傷　貽親羞
11.　親愛我　孝何難　親憎我　孝方賢
12.　親有過　諫使更　怡吾色　柔吾聲
13.　諫不入　悅復諫　號泣隨　撻無怨
14.　親有疾　藥先嘗　晝夜侍　不離床
15.　喪三年　常悲咽　居處變　酒肉絕
16.　喪盡禮　祭盡誠　事死者　如事生

出則悌

17.　兄道友　弟道恭　兄弟睦　孝在中
18.　財物輕　怨何生　言語忍　忿自泯
19.　或飲食　或坐走　長者先　幼者後
20.　長呼人　即代叫　人不在　己即到
21.　稱尊長　勿呼名　對尊長　勿現能
22.　路遇長　疾趨揖　長無言　退恭立
23.　騎下馬　乘下車　過猶待　百步餘
24.　長者立　幼勿坐　長者坐　命乃坐
25.　尊長前　聲要低　低不聞　卻非宜
26.　進必趨　退必遲　問起對　視勿移
27.　事諸父　如事父　事諸兄　如事兄

謹

28.　朝起早　夜眠遲　老易至　惜此時
29.　晨必盥　兼漱口　便溺回　輒淨手
30.　冠必正　紐必結　襪與履　俱緊切
31.　置冠服　有定位　勿亂頓　致污穢
32.　衣貴潔　不貴華　上循份　下稱家
33.　對飲食　勿揀擇　食適可　勿過則
34.　年方少　勿飲酒　飲酒醉　最為醜

35.	步從容	立端正	揖深圓	拜恭敬
36.	勿踐閾	勿跛倚	勿箕踞	勿搖髀
37.	緩揭簾	勿有聲	寬轉彎	勿觸棱
38.	執虛器	如執盈	入虛室	如有人
39.	事勿忙	忙多錯	勿畏難	勿輕略
40.	斗鬧場	絕勿近	邪僻事	絕勿問
41.	將入門	問孰存	將上堂	聲必揚
42.	人問誰	對以名	吾與我	不分明
43.	用人物	須明求	倘不問	即為偷
44.	借人物	及時還	後有急	借不難

信

45.	凡出言	信為先	詐與妄	奚可焉
46.	話說多	不如少	惟其是	勿佞巧
47.	奸巧語	穢污詞	市井氣	切戒之
48.	見未真	勿輕言	知未的	勿輕傳
49.	事非宜	勿輕諾	苟輕諾	進退錯
50.	凡道字	重且舒	勿急疾	勿模糊
51.	彼說長	此說短	不關己	莫閒管
52.	見人善	即思齊	縱去遠	以漸躋
53.	見人惡	即內省	有則改	無加警
54.	唯德學	唯才藝	不如人	當自礪
55.	若衣服	若飲食	不如人	勿生戚
56.	聞過怒	聞譽樂	損友來	益友卻
57.	聞譽恐	聞過欣	直諒士	漸相親
58.	無心非	名為錯	有心非	名為惡
59.	過能改	歸於無	倘揜飾	增一辜

泛愛眾

60.	凡是人	皆須愛	天同覆	地同載
61.	行高者	名自高	人所重	非貌高
62.	才大者	望自大	人所服	非言大

63.　己有能　勿自私　人所能　勿輕訾
64.　勿諂富　勿驕貧　勿厭故　勿喜新
65.　人不閒　勿事攪　人不安　勿話擾
66.　人有短　切莫揭　人有私　切莫說
67.　道人善　即是善　人知之　愈思勉
68.　揚人惡　即是惡　疾之甚　禍且作
69.　善相勸　德皆建　過不規　道兩虧
70.　凡取與　貴分曉　與宜多　取宜少
71.　將加人　先問己　己不欲　即速已
72.　恩欲報　怨欲忘　報怨短　報恩長
73.　待婢僕　身貴端　雖貴端　慈而寬
74.　勢服人　心不然　理服人　方無言

親仁

75.　同是人　類不齊　流俗眾　仁者稀
76.　果仁者　人多畏　言不諱　色不媚
77.　能親仁　無限好　德日進　過日少
78.　不親仁　無限害　小人進　百事壞

學文

79.　不力行　但學文　長浮華　成何人
80.　但力行　不學文　任己見　昧理真
81.　讀書法　有三到　心眼口　信皆要
82.　方讀此　勿慕彼　此未終　彼勿起
83.　寬為限　緊用功　功夫到　滯塞通
84.　心有疑　隨札記　就人問　求確義
85.　房室清　牆壁淨　几案潔　筆硯正
86.　墨磨偏　心不端　字不敬　心先病
87.　列典籍　有定處　讀看畢　還原處
88.　雖有急　卷束齊　有缺壞　就補之
89.　非聖書　屏勿視　蔽聰明　壞心志
90.　勿自暴　勿自棄　聖與賢　可馴致

鍾博士講解《弟子規》/鍾茂森作 -- 初版. -- 新北市：華志文化，2014.05

面； 公分. --（中華文化大講堂；02）

ISBN 978-986-5936-74-7（平裝）

1.弟子規 2.蒙求書 3.讀本

802.81　　　　　　　　　　103004579

書名／鍾博士講解《弟子規》

系列／中華文化大講堂002

作　者／鍾茂森

執行編輯／林雅婷

美術編輯／簡郁庭

封面設計／陳天助

文字校對／陳麗鳳

企劃執行／康敏才

總　編　輯／黃志中

社　長／楊凱翔

出　版　者／華志文化事業有限公司

電子信箱／huachihbook@yahoo.com.tw

地　址／116台北市文山區興隆路四段九十六巷三弄六號四樓

電　話／02-22341779

印製排版／辰皓國際出版製作有限公司

總經銷／旭昇圖書有限公司

地　址／235新北市中和區中山路二段三五二號二樓

電　話／02-22451480

傳　真／02-22451479

郵政劃撥／戶名：旭昇圖書有限公司（帳號：12935041）

電子信箱／s1686688@ms31.hinet.net

出版日期／西元二○一四年五月初版第一刷

售　價／二五○元

Printed in Taiwan

華志文化